Joan Didion wurde 1934 in Sacramento, Kalifornien, geboren, wo ihre Vorfahren bereits seit fünf Generationen ansässig waren. Nach dem Studium an der University of California in Berkeley arbeitete sie als Journalistin, erhielt 1956 den Prix de Paris der Zeitschrift «Vogue» und wurde bald darauf Mitherausgeberin des Magazins. 1964 heiratete sie den Schriftsteller John Gregory Dunne. Sie veröffentlichte bislang vier Romane und mehrere Essaybände. In Deutschland gelangte sie mit ihrem Roman «Demokratie» und dem Essay «Überfall im Central Park» auf die Bestsellerlisten. Joan Didion lebt heute mit ihrem Mann und ihrer Tochter in New York und schreibt unter anderem für die Magazine «Life» und «Esquire».

«Menschen am Fluß» ist Joan Didions erster, in Deutschland bisher unveröffentlichter Roman. Weitere Titel werden als rororo-Taschenbücher erscheinen. Im Rowohlt Verlag liegt außerdem die Essaysammlung «Nach Henry» vor.

Joan Didion

Menschen am Fluß

Roman

Deutsch von
Gesine Strempel

rororo
Rowohlt

Die Originalausgabe erschien 1963 unter dem Titel
«Run River» bei Obolensky, New York

Deutsche Erstausgabe
Veröffentlicht im Rowohlt Taschenbuch Verlag GmbH,
Reinbek bei Hamburg, März 1995

Umschlagillustration Werner Opitz / Agentur Jutta Fricke
Umschlagtypographie Walter Hellmann
Foto der Autorin auf Seite 2: © Quintana Roo Dunne
Satz Sabon (Linotronic 500)
Gesamtherstellung Clausen & Bosse, Leck
Printed in Germany
1290-ISBN 3 499 13454 3

Meiner Familie gewidmet.
Und N.

«... das wahre Eldorado liegt noch weiter weg.»

– Peck's 1837 New Guide to the West

«Die ganze Nacht lang hielt ich deine Hand
als hättest du
ein viertes Mal dem Königreich des Wahns –
dem groben Wort, dem mörderischen Blick –
die Stirn geboten und mich lebend heimgezerrt...»

Robert Lowell

August 1959

I

Als Lily den Schuß hörte, war es siebzehn Minuten vor eins. Sie wußte es so genau, weil sie, ohne aus dem Fenster in die Dunkelheit hinauszublicken, in der der Schuß widerhallte, die Spange der Diamantarmbanduhr schloß, die Everett ihr vor zwei Jahren zu ihrem siebzehnten Hochzeitstag geschenkt hatte. Sie betrachtete die Uhr lange an ihrem Handgelenk, dann setzte sie sich auf die Bettkante und zog sie auf.

Als sich die Uhr nicht weiter aufziehen ließ, stand sie, nach dem Duschen noch barfuß, auf, nahm eine Flasche *Joy*, schüttete sich einen Schwall davon in die Hand und griff in den Ausschnitt ihres Kleides, um das Naß wie ein schützendes Zaubermittel über ihre kleinen nackten Brüste zu verteilen: Auf den sorgenfreien Seiten der Zeitschriften, in denen *Joy* regelmäßig zum kostbarsten Parfüm der Welt erklärt wurde, saß nie eine Frau im Schlafzimmer und hörte Schüsse auf ihrem Bootssteg.

Ihr Blick war nicht auf die Fenster gerichtet, sondern auf die gerahmten Fotografien von den Kindern, die über ihrer Frisierkommode hingen (Knight mit acht, der in seiner Pfadfinderuniform strammstand; Julie mit sieben, in demselben Sommer). Lily verweilte mit der Hand unter ihrem Kleid, bis das *Joy* verdunstet war, bis nichts mehr zu tun war als die Schublade aufzuziehen, in der sich der 38er befand, seit Everett damals die Klapperschlange auf dem Rasen getötet hatte: Die Schublade, wo der 38er immer noch hätte liegen müssen, und wo er nicht mehr lag. Sie hatte gewußt, daß er nicht da sein würde.

Neun Stunden zuvor, um vier Uhr, hatte Lily beschlossen, daß sie nun doch nicht zu der Party der Templetons gehen würde. Es war einfach zu heiß. Den ganzen Nachmittag hatte sie oben verbracht und bei geschlossenen Fensterläden und mit angestelltem Ventilator im Slip auf dem Bett gelegen. Everett war draußen auf den Hopfenfeldern und zeigte einem Farmer, der weiter unten am Fluß lebte, das neue Bewässerungssystem; Knight war in die Stadt gefahren; Julie war vermutlich irgendwo mit einem der Templeton-Zwillinge unterwegs. Sie wußte es nicht genau.

Die Nachmittage verliefen eigentlich immer so. Ende Juni, nach all den Scherereien, hatte sie angefangen darauf zu bestehen, daß sich alle nach dem Lunch hinlegten. An drei Nachmittagen waren auch alle nach oben gegangen, aber am vierten hatte sie Julie unten am Telefon sprechen hören. («Das kann nicht dein *Ernst* sein. Er hat geschworen, daß sie vor *Monaten* Schluß gemacht haben.») Und am fünften war sie, wie gewöhnlich, allein im Haus. Everett und die Kinder hatten ihren Vorschlag dennoch außerordentlich liebenswürdig aufgenommen: Wenn es ein Wort gab, das beschrieb, wie sich seit Juni jeder zu jedem verhielt, dann war es das Wort liebenswürdig. So war es den Sommer über gewesen, als ob eine einzige Meinungsverschiedenheit zwischen ihnen alles wieder zerreißen, als ob ein einziges unbedachtes Wort das Gebäude, das sie umgab, endgültig zum Einsturz bringen könnte.

Sie stand auf und öffnete einen Fensterladen. Noch immer flimmerte die Hitze in der Luft, so konzentriert, als könnte sie sich jeden Moment wie eine Brandbombe entzünden. Nach dem Abendessen würde sie noch einmal unter die Dusche gehen, die Fenster aufreißen und eins von Knights Büchern lesen. Der Fußboden seines Zimmers war vollgestapelt mit Büchern. Es kam ihr so vor, als ob Knight den ganzen Sommer damit zugebracht hätte, die Sachen, die er nach Princeton mitnehmen wollte, einzupacken, auszupacken, zu ordnen und neu zu ordnen. Er hatte bereits so viele Bücher eingepackt, die an die Ostküste geschickt werden sollten, daß Everett ihn schließlich fragte, ob er glaube, daß die Bibliothek von Princeton für Erstsemester verboten sei.

«Warum soll ich sie hierlassen», hatte Knight mit einem Achselzucken erwidert, und einen Moment lang hatte Lily ihn dafür gehaßt; sie hatte Boshaftigkeit in seine sanfte Stimme hineingehört, während sie beobachtete, wie Everetts Gesicht den Ausdruck betonter Sorglosigkeit annahm.

Wie auch immer, sie wollte versuchen, heute abend zu lesen, obwohl sie es immer schwieriger fand, sich zu konzentrieren; in letzter Zeit hatte sie nur Bücher über Chicagoer Gangster oder Schriften von Meereskundlern lesen können. Das Massaker am Valentinstag und die Abgrundtiefe des Mindanao-Meeres waren gleich weit weg und interessierten sie brennend. Als Knight letzte Woche nach Berkeley fuhr, hatte sie ihn gebeten, ihr aus einem der Taschenbuchläden in der Telegraph-Avenue ein paar Neuerscheinungen mitzubringen. Die Bücher, hatte Knight sie daraufhin belehrt, würden sich mit Sicherheit auch in Sacramento auftreiben lassen. Offenbar habe sie noch nicht registriert, daß es in Sacramento inzwischen Taschenbuchläden gebe. Sie und sein Vater bekämen wohl nie mehr in ihre Köpfe, daß sich in Sacramento alles verändert habe, daß Aerojet General und Douglas Aircraft und sogar das State-College eine völlig neue Klasse von Menschen in die Gegend gebracht hätten, Menschen von der Ostküste, Menschen, die Bücher läsen. Sie und sein Vater würden überrascht sein – vorausgesetzt, daß sie überhaupt mal aufwachten –, feststellen zu müssen, daß in Sacramento niemand mehr die McClellans kannte. Oder die Knights. Obwohl er nicht glaube, daß sie jemals aufwachen würden. Sie würden einfach fortfahren, ihre gottverdammten verwahrlosten Kamelienbäume im Capitol Park nach ihren gottverdammten Pionieren zu nennen.

Zwar hatte sie wenig Hoffnung, daß Knight ihr überhaupt neue Bücher über Columbus Iselin oder Mad Dog Coll mitbringen würde, doch war es immer noch besser, einfach im Dunkeln zu sitzen und die Scheinwerfer auf der Uferstraße zu verfolgen, als zu Francie Templeton zu gehen, wo alle schwitzten und jemand zu viel trinken und zu vertraulich werden würde. Der Besuch der Parties am Fluß war inzwischen genauso unerfreulich wie das Betrachten unscharfer Amateurfilme, die, Rolle für Rolle, durch zu häufiges Vorführen ein bißchen zerschrammt waren. *Das ist die Küche, und das da ist Joe Templeton, der versucht, Francies Glas in den Ausguß zu schütten; da, Francie, sie stampft mit dem Fuß auf, dabei ist es noch nicht einmal Mitternacht; paß auf, jetzt kommt die kleine Jennie Mason, sie sucht im Garten nach Bud Mason; diese Szene muß man sich merken; denn gleich kann man sehen, wie Jenny Mason (die in einer Sequenz, die aus dieser Rolle herausgeschnitten worden ist, bedauerlicherweise, aber nachvollziehbar, Bud Masons Aufenthalt im Garten mit Lily McClellan falsch auffaßt) von Everett McClellan getröstet wird; das da ist Everett, der da, der mit der Leidensmiene.* Das verstand man sogar ohne Ton. Auf die kleinen Jennies Soundso war Verlaß, auf die immer gleichen Gesichter, die immer gleichen Spiele; im vergangenen Jahr, als Ryder Channing auf einer von Francies Parties provozierend feststellte, daß er fünf von den zehn anwesenden Männern Geld schuldete, mußte Lily daran denken, daß sie mit sieben von den zehn im Bett gewesen war und daß sie sich bei vier von ihnen nicht mehr genau an das Wann und Wo erinnern konnte. Und jeden empfand sie jetzt als Geschmacksverirrung. Obwohl sie seit Juni keine Party am Fluß mehr besucht hatte, konnte sie sich mit derselben entstellenden Klarheit, die über dem ganzen Juni hing, daran erinnern, was nach der Party geschehen war: Es war zwar nicht die erste Party, die sie verließ, um in ein Hotelzimmer zu gehen, doch zum ersten Mal ging sie ins Senator-Hotel, das für sie immer noch das Hotel ihres Vaters war. Ihr Vater hatte die Bar im Senator geliebt, und als sie klein war, hatte er sie öfter mitgenommen und ihr eine Limonade mit Grenadine spendiert. (Am Morgen nach der Party preßte sie sich Everetts Kopfkissen auf den Bauch und grub die Fingernägel tief in ihre Arme, bis sie blaue Flecken bekam, aber mittags, als sie ganz allein zum See fuhr, war sie soweit, Everett die Schuld an allem zu geben. Es wäre nicht passiert, wenn Everett auf der Party gewesen wäre, statt zu Hause zu bleiben und über seine Schwester nachzugrübeln, nichts von alledem wäre jemals passiert, wenn Everett dagewesen wäre.)

Besser, du läßt es sein, hatte Ryder Channing an jenem Junitag am See, der Teil der Scherereien war, gesagt, und obwohl Ryder der letzte war, der ihr diesen Rat geben durfte, hatte er recht. Auf einer Party konnte alles wieder losgehen – zwei Drinks, jemand, der nicht aus der Stadt war, Everett, der sich nicht um sie kümmerte, mehr brauchte sie nicht – und als Everett um halb fünf nach oben gekommen war, hatte sie ihm gesagt, daß sie nicht zu Francie Templeton gehen würde.

«Es ist zu heiß. Geh du, wenn du willst.»

Sie bürstete ihr Haar, zog es vor ihr Gesicht und versuchte, die grauen Haare zu finden, die Julie im Dunkelblond entdeckt haben wollte. Lily konnte sich nicht vorstellen, graues Haar zu haben: Erstens war sie noch nicht siebenunddreißig, und außerdem gehörte zu ihrem Stil eine verführerische Zerbrechlichkeit. Mit grauen Haaren würde sie nicht mehr verführerisch zerbrechlich aussehen, sondern nur noch zerbrechlich.

«Knight und Julie gehen auch hin», fügte sie hinzu.

Everett setzte sich ans Fenster. Sein Gesicht und sein Khakihemd waren fleckig vor Staub und Schweiß. «Ich finde, du solltest hingehen. Sie rechnen mit dir.»

«Ich habe Kopfschmerzen», sagte sie sanft. «Dafür kann ich nichts, nicht wahr? Das würde jeder als höhere Gewalt akzeptieren. Sogar Francie Templeton. Ich erkälte mich, wenn ich mit nassem Hemd neben einem Ventilator sitze.»

«Du und deine Mutter.»

«Das ist angeboren. Das habe ich in *Readers Digest* gelesen. Von fünf New Yorker Ärzten. Wie man Kopfschmerzen für sich einsetzen kann. Egal. Geh du hin.»

«Gut», sagte er müde. «Einverstanden.»

Everett pfiff kaum hörbar durch die Zähne. Das und das Surren des Ventilators waren die einzigen Geräusche, die die Stille unterbrachen. Lily spürte, daß er die Augen nicht von ihren nackten Armen wandte, während sie sich das Haar bürstete.

«Wir könnten diesen Winter wegfahren», sagte er unvermittelt.

«Wegfahren», wiederholte sie. «Wegfahren, wohin?»

«Wir könnten verreisen. Wir könnten mit einem dieser Schiffe fahren, die einundvierzig Tage oder so unterwegs sind. Oder wir könnten nach Alaska fahren, oder nach Australien, nach Europa oder sonstwohin.»

«Aber doch nicht nach Alaska, Baby, ich meine, im Winter ist es dort bestimmt nicht lustig.»

«Irgendwohin», beharrte er.

«Australien. Stell dir das vor.»

«Hör mal», sagte Everett. «Das würde mir gefallen. Das haben wir noch nie gemacht. Wir sind noch nie zusammen weggefahren. Eine lange Reise. Das würde dir guttun.»

Es war nicht Everetts Art, wegfahren zu wollen. Seit dem Krieg hatte er die Ranch nur gelegentlich an Wochenenden verlassen, zu Versammlungen der Farmer oder zu Beerdigungen im Tal unten; man hätte ihn auch für einen bäuerlichen Ivar Kreuger halten können, den Wächter eines gefährdeten Reiches, das ständig kontrolliert und in Bruchteilen von Sekunden in den Griff bekommen werden mußte. Obwohl sie ihn angefleht hatte, mit ihr und den Kindern zu kommen, als sie im Sommer 1957 nach Europa fuhren *(Bitte, Everett. Es macht keinen Sinn, wenn du nicht mitkommst, Baby, es ist zwecklos, mich allein irgendwo hinzuschicken, es wird nur genau wie immer sein, wenn ich wiederkomme, bitte, Everett)*, hatte er sich geweigert.

«Könntest du denn weg?» fragte sie jetzt.

«Ich glaube schon.» Er stand auf und öffnete einen Fensterladen. «Jedenfalls», fügte er hinzu, «du und Julie, ihr könntet fahren.»

«Sie kann nicht einfach die Schule schwänzen. Sie muß sich auf das College vorbereiten, und außerdem meint sie, daß sie verliebt ist. Sie glaubt, daß sie sich in diesen Studenten aus Berkeley verliebt hat. Ich bezweifle, daß sie sich lange genug von ihm losreißen können wird, um uns zum Schiff zu bringen.»

«Du meinst doch nicht etwa den Jungen, den sie mitgebracht hat.»

«Doch, genau den.»

«Den konnte ich nicht ausstehen. Das weißt du.» Everett hielt inne. «In dem Jackett sah er wie ein kleiner Itaker aus.»

Lily sagte nichts. Der Junge war einsneunzig, zehn Zentimeter größer als Everett; fast so blond, wie Everett in dem Alter gewesen und Knight jetzt war; und er hatte, als er an einem Julitag hochgefahren war, um Julie zu treffen, ein Madrasjackett getragen, das haarscharf genauso aussah wie das, welches in Knights Kleiderschrank hing. Everett fand ihn unsympathisch, weil er sich einen Drink gemacht und Julie auch einen angeboten hatte.

«Jedenfalls», sagte Lily schließlich, «geht es doch wohl nicht darum, daß ich mit Julie wegfahre. Oder doch?»

«Eine Reise würde dir guttun», wiederholte Everett, ohne sie anzusehen.

«Das würde nichts ändern.»

«Abwarten», sagte er. «Lange Ferien.»

Sie lehnte sich an das Kopfende des Nußholzbetts, bis die geschnitzten Blätter in ihren Rücken schnitten. *Lange Ferien.*

Everett setzte sich neben sie, nahm ihr die Bürste aus der Hand und bürstete ihr Haar. Als sie den Kopf an seinen Arm schmiegte, legte er die Bürste weg und massierte ihre Schultern.

«Julie sagt, sie hätte Grau gesehen», sagte Lily.

«Das ist doch nicht so schlimm, oder?»

«Sie findet das elegant. Sie findet, es sieht sehr elegant aus, daß du grau wirst. Sehr elegant und an der Zeit. Ich habe ihr gesagt, daß man im allgemeinen mit Vierzig noch nicht jenseits von Gut und Böse ist, aber sie hat mich nur angesehen.»

Everett massierte Lilys Nackenmuskeln. «Julie ist ganz in Ordnung.»

«Das finde ich auch. Das lindert meine Kopfschmerzen.»

«Leg dich hin», sagte er, die Hände immer noch auf ihren Schultern.

Sie schlug mit einer Hand die Decke zurück, streifte mit der anderen ihren Slip hinunter und kickte die Strohsandalen weg. Sie lag auf dem Laken und sah zu, wie Everett die Fensterläden wieder schloß und sich auszog. Sie hatte immer bewundert, wie feingliedrig er ohne seine Kleider aussah. Er war der einzige Mann, dessen Körperbau ihr genau richtig vorkam.

«O Gott», flüsterte sie, als sie nach ihm griff. «Everett, Baby, wir sind so müde.»

Er war noch nicht fertig, als sie zu weinen anfing, ein tränenloses Schluchzen, das sich aus Lust zusammensetzte und aus Müdigkeit, und noch lange nachdem es vorbei war, klammerte sie sich an ihn, ihre Schultern bebten unter ihrem leisen, stoßweisen Schluchzen, ihre Beine umschlangen ihn. (Sie konnten jetzt nur noch am Nachmittag oder mitten in der Nacht zusammen liegen, wenn sie beide schon etwas geschlafen hatten; bis auf eine kurze Zeit in den ersten Jahren nach ihrer Heirat, konnten sie nicht einfach das Licht ausknipsen und sich einander zuwenden. Statt dessen überkam sie so etwas wie Stolz, Zurückhaltung, Widerwillen. Im Lauf der Jahre hatten beide viel gelesen.) Ermattet hörte Lily den Ventilator, die Mücken, Knights Auto vor dem Haus; ohne sich zu bewegen, hörte sie das penetrante Klingeln des Telefons und schließlich ein Klopfen an der Schlafzimmertür.

«Knight, deine Ma schläft», rief China Mary aus der Küche. «Sag ihm, er soll noch mal anrufen.»

«Von wegen noch mal anrufen», murmelte Everett im Halbschlaf. «Warum sind sie überhaupt rangegangen? Warum stellen sie es nicht leiser, damit sie es gar nicht erst klingeln hören.»

«Warum schläfst du nicht einfach ein», flüsterte Lily und küßte ihn auf die Wange. Everetts Widerwillen, das Telefon abzunehmen, hatte sie zu Beginn ihrer Ehe als großes Kompliment empfunden: *We won't have it known, dear, that we own a tel-e-pho-own.* Es dauerte fast zwei Jahre, ehe ihr bewußt wurde, daß das nichts mit ihr zu tun hatte, daß Everett das Telefon genauso behandelte wie seine Post: so vorsichtig, als ob er einem nächtlichen Geräusch an der Kellertür auf den Grund gehen müßte.

«Bleib du einfach mal einen Moment ruhig liegen», fügte sie hinzu, «und ich werde dir einen Drink holen.»

Obwohl sie gern noch eine weitere Stunde mit Everett auf dem Bett gesessen und mit ihm geflüstert und Bourbon getrunken hätte (wieder klingelte zweimal das Telefon), gingen sie schließlich nach unten, zum Abendessen. Julie verspätete sich, sie kam einige Zeit nach den Artischocken, mit erhitztem Gesicht, strahlenden Augen, in einem Baumwollhemd, das sie sich über den Badeanzug gezogen hatte, das nasse blonde Haar mit einem ausgebleichten rosa Ripsband zusammengebunden (sie hatte Mrs. Templetons Thunderbird gefahren und redete über die *Beschleunigung* im ersten *Gang – keine* Automatik, *ein Thunderbird mit Knüppelschaltung*, wenn ihr euch das vorstellen könnt), und irgendwann zwischen den Artischocken und Julies Erscheinen ging Lily ans Telefon, sagte Ryder Channing, daß sie abends zu Hause sein würde, was eigentlich eine einfache Übung war, aber natürlich lief bei ihr nichts einfach. Everett fragte nicht, wer angerufen hatte (er wußte es, er wußte es immer), und als sie sah, daß die Hitze und die Anspannung die Ader auf seiner Stirn anschwellen ließen, wußte sie, daß sie irgend etwas sagen mußte. Was sie, bemüht beiläufig in einem wirren Ansturm von Schuld und Liebe sagte, war, daß sie vielleicht doch zu den Templetons gehen würde. Bei ihr lief eben nichts einfach. Die Anspannung in Everetts Gesicht löste sich etwas, und alles würde gutgehen. Sie konnte mit ihrem Auto fahren, früh wieder gehen (sie hatte, wie Everett wußte, Kopfschmerzen), sich mit Ryder auf dem Bootssteg treffen, aber nur für einen Moment; später dann würde sie sich irgend etwas ausdenken, um alles wieder auszubügeln, alle glücklich zu machen. Das Abendessen wenigstens war gerettet. Trotzdem wünschte sie sich jetzt, daß sie gar nicht ans Telefon gegangen wäre. Sie wünschte sich, daß sie und Everett im Bett geblieben wären, während die Sonne langsam aus dem Zimmer wanderte, das Zirpen der Grillen begann und der Abendwind über dem Fluß aufkam (im ersten Ehejahr hatten sie das manchmal gemacht, waren in der anbrechenden Dunkelheit im Bett geblieben, hatten hin und wieder einen Schluck aus der Flasche Bourbon getrunken, die Everett immer neben dem Bett stehen hatte); jetzt bedauerte sie, daß sie nicht von fünf Uhr nachmittags bis zum nächsten Morgen unerreichbar auf dem Nußholzbett liegen bleiben konnten.

2

Everett saß fünfzehn Minuten auf dem Bootssteg, bis Lily kam. Er hörte sie, lange bevor er sie sah, weil der Mond um diese Zeit, um eins, vollständig untergegangen war. Obwohl die Lichter der weiter flußabwärts gelegenen Häuser auf dem Wasser glitzerten, wurden die eineinhalb Meilen Flußufer, die den McClellans gehörten, nur durch das gleichmäßige Blitzen der Bojen der Küstenwache beleuchtet; die Lampe am Steg funktionierte nicht. Durchgebrannt. Seit wann, wußte er nicht. *Liggett erinnern*, dachte er. Die Stegbeleuchtung beunruhigte ihn auf einmal. (Erst die Stegbeleuchtung, als nächstes ein schadhafter Zaun, dann womöglich Macken an der Pumpe, und schon wäre sie hinüber. Und bald würde das ganze Anwesen zerfallen, es würde vor seinen Augen verschwinden, sich zurückverwandeln in was immer es gewesen sein mochte, als sein Urgroßvater zum erstenmal das Tal betrat.) Durch das Eichen- und Pappelwäldchen konnte Everett ein einsames Licht im zweiten Stock des Hauses erkennen; die unteren Stockwerke verdeckte der Deich.

In diesen fünfzehn Minuten dachte Everett nur an die Stegbeleuchtung *(Ligett mußte auf so etwas besser achtgeben)* und die Hopfenfelder. Obwohl er immer noch den 38er Revolver seines Vaters in der Hand hielt, dachte er darüber ebensowenig nach wie über Ryder Channings Taschenlampe, die immer noch brannte. Ihr schwacher Schein sickerte durch das trübe, fünf Zentimeter tiefe Wasser, wo sie sich im Gewirr der Wurzeln verfangen hatte. Nächste Woche würden sie den Hopfen ernten, die Hopfenreben von den Schnüren schneiden. Jedes Jahr im August, unmittelbar vor der Ernte, wurde Everett von einer einzigen Furcht durchströmt, einer intensiven Angst, intensiv wie ein quälender Alptraum: Er war fest davon überzeugt, daß der Darrofen, in dem der Hopfen trocknete, explodieren würde. Manchmal ging er nach unten und saß die ganze Nacht in der Küche, weil er vom Küchenfenster aus den Darrofen sehen konnte. Nicht, daß der Verlust der Ernte ihn in diesem oder irgendeinem anderen Jahr ruinieren könnte: diesen Sommer hatte er weniger

Morgen Hopfen als vor fünfzehn Jahren, als sein Vater starb. Mit Hopfen ließ sich kein Geld mehr machen: Alle Farmer am Fluß gaben allmählich den Anbau auf. «*Es handelt sich hier um eine Kombination von Faktoren*», *hatte er versucht, seiner Schwester Sarah und ihrem dritten Ehemann zu erklären, als sie im Juni auf der Durchreise von Philadelphia nach Hawaii zu Besuch kamen.* («*Nicht Honolulu, Everett*», *hatte Sarah ihn korrigiert.* «*Maui. Oahu ist seit Jahren versaut.*») *Der Reihe nach hatte er wiederholt, was die Abnehmer ihm erzählten. Deine Aktien werfen nicht mehr so viel ab wie früher, weil wir nicht mehr so viel verdienen wie früher. Zum einen trinken die Leute nicht mehr so viel Bier wie früher. Zum anderen produzieren die Brauer ein leichteres Bier, wie sie es nennen; mit weniger Hopfen.*»

Der Verlust des Hopfens würde Sarah nichts bedeuten. Nichts, was die Ranch anging, hatte Sarah jemals etwas bedeutet. Aber Everett hatte die ganze Woche lang wenig mehr als das vertraute Bild gesehen: Einen brennenden Darrofen, Flammen, die hoch in den nächtlichen Himmel schlugen und trotzdem (unmöglich, wie in einem Alptraum) kein Licht in die Dunkelheit warfen. *Dieses Jahr würde es bestimmt passieren*, dachte er jetzt.

Als er Lily hörte, blieb er regungslos sitzen. Plötzlich bemerkte er den 38er Revolver in seiner Hand, das Blut auf dem Ärmel des Dacron-Anzugs, den Lily ihm in San Francisco bei Brooks Brothers gekauft hatte. Er hörte ihre hohen Absätze auf der Holztreppe vom Deich zum Flußufer. (*Du lieber Himmel*, dachte er mit diffuser Zärtlichkeit, hochhackige Schuhe, um sich am Strand vögeln zu lassen), er hörte, wie sie die Zweige der Eichen zur Seite schob, hörte, wie sie seinen Namen rief.

Everett, rief sie, lange ehe sie ihn auf dem Anleger gesehen haben konnte. Sie rief nach ihm, nicht nach Channing, beantwortete damit die Frage, die er nie gestellt hatte: Würde sie den Schuß hören und zu ihm kommen oder würde sie kommen, um sich, wie immer, mit Channing zu treffen; würde sie es wissen und zu ihm kommen, oder würde sie zu Channing kommen, würde sie sauber und ahnungslos aus der Dusche kommen, unter der sie vor etwa zwanzig Minuten gestanden hatte, würde sie kommen, weil sie mit dem Boot eine halbe Meile flußabwärts fahren wollte, weil sie vorhatte, sich dort mit Channing auf die Sandbank zu legen, auf der Knight und Julie ihre Strandparties abhielten. (Er hatte die Dusche gehört, als er ins Haus gegangen war, um den Revolver aus der Schublade zu holen, er hatte den Dampf in der offenen Badezimmertür gesehen, hatte gehört, daß sie eine Melodie summte, deren Text sie nie behalten konnte: *We will thrive on keep alive on / just nothing but kisses.*) Sie hatte also den Schuß gehört und war zu ihm gekommen: Sie hatte *Everett* gerufen.

Als er aufstand, hielt er immer noch den Revolver in der Hand. Lily stand am Aufgang zum Steg, blickte erst zu ihm, dann zu Channings Leichnam, der ausgestreckt auf einer morschen Planke lag. In diesem Moment, noch bevor einer von ihnen sprach, schoß es Everett durch den Kopf, daß Lily nicht mehr so hübsch war wie früher. Nie hatte irgend jemand sie als schön bezeichnet, aber sie hatte eine zwingende Zerbrechlichkeit an sich, eine Täuschung, die nicht nur durch ihren Körper vermittelt wurde, sondern auch durch ihre Augen. Nicht, daß ihre Augen eine bemerkenswerte Farbe hätten (haselnußbraun müßte in ihrem Führerschein stehen) oder einen ungewöhnlichen Schnitt. Es war einfach nur so, daß sie größer zu sein schienen als irgend etwas sonst an ihr, was bewirkte, daß allein ihre Gegenwart, wie die eines Menschen, der sich im Hungerstreik befindet, zu einer Art emotionaler Herausforderung wurde. Jetzt erschöpfte es ihn, sie anzusehen: Ihre Augen waren zu groß.

«Ich schätze, er war hier, um sich mit dir zu treffen», sagte Everett und schlug mit der freien Hand nach einer Mücke. Er sah Channings Leichnam nicht an.

Sie schwieg.

Unfähig, einen Gedanken zu fassen, wünschte Everett sich, daß sie wieder ins Haus und ins Bett gehen könnten; er wollte ihr einen Drink machen, Bourbon mit zerstoßenem Eis, so wie sie es mochte, mit ihr friedlich im Dunkeln unter dem Moskitonetz sitzen.

«Das war unnötig», sagte sie schließlich mit kaum hörbarer Stimme. «Unnötig.»

Dann begann sie zu weinen. Everett stand da und sah sie an, bis ihr Schluchzen jenen hilflos automatischen Ton annahm, der anzeigte, daß sie außer sich geriet, daß sie eine unsichtbare Grenze überschritt, ihr kartographisch nicht erfaßtes Privatterritorium des Schreckens betrat. Ein plötzlicher oder unerwarteter Tod, der Anblick eines Fremden, der Narzissenzwiebeln pflanzte, oder die Erinnerung an einen alltäglichen, vergessenen Nachmittag (zum Beispiel, als sie mit den Kindern im Golden Gate Park waren, ihnen die geschnitzten Seepferdchen im Aquarium zeigen wollten und die Seepferdchen nicht mehr da waren) konnten Lilys Hysterie ausbrechen lassen. «So sollten die Menschen leben», hatte sie bei dem Gärtner mit den Narzissen gesagt; er hatte ihr vorgeschlagen, sie könne vor dem Haus Narzissen pflanzen. Er fragte sich, ohne wirkliches Interesse, ob Channing Lily je weinen gesehen hatte. Wahrscheinlich, überlegte er. Wahrscheinlich hat jedes Arschloch am Fluß sie weinen gesehen.

Er legte den Revolver auf den Bootssteg und ging zu ihr. Der Pullover war ihr von den Schultern gefallen, und er blieb stehen, um ihn von der schmutzigen Erde hochzunehmen. Es war ein rosa Kaschmirpullover von Julie. Hinten am Hals war eines der Wäschebänder mit ihrem Namen eingenäht, die Lily gekauft hatte, als Julie auf die Schule der Dominikanerinnen kam. *Julia Knight McClellan*. Julie war jetzt genauso schön wie Lily früher. Obwohl ihr feines, fast weißblondes Haar Everett immer an seine Schwestern erinnerte. («Sie sieht vielleicht wie Sarah aus, aber Martha sieht sie nicht im entferntesten ähnlich», hatte Lily im Sommer fast geschrien. «Ich weiß nicht, wieso du das auch nur sagen kannst.») Im großen und ganzen sah Julie immer mehr wie Lily aus: Sie bewegte sich wie Lily, hatte sogar ihr scheues, zögerndes Lächeln, das bei Lily inzwischen nur noch eine Marotte war. (Hatte er nicht gerade erst vor einer Stunde, auf der Party der Templetons, beobachtet, wie Julie sich am anderen Ende des Zimmers mit einer für Lily typischen, fahrig raschen Geste eine Haarsträhne aus dem Gesicht schob? *Lily*, hatte er gedacht, und in dem kurzen Moment, der zwischen dem Sehen der Geste lag und dem Erkennen, daß es doch nicht Lily war, sondern Julie, wurde sein Gesicht kalt vor Erleichterung und Scham. Bis zu diesem Moment der Gewißheit hatte er sich die Frage verwehrt, wo Lily war. Erst da wurde ihm bewußt, daß er sich seit einer halben Stunde nicht aus dem Zimmer gerührt hatte, daß er absichtlich dort geblieben war, um sich in dem Glauben zu wiegen, daß Lily auf der Terrasse war oder unten, im Klavierzimmer. *We will thrive on keep alive on / just nothing but kisses.* Julie trug ein weißes Kleid mit tiefem Rückenausschnitt, und er starrte ihren sonnenverbrannten Rücken an, als ob er ihn nie zuvor gesehen hätte. Was er nie zuvor gesehen hatte, war, daß ihr Rücken genau wie Lilys aussah. Man konnte die zarten Wirbel erkennen. Lily und Julie hielten sich beide sehr gerade, sie nahmen ihre schmalen Schultern zurück, als wollten sie die Wirbel verstecken. Wie in Trance hatte er auf Julies Rücken gestarrt und sich gereizt gefragt, warum sie kein Kleid trug, das ihren Rücken bedeckte, als er eine Hand auf der Schulter spürte. Er war so nervös, daß er zusammenzuckte. Es war Francie Templeton. «Everett, du brauchst einen Drink», lachte sie; er lächelte und legte ihr den Arm um die bloße Schulter. «Genau, Francie», hatte er gesagt. «Ganz genau.») Sie war also schon gegangen, dachte er nun; zum erstenmal versuchte er, sich eine zeitliche Reihenfolge vorzustellen.

Der Wind, der sich über dem Fluß erhob, wehte durch die Stille und die brütende Hitze, raschelte in den trockenen Blättern und ließ das Wasser an den Steg spritzen, wiegte den kleinen Kabinenkreuzer in seiner Verankerung, zerrte Channings Taschenlampe aus dem Gewirr der Wurzeln in die Strömung des Flusses. *Weiden sind silbern, Espen zittern.* Das war die einzige Verszeile, die Everett auswendig kannte: Er hatte sie vor etwa dreißig Jahren gelernt und konnte sich nicht mehr daran erinnern, wer das geschrieben hatte oder wie es weiter ging, aber wenn der Wind über dem Fluß aufkam, ertappte er sich häufig dabei, daß er diese Zeile im Kopf aufsagte. In Colorado hatte er einmal Zitterpappeln gesehen, meilenweit, und sich für die Ranch welche gewünscht.

Er klopfte die Blätter und den Staub von Julies Pullover und legte ihn Lily um die Schultern. Sollte der Wind aufkommen, wenn der Darrofen brennt, dachte er nebenbei, *dann könnte das Haus draufgehen.* Er strich Lily übers Haar, stellte sich die Eukalyptushecke vor, durch die die Flammen fuhren, die an der Nordseite die große Fläche mit dem dichten staubigen Efeu erfaßten, aufglommen, dann unaufhaltsam an der Fachwerkfront des Hauses hochschlugen, konnte den Gedanken nicht abschütteln, daß Lily im Feuer gefangen war. Und vergeblich schloß er die Augen, um die häßliche Vorstellung ihres zarten Skeletts in der weißglühenden Ruine zu verbannen.

«Du hast gewußt», sagte sie endlich, ihr Schluchzen unterbrochen von einem trockenen Husten, «du hast gewußt, daß das unnötig war.»

Er verstand ihr Flehen und wußte nicht, was er sagen sollte. Er wünschte sich, er könnte sie trösten (es war unnötig, Lily, unnötig, es ging nicht um dich, Lily, es hat nichts mit dir zu tun), weil es in der Tat nichts mit ihr zu tun hatte. Jetzt, da es geschehen war, jetzt, da Channings Leiche zwischen ihnen und dem Fluß lag, kam es Everett so vor, als ob es überhaupt nichts mit ihnen zu tun hatte, am allerwenigsten mit Lily; daß sie alle, er selbst, Lily und Channing einfach Zuschauer eines Geschehens waren, das vor langer Zeit anderen Menschen widerfahren war.

«Du hast ihn erschossen», flüsterte Lily.

Everett nickte. Plötzlich war er erschöpft. *Vielleicht hat sie es nicht begriffen,* dachte er, gelähmt von der Vorstellung, es ihr doch noch erklären zu müssen. (Er hatte gedacht, daß wenigstens das zwischen ihnen klar sei, er hatte gedacht, sie wüßte, daß es ausnahmsweise mal etwas gab, worüber es sich zu weinen lohnte.) *Vielleicht hatte sie es gerade eben kapiert.* Dann sah er, daß sie an ihm vorbei blickte, auf den Steg, wo der Revolver jetzt lag. Und da begriff er, daß sie nur eines wissen wollte: *Was würde er jetzt machen?*

Er hatte nicht darüber nachgedacht, ob es Alternativen, Lösungen, nächste Schritte geben könnte. Obwohl er sich im Moment nicht darauf konzentrieren konnte, wie es geschehen war oder was als nächstes geschehen würde, schien er immer gewußt zu haben, daß es geschehen würde, er schien es immer vorausgesehen zu haben, so wie den Brand des Darrofens. Nicht nur, daß es geschehen würde, sondern daß alles, was er kannte, zerstört werden würde. Lily meinte etwas anderes: Du hast ihn erschossen, meinte sie. *Was nun*.

Ihm schoß der Gedanke durch den Kopf, daß Lily immer darauf geeicht war, die Scherben aufzusammeln, daß sie seltsamerweise auf Notfälle eingestellt war. Die alltäglichen Verrichtungen waren es, die ihr schwerfielen. Sie hätte sich nie ein Kleid ohne seine Zustimmung gekauft, aber sie war, ohne ihn aufzuwecken, Weihnachten mitten in der Nacht zum Krankenhaus gefahren, als der Anruf mit der Mitteilung kam, daß Julie nach dem Weihnachtsball einen Unfall gehabt hatte. In der Nacht, als seine Schwester Martha ertrank, hatte sie innerhalb von zehn Minuten ein Beatmungsgerät zum Steg geschafft. Und einmal, vor vielen vielen Jahren, hatte sie Knight buchstäblich das Leben gerettet: Er hatte mit Knight auf dem Rasen gespielt, als Knight wegkrabbelte und sich an einer zerbrochenen Coca-Cola-Flasche den Fuß aufschnitt. Er hatte minutenlang dagekniet, Knight in den Armen gehalten und hilflos zugesehen, wie das helle rote Blut auf den Rasen spritzte. Damals, wie jetzt, konnte er nicht denken. (Damals kam Lily, die sie vom Haus beobachtet hatte, mit einem Geschirrtuch angerannt, sie wußte, wie man die Blutung stoppt, und schließlich bugsierte sie Everett und das Baby in den Pickup und fuhr sie, ohne den Fuß auf der kurvenreichen Uferstraße auch nur einmal vom Gas zu nehmen, die fünfundzwanzig Meilen ins Unfallkrankenhaus nach Sacramento. Knight wäre fast gestorben, und vielleicht wäre er sogar noch im Wartesaal des Unfallkrankenhauses gestorben, wenn Lily den Pfleger nicht geohrfeigt und geschrien hätte: *Ihre Vorschriften sind mir gottverdammt egal. Sie werden jetzt meinem Kind helfen, ob es nun Einwohner der Stadt Sacramento ist oder nicht. Und beeilen Sie sich. Sonst wird mein Vater den ganzen Laden hier wegen Totschlags verklagen.* Auf der Rückfahrt, mit Knight auf dem Schoß, weinte sie zum erstenmal: Sie hatte vergessen, sagte sie, daß ihr Vater bereits tot war.)

Lilys Hand lag auf seinem Arm.

«Hatte Ryder eine Waffe?» flüsterte sie.

«Ich kann dich nicht verstehen», sagte Everett barsch. Warum flüsterte sie, obwohl sie genau wußte, daß es im Umkreis von mehreren Meilen außer ihnen nur einen Menschen gab (Julie und Knight würden immer noch bei den Templetons sein, und Ligett und die Mexikaner waren in der Stadt, denn es war Samstagabend), und der einzig mögliche Zuhörer, der, um den es ging, war tot.

Lily trat einen Schritt zurück und starrte ihn an.

«Du brauchst nicht zu flüstern», sagte er und wischte sich eine Mücke aus dem Gesicht.

«Ich will wissen, ob er eine Waffe hatte.»

«Was glaubst du? Glaubst du, daß er eine hatte? Er war, verdammt noch mal, nicht hier, um auf Fasanenjagd zu gehen, oder?»

«Er hat dich bedroht.»

Everett blickte zum Fluß. «Nein», sagte er. «Er hatte keine Schußwaffe, und er hat mich nicht mal bedroht.»

«Aber er hätte es tun können, verstehst du?» Lily redete langsam und deutlich mit ihm, wie mit den Kindern, als sie noch klein waren. «Er hätte dich bedrohen können.»

Sie läuft um ihr Leben, dachte Everett. Er schwieg.

«Er hat getrunken, und vielleicht war er hier, weil er mich...» Sie brach ab und sah weg. «Weil er was von mir wollte.»

«Klarer Fall», sagte Everett. «Das ist gut. Glaubst du, daß der ausgekochteste jüdische Anwalt Kaliforniens zwölf Freunde und Nachbarn zwischen hier und Stockton ausfindig machen könnte, die bestätigen würden, daß du es nicht darauf angelegt hat?»

«Wir könnten uns ein Motiv zurechtlegen.»

«Hör zu», sagte er. «Hör nur ein einziges Mal zu, und merk dir, was ich sage. So einfach geht das nicht. Es gibt kein Motiv. Das will ich nicht.»

«Du hast jetzt keine andere Wahl mehr.»

«Du hast es immer noch nicht begriffen. Ich will das nicht.»

«Was willst du denn?» fragte sie ungerührt.

Er sah auf den Fluß. *Was willst du denn.* Zum einen wollte er mit ihr weggehen. Die Idee, einfach *wegzugehen*, durchzog schon seit Monaten sein Alltagsleben. Anfangs (so etwa im April) hatte er dabei nicht an eine Reise gedacht, eine Möglichkeit, die ohne weiteres von Reisebüroangestellten, Zahlmeistern von Schiffen, den Büroangestellten der Fluggesellschaften arrangiert werden konnte; selbst im Juli hatte sein Wunsch weder die strahlenden Farben von Urlaubsplakaten und *Holiday*-Zeitschriften angenommen noch die subtileren, exotischeren Pastelltöne der Landkarten von Rand-McNally. Der Wunsch überkam ihn nur kurz und in seltsamen Momenten: wenn er mit einem Agenten über den Hopfenpreis verhandelte oder wenn er darauf wartete, daß am anderen Ende der Telefonleitung jemand abhob. Noch bevor die Idee eine Form annahm, kalkulierte er sie mit ein: *Wenn wir erst weg sind,* dachte er zum Beispiel, ohne sich bewußt zu sein, daß er es gedacht hatte.

Eine Reise war nicht viel. Noch sehnlicher hatte er sich in diesem Sommer gewünscht, etwas mit den Kindern zu machen; er hatte nichts mit ihnen gemacht. In ein paar Wochen würde Julie wieder zu den Dominikanerinnen zurück müssen, und vom Sommer würde ihm nur die Erinnerung an die Hitze bleiben. Mehr nicht: Die Hitze, und Lily, die bei geschlossenen Fensterläden oben lag; Julie, die aufgekratzt nach Hause kam, weil es so heiß war; die Tatsache, daß die Hitze Sarah so zugesetzt hatte, als sie im Juni zu Besuch war, und daß der kühlste Platz unten war, im Sand, zwischen den Hopfenstangen. In diesem Sommer wirkte das Haus plötzlich zu klein. Zwei Stockwerke. Siebzehn große dunkle Zimmer, genug Platz für drei Generationen vor ihm: Das Haus schien für die vier Mitglieder der Familie nicht groß genug zu sein. Schuld war die Hitze. (*«Diese Art von Hitze hatte ich vergessen», entschuldigte sich Sarah atemlos bei ihrem Mann. «Wenn man dort lebt, wo alles grün ist, vergißt man, wie es hier draußen ist. Ist dir klar, daß es hier seit April nicht geregnet hat und daß es hier bis September auch nicht regnen wird? Ist dir das klar?» Immer noch genauso irritiert wie damals, als Sarah zum erstenmal fortgegangen war, hatte Everett gesagt, sie brauche, wenn sie Grün sehen wolle, nur den Hopfen anzusehen. Mit dem neuen Bewässerungssystem würden sie, alles in allem, in diesem Sommer wahrscheinlich zehntausend Dollar ausgeben, um den Hopfen so grün halten zu können. «Genau das meine ich», hatte Sarah gesagt.)*

Schuld waren die Hitze und Sarah und die Art und Weise, wie der Sommer angefangen hatte. Everett wollte einen Weg finden, um mit Julie zu reden, er wollte ihr sagen, daß er für sie sorgen würde, daß sie sich vor nichts zu fürchten brauche. Er hatte noch nicht mal einen Weg gefunden, ihr zu sagen, daß sie zu schnell fuhr. Einmal hatte er gesehen, wie sie mit dem Lincoln mit achtzig Sachen die Uferstraße hinunterraste. Und Knight wollte an die Ostküste, allein. Nicht, daß Everett etwas dagegen hatte. Obwohl Princeton nicht seine Idee gewesen war, fand er sie gut; er fand sogar, daß er selbst gern ein Jahr woanders als in Stanford studiert hätte. Aber er wußte, daß Knight die Reise an die Ostküste weniger als Zwischenspiel betrachtete, denn als Anfang. Egal, was Knight beteuerte, er dachte nicht daran, wieder auf die Ranch zurückzukommen. *Was willst du denn.* Was immer er gewollt hatte, hatten die anderen nicht gewollt. Everetts Großvater hatte vor seinem Tod Everetts Vater gesagt, daß das Land am Fluß und die übrigen Farmen, alles in allem etwa siebentausend Morgen, zu gleichen Teilen zwischen seinen drei Enkelkindern aufgeteilt werden sollten. Zwischen Sarah, Everett und Martha. Obwohl sie hier ein Stück Land verkauften und dort etwas dazukauften, gehörte das Land am Fluß noch ihnen, und sie hatten immer noch etwa siebentausend Morgen, die von der Company verwaltet wurden, von der McClellan Company. (Es gab sogar einen Firmenstempel, obwohl Julie ihn vor Jahren zerbrochen hatte, als sie versuchte, einen Lederkoffer damit zu prägen.) Seit Marthas Tod gehörte die McClellan Company Everett und Sarah jeweils zur Hälfte, und Everett managte alles. Knight würde sogar noch mehr Land besitzen. Die ganzen alten Obstplantagen der Knights würden von Lily auf ihn übergehen, und er würde möglicherweise alles zum Verkauf freigeben, noch ehe die Tinte auf den Urkunden getrocknet war. (Knight hatte Sarah als erster darauf aufmerksam gemacht, daß das Stück Land, das flußaufwärts an die Ranch grenzte, Rancho Del Rio Nr. 1 hieß, und das angrenzende Land flußabwärts, das ein Jahr später erschlossen wurde, Rancho Del Rio Nr. 3. «Sie warten auf ihre Chance», hatte Knight gelacht. «Sie warten auf Rancho Del Rio Nr. 2.»)

Was willst du denn. Das hatte er Martha in jener Nacht gefragt, in der sie an dem Bootssteg, auf dem jetzt sein Revolver lag, ertrank. (Baby, was willst du denn, hatte er gesagt, was hast du gewollt.) Jedesmal, wenn Sarah nach Hause kam (obwohl sie es nicht mehr ihr Zuhause nannte), wollte er ihr dieselbe Frage stellen. Und Knight. Und Julie. Er sah wieder zu Lily. Sie hatte diesen leeren, ängstlichen Blick, den sie manchmal nachts hatte, wenn er sie aus einem ihrer Alpträume weckte. Sie hatte immer Angst vor der Dunkelheit. *Lieber Gott, was hatte sie denn gewollt?*

«Ich will zurück ins Haus», sagte er.

3

Wir könnten uns ein Motiv ausdenken. Everetts Kopf funktionierte zum erstenmal wieder, seit er das Haus der Templetons verlassen hatte. (Das mußte gegen Mitternacht gewesen sein; denn irgend jemand hatte laut gerufen: «Tanzen am Sonntag verboten», und dann war Francie Templeton den Drink holen gegangen, den er nicht brauchte, und Joe Templeton hatte ihn gefragt, wo Lily sei, und er verließ das Haus und ging schräg über den Rasen und die mit Kies bestreute Einfahrt zu seinem Wagen. Er hatte gesehen, daß Knight Francies Nichte aus Santa Barbara unten auf der Steinbank am Swimmingpool küßte, hatte Francies Lachen unter den Stimmen und der Musik, die aus dem Haus kamen, herausgehört und hatte dann gesehen, daß Lilys

Auto nicht mehr da war.) Während er auf dem Deich stand und wartete, daß die Scheinwerfer der Autos vorbeifuhren und er mit Lily die Straße, die zum Haus führte, überqueren konnte, fing er an, die Möglichkeiten abzuwägen. (O Gott, erinnere dich daran, wie es war, als du in den heißen Sommernächten mit Lily die Uferstraße entlang gefahren bist, Lily schlief, ihr Kopf lag an deiner Schulter, das Summen der Mücken übertönte das Brummen des Motors, und du wußtest, daß ein kühles weißes Zimmer auf uns wartete, das Nußbaumbett mit dem Moskitonetz, Lilys und dein Zimmer, das davor deinem Großvater gehört hatte. Unsichtbar in den nächtlichen Feldern: Lilys Körper, sein Körper, das Haus vor ihnen: Alles war eins, eine unsichtbare Dreieinigkeit. Aber vielleicht war es das nie gewesen, nie, bis auf die Zeit, wenn Lily schlief. Er kannte diese Straße so gut, daß er sie mit geschlossenen Augen hätte fahren können, er hatte jede Kurve im Schlaf erkannt, genau gewußt, wann die Bodenwelle kam, wo der Straßenbelag an der Bezirksgrenze wechselte. Erinnere dich daran, wie es mal war. Wenn sie schlief, war Lily genau so, wie er sie sich wünschte.)

«Hab jetzt keine Angst», sagte Lily. Ihre Stimme klang schroff. Sie legte die Hand auf seinen Arm, als wollte sie ihn hinter sich her ziehen.

Da erst merkte er, daß die Scheinwerfer schon längst vorbei waren und er immer noch auf dem Schotterstreifen stand und den Kopf hängen ließ. Während sie darauf warteten, daß die Autos vorbeifuhren, hatte er sich daran erinnert, was in der Zwischenzeit geschehen war, in der Joe Templeton ihn nach Lily fragte, bis zu dem Zeitpunkt, als er die Party verließ. Er hatte Joe einen Schwinger verpaßt und sein Kinn gestreift, was Francie, die ausnahmsweise fast nüchtern war und seinen Drink in der Hand hielt, veranlaßte, dazwischenzugehen. *Was ist denn los,* fragte sie dauernd. Everett wußte nicht, was los war, aber es hatte etwas mit Joe zu tun. *Du hast es doch tatsächlich geschafft, was, Templeton*, knurrte er bissig. *Swimming Pools. Neue Thunderbirds. Du, ein lausiger armer Dreckfarmer, hast wirklich das große Los gezogen.* Als er ging, hörte er, wie Francie hinter ihm herlachte: *Und du fährst keinen Thunderbird, was, Everett McClellan, und ich sehe deine Kinder auch nicht im Fluß schwimmen. Während der Semesterferien von Princeton.*

Everett straffte die Schultern und befreite seinen Arm aus Lilys Griff.

«Wann kommt Julie nach Hause?» fragte er.

«Ich weiß es nicht.» Sie ließ die Hand hängen. «Ich weiß nichts von Knight oder Julie. Sie war wieder mit einem der Zwillinge zusammen. Ich bin gegangen.»

«Ich möchte Julie jetzt nicht sehen.»

«Hör mal», sagte sie. «Wir können es schaffen.»

«Nicht Julie», sagte er. Sie legte ihm sanft die Hand auf die Wange, und er hielt sie mit seiner Hand fest. Ihre Haut war zart, und in der Dunkelheit sah sie wieder so verletzlich aus wie mit zwanzig. Ja, verletzlich war sie. *Lasset die Kindlein zu mir kommen.* Einfach genug wäre es. Er könnte jetzt zum Fluß zurückgehen, Channings Leiche von der morschen Planke heben, beschweren und in den Fluß rollen. Dort würde sie drei, vielleicht vier Monate unten liegenbleiben, jedenfalls so lange, bis der Fluß etwas mehr Wasser führen und die Strömung stark genug sein würde, um den Leichnam flußabwärts schwimmen zu lassen. Dann würde er vielleicht gefunden werden: Er könnte an einem Pfahl hängenbleiben oder in einen sumpfigen Nebenarm gespült und nach oben getrieben werden. Wieviel könnten sie bei der Autopsie dieses entstellten, verwesenden Fleischklumpens erkennen? Er versuchte, sich an Kriminalromane zu erinnern, ihm fielen aber nur welche ein, in denen es im Zimmer für einen Moment dunkel wird, und wenn das Licht dann wieder angeht, wird eine Leiche entdeckt, die über dem Baccarat-Tisch zusammengesunken ist. Auf jeden Fall mußte der sich weder mit dem C. I. D. noch mit der Sûreté herumschlagen, sondern nur mit den schwer einzuschätzenden Fähigkeiten des amtlichen Leichenbeschauers. Solche Sachen standen weniger in Kriminalromanen als in Zeitungsberichten über Mord und Totschlag, die er stets mit einem Desinteresse, das aus seiner Skepsis herrührte, las. Die Meldungen kamen ihm immer unwahrscheinlich vor. *Vater tö-*

tet Liebhaber der Tochter, Streit um Autoschlüssel. Ehefrau tötet Mann und verletzt Kind. Wollte nicht schießen. Serviererin eines Autobahnrestaurants ermordet, Täter unbekannt. In den vielen Jahren der Lektüre hatte er nur mitbekommen, daß Zahnärzte, wenn es um die Identifikation ging, oft eine Schlüsselrolle als Zeugen spielten; außerdem erinnerte er sich, noch vager, daran, daß die Autopsie zeigen würde, ob die Todesursache Ertrinken gewesen war oder nicht, unabhängig davon, wie weit die Verwesung bereits fortgeschritten war. Er erinnerte sich nicht mehr, ob in der Lunge Wasser sein durfte oder nicht. Selbst wenn die Leiche monatelang nicht auftauchte, würden auf jeden Fall Erkundigungen eingezogen und allen, die Channing gekannt hatten, Fragen gestellt werden, und besonders ihm, besonders ihm und Lily. Jeder wußte, jeder mußte von Lily und Channing wissen, von Martha und Channing. Seit fünfzehn Jahren.

Möglicherweise würde es sowieso morgen herauskommen oder in der nächsten Woche. Nancy Channing würde ihn vermissen, wenn schon sonst niemand: Sie hatte ihn wegen ausstehender Alimente verklagt, und die Anwälte ihres Vaters waren dauernd hinter ihm her. Soweit Everett wußte, war für Montag eine gerichtliche Anhörung angesetzt. Wenn Channing als vermißt gemeldet wurde, würden sie vielleicht – bestimmt im diesjährigen Sommer, in dem es jeden Monat drei oder vier Wasserleichen gab – auf die Idee kommen, den Fluß abzusuchen. Vielleicht würden sie die beschwerte Leiche herausfischen, damit erübrigte sich die Frage, ob es ein Unfall war, keine Chance, daß seine in jeder Hinsicht ungeordneten Lebensverhältnisse Ryder Channing bewogen haben könnten, ins Wasser zu gehen. Alles in allem gab es zu viele Risiken.

«Wo steht sein Auto?» fragte Everett plötzlich, und in dem Moment, in dem er es sagte, stürmten all die Unwägbarkeiten auf ihn ein, die Elemente, die er nie vollständig einkalkulieren können würde, die vielen zusätzlichen Faktoren, die er übersehen würde. Channings Auto stand noch auf der Ranch; China Mary war nicht, wie sonst immer am Samstagabend, zu Besuch bei ihrer Schwester, vielleicht war sie in ihrem Cottage hinter dem Haus geblieben, hatte den Schuß gehört und wußte alles. Channings eventuelle Termine am Montag. Nicht, daß Selbstmörder nie Termine hätten; und es gehörte nicht zu Channings Stärken, Termine einzuhalten. Dennoch ...

«Unten, in der Nebenstraße zum Bootssteg», sagte Lily gelassen, und der alte Groll brach kurz wieder in ihm auf und verdunkelte alles. (Direkt neben der Deichstraße geparkt, versteckt zwischen den Bäumen, in der Dunkelheit; ein schwarzer Mercedes, noch immer nicht bezahlt. «Ich war unten, auf dem Steg, Baby», hätte sie mit der gleichen ruhigen Stimme verkündet, wenn das alles nicht passiert wäre, wenn er einfach von der Party nach Hause gekommen wäre und das Haus verlassen vorgefunden hätte, wenn er einfach oben gewartet hätte, so wie er in anderen Nächten gewartet hatte, auf das Geräusch ihrer hohen Absätze auf der Holzveranda gelauscht hätte, auf die Fliegengittertür, auf ihr Summen. *We will thrive on keep alive on / just nothing but kisses.* «Ich war unten und habe aufs Wasser gestarrt. Hat Francie dir nicht gesagt, daß ich nach Hause gegangen bin? Hat sie dir nicht gesagt, daß ich Kopfschmerzen hatte?»)

Den Mercedes könnte er verschwinden lassen, gut, aber das wäre genauso, als wollte man einem bereits gebrochenen Deich mit Sandsäcken beikommen: Dann würde eine andere Stelle aufbrechen. Doch es gab immer noch Lilys Idee, eine fast der Wahrheit entsprechende Idee, über die sich alle das Maul zerreißen würden, aber eine Idee, die letztlich auch die einfachste wäre: Er würde jetzt im Büro des Sheriffs anrufen – er könnte Ed McGrath zu Hause anrufen, sie hatten ihn in der Nacht, in der Martha ertrunken war, zu Hause erreicht – und ihm sagen, daß er Ryder Channing in Notwehr erschossen hatte. Oder um seinen Besitz zu verteidigen. Oder wie immer sie es nennen wollten. Er war nach Hause gekommen, hatte Lily auf dem Steg schreien gehört, hatte nach dem Revolver gegriffen und war hinausgerannt, um zu sehen, was los war. Als er sah, daß Lily mit Channing kämpfte, hatte er versucht, sie auseinanderzubringen. Channing griff ihn an, und er erschoß ihn. *Farmer erschießt Freund im Streit um die Ehefrau. Bestreitet Tötungsabsicht.*

Das war nur glaubwürdig, wenn man Lily ihren angeblichen Widerstand abnahm. Wenn irgendein Heißsporn von Staatsanwalt den Fall bearbeitete – wer würde das sein? Everett kannte keinen von ihnen mehr – konnte er sich profilieren, er konnte beweisen, wie oft Lily dieses Lied schon gehört hatte. Obwohl sie wahrscheinlich Lily und Channing nichts nachweisen konnten (Nancy Channing, überlegte er, würde sich kaum die Mühe gemacht haben, sämtliche Beweise gegen ihn zu sammeln; sie hatte sich vor langer Zeit scheiden lassen, sie hatte einfach seelische Grausamkeit als Grund angegeben, aber sie konnte natürlich trotzdem Beweise haben – noch mehr Unwägbarkeiten, wieder nicht einkalkulierbar.) Sie konnten vieles vermuten, vielleicht irgend etwas anderes beweisen, vielleicht sogar Marthas Namen mit hineinziehen, sobald sie erst mit Nancy Channing gesprochen hatten (er hatte keine Ahnung, wieviel Nancy Channing von Martha wußte, ob sie überhaupt etwas wußte), sie konnten Lily mit dem Messer durchbohren, konnten es der Jury schwermachen zu glauben, daß sie eine Grenze setzte und zu schreien anfing, nach all ihren Affären.

Aber es war möglich: Lily könnte es schaffen. Die Zeitungen würden alles breit auswalzen (man gebe Francie Templeton zwei Drinks, dafür würde sie wahrscheinlich höchstselbst in den Zeugenstand treten), aber Lily könnte es schaffen. Sie würde alles zugeben, nicht um ihn, Everett, zu retten, sondern um sie alle zu retten. Ihn, Knight, Julie, sich selbst. Es würde ein romantischer Prozeß sein. Gut. Ein romantischer Prozeß für Julie. Nun, er wollte sie auch alle retten. (Nie hatte er Julie mehr geliebt als heute abend: Die Welt könnte gut und gern zu Grunde gehen, wenn sie nur unversehrt bliebe, ihr zarter Körper, ihr Sonnenbrand, ihr weißes Kleid, ihr Haar, das Marthas so ähnlich war, ihre Sehnsucht nach einem Thunderbird mit Knüppelschaltung. Seine Verpflichtung gegenüber Lily war zu dem unverbrüchlichen Versprechen geworden, sie vor den menschlichen Schwächen zu schützen, die er mit ihr teilen wollte.) Er wollte sie alle retten, und er würde sie retten. Er war sich nur nicht sicher, wie. Er wußte einfach nicht, wo er ansetzen konnte, es gab keine eindeutige Ursache. Es waren die Briefe, die er von Sarah erhielt, und es war Martha, die dort am Deich begraben lag, es war die Art und Weise, wie Knight im Juni geredet hatte; es war die Art und Weise, wie er immer gespürt hatte, daß der Darrofen brennen würde, nur, daß das inzwischen bedeutungslos war. Es war, als ob der Darrofen bereits gebrannt hätte. Alles schien sich seinem Griff in eine unerreichbare Ferne entzogen zu haben; er hatte den Revolver geladen, um die namenlose Wut zu erschießen, die ihn seit zehn, zwanzig und noch viel mehr Jahren verfolgte. Jetzt hatte der Geist nur einen Namen bekommen. Er hieß Ryder Channing.

1938–1959

4

Du hast jetzt keine andere Wahl mehr, *hatte sie zu Everett gesagt, als ob er je die Wahl gehabt hätte. Gab es jemals im Leben eines Menschen einen Punkt, unabhängig von Zeit und frei von Erinnerung, einen Punkt, an dem eine Entscheidung mehr war als die Summe all der Entscheidungen, die bereits vorher getroffen worden waren? Du hast jetzt keine andere Wahl mehr:* Ihr Vater hatte es gewußt, auch wenn er es leugnete. Denn er hatte es geleugnet. *Du sagst, was du willst, und dann greifst du zu,* hatte er zu Lily am Morgen ihres sechzehnten Geburtstages gesagt: Das war einer ihrer seltenen Versuche, sich im Gespräch näher zu kommen, betäubt, wie immer, durch das Tosen des Blutes zwischen ihnen. (Weder Walter Knight noch sein einziges Kind vergaßen jemals dieses Blut: Einsilbig tauschten sie Allgemeinplätze aus, Höflichkeitsfloskeln, die möglicherweise so trocken und spröde sein mußten, um das Gewicht von etwas auszuhalten, für das es keinerlei Floskeln gab. Paß auf dich auf. Brauchst du Geld. Schreib mir.) *Du sagst, was du willst, und dann verfolgst du dein Ziel, und wenn du beschließt, die Schönste und Klügste zu werden, und die Glücklichste, dann schaffst du es.*

«Denk einfach daran, daß jeder auf der Welt das bekommt, was er fordert», wiederholte Walter Knight und teilte die sechzehn Silberdollar, die er auf ihr Bett geworfen hatte, in zwei Häufchen.

«Vielleicht ist das kein so großer Gewinn», sagte sie. «Zu bekommen, was man will.»

Sie war sich bewußt, daß die Erfüllung ihres geheimsten, verbotensten Wunsches, nämlich daß man ihr anbot, die Scarlett

O'Hara in der Verfilmung von *Vom Winde verweht* zu spielen, nicht nur außerhalb ihrer Reichweite, sondern, auf lange Sicht gesehen, auch nicht in ihrem eigenen Interesse lag. Es würde sich nicht, *per se*, günstig auf ihren Charakter auswirken. Andererseits sprach ihr Vater nicht über ihren Charakter, was zu den Eigenschaften gehörte, die ihn von den Vätern anderer Mädchen unterschieden. Hinzu kam noch, daß er gut genug aussah, um Rhett Butler spielen zu können, obwohl er, wie die Familie ihrer Mutter behauptete, einen «schwachen Zug um den Mund» hatte.

«Von Gewinn habe ich nichts gesagt.» Walter Knight nahm ein Obstmesser aus seiner Tasche und zerteilte den Apfel, den er Lily zum Frühstück mitgebracht hatte. «Davon habe ich überhaupt nicht gesprochen. Ich habe gesagt, daß nur du die Verantwortung trägst. Genau wie ich. Wie jeder.»

Er machte eine Pause, warf das Kerngehäuse des Apfels in den Papierkorb. «Iß den Apfel, und dann besorgen wir uns ein paar Waffeln. Du bist zu dünn. Ich habe gesagt, daß du das Spiel bestimmst. Daß du die Spielregeln machst. Ich meine damit, daß du, wenn vor langer Zeit nicht viele Menschen gesagt hätten, was sie wollten, und danach gehandelt hätten, nicht in Kalifornien geboren worden wärst. Du wärst vielleicht in Missouri auf die Welt gekommen. Oder in Kentucky. Oder in Virginia.»

«Oder gar nicht in Amerika», ergänzte Lily.

Walter Knight schwieg. Nicht in Amerika geboren zu sein, das war sogar innerhalb des großen Rahmens seiner Rhetorik ziemlich unvorstellbar.

«Oder gar nicht in Amerika», räumte er schließlich ein, wohl wissend, daß der Punkt trotzdem an ihn ging. «Was ich damit sagen will, ist, daß du von Menschen abstammst, die wußten, was sie wollten, und es bekommen haben. Vergiß das nie.»

«Vielleicht weiß ich nicht, was ich will. Manchmal mache ich mir deshalb Sorgen.»

«Für Sorgen bin ich zuständig», sagte Walter Knight. «Das weißt du.»

Mit fester Überzeugung, die Walter Knight Angst machte, obwohl er sie darin bestätigte, glaubte Lily mit sechzehn ebenso unbeirrt, wie sie daran glaubte, daß es Amerikas Aufgabe sei, der Welt den Segen ihres episkopalischen Gottes zu bringen, daß ihr Vater eines Tages Gouverneur von Kalifornien werden würde. Es war nur eine Frage der Zeit, bis er in Amt und Würden in Sacramento in das weiße viktorianische Haus einziehen würde, das er immer noch übertrieben nonchalant (das Haus war immerhin seit 1903 der Sitz des Gouverneurs) «das alte Gallatin-Haus» nannte. Die Zeit, die Walter Knight in Sacramento verbrachte, und er verbrachte in dem Jahr, in dem Lily sechzehn wurde, sehr viel Zeit in der Stadt, war angesichts dieses Ziels vertretbar. Obwohl sie es damals noch nicht wußten, würde er nie wieder soviel Zeit dort verbringen, denn 1938 sollte das letzte Jahr seiner Amtszeit im Kongreß sein.

Die Ranch wurde von Gomez verwaltet, der sogar mit den Obsthändlern verhandelte, während Walter Knight in seiner vertrauten schummrigen Hotelbar im Senator saß und in dem weißen Holzhaus in der achtunddreißigsten Straße anrief, in dem Miss Rita Blanchard wohnte. (Miss Rita Blanchard war, wie er immer wieder betonte, seine engste Vertraute in der Stadt, eine gute Freundin, eine loyale Freundin, eine Freundin, deren Name in der Senator-Bar, wenn Walter Knight anwesend war, nur von einem in den Mund genommen werden durfte, von Walter Knight.) Gomez war ein durch und durch mieser Typ; man hätte auf die Idee kommen können, er wolle mit Macht die Meinung widerlegen, daß unsere Nachbarn im Süden *muy simpatico* seien. Geduldig untermauerte er Walter Knights Überzeugung, daß Ehrlichkeit nur von einem echten Kalifornier erwartet werden konnte. «Ich zahle dem Hund mehr, als irgendein Mexikaner in diesem Tal bekommt», pflegte Walter Knight in regelmäßigen Abständen zu verkünden. «Trotzdem betrügt er mich, er hält es für nötig, mich bis aufs Hemd auszuplündern. Belehrt mich eines Besseren, wenn ihr könnt. Klärt mich auf.» Diese Aufforderung, die natürlich rein rhetorisch war, diente dazu, jedem der Anwesenden ein angenehmes Gefühl von *noblesse oblige* zu vermitteln; denn Walter Knight war der erste, der zugab, er würde, wenn er einen mexikanischen Verwalter einstellte, nie erwarten, daß dieser bei der Arbeit den Ehrenkodex von Stanford anlegte. Einmal hatte Edith Knight die Herausforderung angenommen, aber das Argument, das sie anführte, hatte wenig mit Gomez zu tun. «Vielleicht würde das nicht passieren», sagte sie eines Abends beim Essen, wobei sie die Hände flach auf das schwere weiße Leinentischtuch legte und haarscharf an Mann und Tochter vorbeiblickte, «vielleicht würde das nicht passieren, wenn du, sagen wir mal, die Hälfte der Zeit, die du in der achtunddreißigsten Straße verbringst, hier auf der Ranch verbringen würdest.»

Walter Knight forderte Lily auf, die Zartheit des Spargels zu würdigen, der, trotz des außergewöhnlich schlechten Spargeljahres für die Farmer im Süden des Staates, kaum drei Meilen entfernt auf der Pierson Plantage gediehen war.

«Walter», flüsterte Edith Knight schließlich mit rotem Gesicht und so verkrampft, als hätte sie Fieber. Ohne sie anzusehen, langte Walter Knight über den Tisch und berührte ihre Hand. «Sarkasmus», sagte er, «war nie dein *forté*.» Edith Knight richtete sich auf und nahm ihr Wasserglas. «Das Wort heißt *forte*, Walter», sagte sie nach einem Moment, wieder ganz sie selbst. «Ohne Akzent.»

Fehler wie diese unterliefen Edith Knight selten: Der Glaube an eine Veränderung zum Guten gehörte zu den Grundfesten ihrer Überzeugungen. In jenem Jahr, Lilys sechzehntem Lebensjahr, versuchte sie es mit Parties. Von Weihnachten über Ostern bis in den Frühsommer gab sie Feste, wie man sie seit langer Zeit nicht mehr am Fluß gefeiert hatte, und sie vertraute darauf, daß die nächste Party ihr das Land offenbaren würde, das gerade um die Ecke liegen mußte, das Land, in dem Milch und Honig flossen. *Ich habe an schwimmende Kamelien in Silberschalen gedacht*, schrieb sie an Lily bei den Dominikanerinnen, *oder würdest Du Unmengen von Veilchen besser finden? P. S. Bring jemanden mit, wenn Du möchtest, aber komm nicht her, wenn Du an dem Wochenende zum Ball eingeladen bist, Du wirst viele nette Leute nicht kennenlernen, wenn Du es weiterhin versäumst, an diesen*

Bällen teilzunehmen. Da Lily bereit war, sehr weit zu fahren, um einen Ball zu versäumen (beim Anblick der unerbittlich quadratischen Umschläge in ihrem Postfach in der Schule wurde ihr ganz anders, und sie fror bei der Vorstellung, daß sie in einem zerdrückten Organdy-Ballkleid und mit feuchten Händen in Glacéhandschuhen auf einem der vergoldeten Stühlchen im St. Francis Hotel stranden würde), fuhr sie regelmäßig zu den Parties ihrer Mutter nach Hause.

Dann kam sie am Sonnabend mit dem Morgenzug an, und Gomez holte sie in Sacramento ab. («*Como està usted, Senor Gomez?*» rief sie eines Morgens, als sie aus dem Zug stieg. «Ich kann Sie nicht verstehen», antwortete er, nahm ihre beiden Taschen und reichte ihr die schwerere.) Obwohl Gomez hin und wieder einwilligte, bei einem Laden im West End anzuhalten, wo sie Tacos mit den Fingern essen konnte, sprach er bei Gelegenheiten wie diesen kein Wort, außer wenn Crystal dabei war. Mit Crystal lebte er in wilder Ehe, die auf gegenseitiger Toleranz beruhte, und wenn Gomez sie am Sonnabendmorgen mit in die Stadt nahm, dann nur, um ihr ihre Entgleisungen vom Freitagabend vorzuhalten. In einem Moment fehlgeleiteter Vertraulichkeit hatte Crystal Lily einmal erzählt, daß sie in dem Jahr, ehe Gomez sich in Fresno an sie hängte, das ganze verdammte Tal, rauf und runter, abgegrast hätte. «Und Honey, bestimmt nicht als Pflückerin, kapiert?» hatte sie hinzugefügt und ihre weißen Hände gezeigt, an denen jeder Fingernagel spitz zugefeilt und jadegrün lackiert war. Ohne Lily zu beachten, machte Gomez dann seinem Zorn auf spanisch Luft, was Crystal angeblich nicht verstand. «Du bist ein dämlicher Hund», erwiderte sie von Zeit zu Zeit schleppend, wobei sie Lily vergnügt in die Seite stieß und im Taschenspiegel die dunklen Wurzeln ihrer wasserstoffsuperoxydblonden Jean Harlow-Frisur inspizierte. (Obwohl Crystal schon drei Monate mit Gomez zusammengelebt hatte, ehe Walter Knight ihre Anwesenheit auf der Ranch mitbekam, wurde sie in dem Moment, in dem er sie bemerkt hatte, zu einer seiner Lieblingsfiguren, die er abwechselnd als «die liebliche Isolde» oder «dieses Herzchen» titulierte.)

Gegen sieben Uhr abends, wenn das Haus von dem schwachen süßen Duft der Wachskerzen und Edith Knights fast greifbarer Erwartung erfüllt war, zog Lily das hellblaue Crêpe de Chine-Kleid an, das, wie ihre Mutter fand, ihr Haar am besten zur Geltung brachte, holte sich ein Glas Champagner und nahm es mit nach oben in den zweiten Stock, wo sie sich ans Fenster setzte und beobachtete, wie die Autos im großen Bogen von der Brücke kamen und die Straße zum Haus hoch fuhren. Alle kamen sie zu den Parties: Die Leute vom Fluß und die Leute aus der Stadt und, wenn der Kongreß tagte, die Leute aus Red Bluff, Stockton, Placerville, Sonora, Salinas, einfach von überall her. Sogar aus dem Süden kamen welche, was allen Zweiflern bewies, daß Walter Knight Interesse an ganz Kalifornien hatte und nicht nur an den Wasserrechten, den kleinen Meinungsverschiedenheiten und der Gesetzesvorlage, die er einmal eingebracht hatte, um die Gründung zweier voneinander unabhängiger Staaten zu fordern, wobei die Grenze irgendwo bei Tehachapi verlaufen sollte. «Ich will der ganzen Welt verkünden», hatte ein Lobbyist aus dem Süden zu Lily gesagt, «daß L. A. Gottes persönlicher kleiner Obstgarten ist.» Seine Frau wiederholte wie ein Echo: Gottes persönlicher Obstgarten. Dabei stammte keiner der beiden aus Kalifornien; er hatte seine kleine Lady bei einem überregionalen Schulorchester-Wettbewerb im Iowa State-Fußballstadion kennengelernt. Sein Orchester gewann den ersten Preis, ihr Orchester den dritten; und die drei ersten Orchester gewannen eine Reise nach Chicago, ins Palmer House, wo er und seine kleine Lady beschlossen hatten, ihr Verhältnis zu legalisieren. «Bin nach L. A. gekommen, nur mit meiner Braut am Arm und einem einzigen Dime in der Tasche», fügte er hinzu, «aber jetzt sollten Sie uns mal sehen, Baby. Der Obstgarten Gottes.» «In meinem eigenen Obstgarten habe ich ein paar Ihrer Landsleute als Wanderarbeiter», sagte Walter Knight; die Okies schlugen ihre Zelte immer noch am äußersten Ende der Ranch, neben der Hauptstraße in Richtung Süden auf. Obwohl es nicht unfreundlich klang, warf Edith Knight ihm einen mißbilligenden Blick zu. Ihre Vorstellung vom Weg ins gelobte Land sah anders aus.

Ganz egal, wer sonst noch kam, Rita Blanchard kam immer. Sie lächelte ununterbrochen, als ob sie tagelang in einem dunklen Zimmer geruht hätte, um ihre geballte Liebenswürdigkeit für diesen einen Abend aufzusparen, und sie ließ Edith und Walter Knight selbst dann nicht aus den Augen, wenn sie sich mit jemandem unterhielt. Ihre wehmütige Unaufmerksamkeit gehörte zu dem Gesicht, das sie der Welt zeigte, sie hinterließ regelmäßig den Eindruck, unrettbar fehl am Platz zu sein, völlig daneben, die Sorte Frau, die entweder einen Tag zu früh zum Dinner kommt oder einen zu spät, die unweigerlich in Tenniskleidung erscheint, wenn zum Bridge eingeladen wurde. Ihre Verwurzelung im Valley war so schwach, daß sie alljährlich im Frühling abreiste (im April nach Carmel, im Mai nach Europa), es gab Leute, die behaupteten, daß sie in Wahrheit in ein Sanatorium fuhr. Trotz allem, was sie wußte, verspürte Lily eine schuldbewußte Liebe zu Rita Blanchard: Ungeachtet ihrer fünfunddreißig Jahre schien Rita Blanchard noch immer auf jenen vergoldeten Stühlchen im St. Francis Hotel zu sitzen. Obwohl sie wissen mußte, daß sie im Valley als Schönheit angesehen wurde, verleugnete sie dieses Wissen allein schon durch die Art und Weise, in der sie einen Raum betrat: Sie demonstrierte, daß sie fest von ihrer Unfähigkeit überzeugt war, irgend jemandem gefallen zu können. Sie ließ den Kopf hängen, strich sich mit nervösen Gesten das Haar aus dem Gesicht; wenn sie unvermittelt angesprochen wurde, zuckte sie zusammen und stotterte herum. Früher oder später hatte man ihr alle Märchen angedichtet, die sich um späte Mädchen zu ranken pflegen, um so ihr amtliches Zölibat zu erklären: Eine heimliche, brutale Ehe mit anschließender Annullierung; einen verstorbenen Liebsten, dahingerafft am Vorabend der offiziellen Bekanntgabe ihrer Verlobung; einen strengen Vater, der jeden Verehrer abgeschreckt hatte. Nicht einmal die Tatsache, daß Ritas Vater, zu seinen Lebzeiten ein überaus sanfter Mann, seit ihrem zwölften Lebensjahr tot war, konnte der Popularität dieser letzten Theorie etwas anhaben. In Wahrheit war es einfach so, daß Walter Knight ihr seit zwölf Jahren Gesellschaft leistete, und sollte Rita jemals mehr erwartet haben, so hatte ihr fehlendes Selbstvertrauen, in Verbindung mit Walters Übermaß an dieser Eigenschaft, alle Schatten vertrieben. Obwohl gemunkelt wurde, daß das Land der Blanchards nicht mehr so viel Geld abwarf wie früher, reichte es immer noch dafür, daß Rita Lily alljährlich zu Weihnachten ein teures Geschenk machte («Vergiß nicht, dich bei der armen Rita zu *bedanken*», befahl Edith Knight dann jedesmal – für sie gehörte das Eigenschaftswort «arm» zu Ritas Taufnamen –, «auch wenn französisches Parfüm für meinen Geschmack nicht gerade ein passendes Geschenk für ein *jeune fille* ist.»), ihre gesamte Garderobe bei Jean Patou in Paris kaufte und niemanden, außer Walter Knight, um etwas bitten mußte.

Rita kam also, wie alle anderen, und alle amüsierten sich blendend auf diesen Parties, aber niemand mehr als die Knights. In jenem Jahr rissen sie, sobald die Abende warm wurden, die Verandatüren sperrangelweit auf und errichteten die Bar im Garten, um den ersten kühlen Lufthauch vom Fluß aufzufangen. «Edie findet, daß warme Nächte die Garantie für das Gelingen einer Party sind», sagte Walter Knight dann und zog sie an sich, «und Edie hat fast immer recht.» Die beiden schienen sich ein taktisches Versprechen gegeben zu haben, das für die Dauer einer Party hielt: Alles, was sie je über liebevolles Verhalten gehört oder gesehen hatten, wurde an diesen Abenden von ihnen zur Schau gestellt. Man hätte sie für die Opfer einer vierundzwanzig Jahre währenden Besessenheit halten können. Wenn sie ihre Gäste an der Tür verabschiedeten, stand Edith Knight vor ihrem Mann und lehnte sich an seine Brust; ihr Gesicht wirkte nicht mehr streng, sondern strahlend, ihre Art nicht mehr trokken, sondern fast schmachtend, ihre Zierlichkeit bildete den Kontrast zu Walter Knights Massigkeit und war ein Beweis ihrer Hilflosigkeit, ihrer Abhängigkeit, ihrer großen Liebe. «Fahrt vorsichtig», sagte sie dann sanft und mit umflortem Blick, «wir sind sehr glücklich, daß ihr gekommen seid.» Alle Welt sollte sehen: Unter ihrem Kissen im ersten Stock wartete der Hochzeitskuchen, und sie brannte darauf, nach oben zu gehen.

Wenn alle gegangen waren, summte sie Musical-Schlager,

während sie und Lily die Kerzen ausbliesen, die Verandatüren schlossen und hier und da Servietten vom Boden aufhoben. «Weißt du eigentlich», unterbrach sie sich plötzlich und wandte sich an Walter Knight, «wie oft Harry Scotts Schwester *Of Thee I Sing* gesehen hat, als sie mit dem Mann verheiratet war, der in New York City arbeitete?»

«Keine Ahnung.»

«*Vierzehn* Mal. Sie hat es vierzehnmal gesehen. Mit seinen Klienten.»

«Ich wette, daß sie die Texte besser kennt als du.»

«Das spielt doch keine Rolle.»

Dann ging sie, immer noch von ihrer eigenen Vorstellung wie verzaubert, zu Walter Knight und setzte sich auf die Kante seines Sessels. «Geh schon nach oben, Edith», sagte er dann regelmäßig. «Ich komme gleich nach. Ich will nur noch mein Glas austrinken.» Peinlich berührt, bemühte sich Lily dann, noch ein paar Aschenbecher und Gläser zu finden, die geleert und weggeräumt werden mußten: Sie wollte ihrer Mutter nicht nach oben folgen und an ihrer offenstehenden Tür vorbeigehen müssen, sie wollte nicht sehen müssen, wie sie in ihrem veilchenblauen Abendkleid am Fenster saß, sich die Nägel feilte oder in dem strahlend hell erleuchteten Zimmer einfach nur die Hände in den Schoß legte. *Of thee I sing, baby.*

Walter Knight blieb unten sitzen und starrte die Seiten eines Buches an, bis es Zeit war, zur Frühmesse zu gehen. Er ging allerdings nie zur Messe; er ging nur zu Bett. «Ich liebe es, den Aufgang der Sonne zu beobachten», erklärte er. «Die meisten Menschen begnügen sich mit ihrem Untergang», sagte Edith Knight eines Morgens. «Ah», sagte er. «Nur in Kalifornien.»

Nach jeder Party blieb Edith Knight den nächsten Tag bei geschlossenen Fensterläden in ihrem Zimmer. Obwohl der Arzt ihr gesagt hatte, daß sie Migräne habe, schluckte sie nie die Tabletten, die er ihr gab: Sie glaubte nicht an Migräne. Jeden Sonntagmorgen erklärte sie Lily und Walter Knight, daß sie nur an einer leichten Grippe leide, die sich durch ihre Überarbeitung verstärkt habe, und niemals hätte sie zwei Drinks trinken dürfen.

Ende Mai legte sie dann fest, woran sie wirklich litt: an einer leichten, aber tückischen, durch Pollen noch verstärkten Anämie, und sie brauche mal eine Luftveränderung. Sie werde mit Lily nach Europa fahren. Paris und London habe sie schon immer sehen wollen, und man werde sonst nie erfahren, wie es in Europa sei. Die Reisezeit jedenfalls sei ideal.

Eine Woche später reiste sie nach Europa ab, und später dachte Lily, daß der Höhepunkt der Reise für ihre Mutter, deren Uhr immer auf die Pazifik-Standard-Zeit eingestellt blieb, weder Paris war noch London, sondern der Abend in New York, als sie mit Rita Blanchard bei Luchow's zum Abendessen verabredet waren, ehe sie an Bord der *Normandie* gingen. Rita, die aus Paris kam und auf der Heimreise in New York Station machte, sah blaß und müde aus; die Serviette fiel ihr hinunter, sie stieß ein Glas um, entschuldigte sich stotternd, daß sie Luchow's als Treffpunkt zum Dinner vorgeschlagen habe: Vielleicht mochte Lily deutsches Essen nicht. Lily liebe deutsches Essen, erklärte Edith Knight resolut, und Rita habe ausgezeichnet gewählt. Sie selbst gehöre außerdem nicht zu den Leuten, die der Ansicht sind, daß der Besuch eines deutschen Restaurants gleich heiße, daß man mit den Deutschen sympathisiere, ganz und gar nicht; jedenfalls könne jeder an Ritas Schwierigkeiten mit der Speisekarte erkennen, daß Rita bestimmt *nicht* pro deutsch eingestellt sei, und damit basta. Der Abend war warm und die Luft auf eine exotische Weise modrig schwer – Lily konnte sich immer am besten an das Wetter erinnern –, und nach dem Dinner spazierten sie eine Straße hinunter, wo auf dem Bürgersteig Obst zum Verkauf angeboten wurde. Rita fiel auf, daß die Birnen zum Teil aus den Obstplantagen der Knights kamen; ihre Freude darüber machte sie unvorsichtig, sie zog Lily und Edith Knight über die Straße, um sich die Kisten näher anzusehen, auf die «CAL-KNIGHT» gestempelt war. «Das mußt du Walter erzählen», sagte Edith Knight trocken zu Rita. «Vergiß nicht, ihn gleich anzurufen, wenn du zu Hause bist. Es wird ihn sehr freuen, das zu hören.»

Als Walter Knight dann ab Herbst nicht mehr im Kongreß war, gaben sie nicht mehr viele Parties. Bei den Wahlen im November wurde er, möglicherweise auf Grund seiner Unfähigkeit zu begreifen, daß drei Reden bei Dinnereinladungen im Sutter Club in Sacramento und ein großes Picknick, das hauptsächlich von den weitverzweigten Familien der Kandidaten besucht wurde, im Jahr 1938 keine schlagkräftige politische Kampagne mehr darstellten, vom Kandidaten der Demokraten geschlagen, einem ehemaligen Postangestellten namens Henry («Hank») Catlin. Henry Catlin erklärte, daß der «wohlgeborene Herr Pfründeinhaber» gleichermaßen im Sold des Satans wie des Papstes stünde, einer natürlichen Einheitsfront, da der Vatikan in der Tat eine Wirkungsstätte des Teufels sei. In Gegenden mit überwiegend mexikanischem Einfluß ließ Henry Catlin diese Unterstellung zugunsten einer anderen fallen: Walter Knight sei exkommuniziert worden, weil er ohne den Segen der Kirche geheiratet sowie anderweitig gesündigt habe, und er könne seine protestantische Tochter auf katholische Schulen schicken bis zum Sankt Nimmerleinstag, es würde trotzdem keinen Deut daran ändern. «Ich weiß nicht, wie sich eurer Meinung nach ein ehrbarer Familienvater verhalten sollte», konnte man ihn häufig auf Picknicks und anderen Wahlkampfveranstaltungen tönen hören. Abgesehen von Walter Knights nicht unerheblichen persönlichen Verpflichtungen sei er außerdem der Repräsentant des «ausbeuterischen Landadels» und der «eingeschworene Feind des kleinen Mannes». Er dagegen, Henry Catlin, setze sich für den kleinen Mann ein, für sein Menschenrecht auf einen Platz in der Sonne. Und daß er nicht auch noch aus *Fortschritt und Armut* zitierte, lag lediglich daran, daß er noch nie etwas von Henry George gehört hatte.

Am Wahltag saßen Lily und Edith Knight abends im Wohnzimmer und hörten die Wahlergebnisse im Radio. Obwohl die Konturen von Walter Knights politischer Zukunft um zehn Uhr abends klar waren, wartete Edith Knight, bis die letzten Stimmen ausgezählt waren, ehe sie ihre Stickerei zusammenlegte und aufstand.

«Du mußt nicht weinen», sagte sie zu Lily. «Das ist kein Grund, Tränen zu vergießen.»

«Ich vergieße keine Tränen.»

«Ich bin doch nicht blind. Das ist dein Alter. Du bist in der Heulphase.»

«Jetzt kann er nicht mehr Gouverneur werden. Wenn er die Wahl verloren hat, wird er niemals nominiert werden.»

Edith sah Lily lange an. «Das wäre er sowieso nie», sagte sie schließlich. «Nie im Leben.»

Am Fuß der Treppe fügte sie hinzu: «Aber komm bloß nicht auf die Idee, ernst zu nehmen, was diese Wanderarbeiter, die Okies, von ihm behaupten. Hast du mich verstanden?»

Lily nickte und starrte angestrengt auf die rote Anzeige der Radioskala.

Als Henry Catlin im Radio zu hören war, der die heilige Bürde seiner Wahl annahm, weinte sie immer noch. Mit seinem Midwestern-Akzent erklärte er, wie demütig es ihn mache, daß die Wahl des Volkes – vor allem die Stimmen von euch, die ihr das Land tatsächlich bearbeitet, von euch, die ihr den Wert eines Dollars kennt, weil ihr für jeden Dollar, den ihr verdient, Blut schwitzen müßt – auf ihn gefallen wäre, daß das Volk ihn gewählt habe, damit er es in die große Zukunft Kaliforniens führen solle, in ein neues Kalifornien, in Culbert Olsons Kalifornien, in ein Kalifornien, in dem es Arbeit gäbe und Vergünstigungen und Milch und Honig und 160 Morgen Land, gerecht verteilt, für jeden; in jenes Kalifornien, das uns in der Heiligen Schrift, jawohl Sir, versprochen wurde.

«Na, Lily», sagte Walter Knight und nahm seinen Hut ab.

Sie hatte vorgehabt, in ihr Zimmer hinaufzugehen, bevor er nach Hause kam, und wußte nicht, was sie sagen sollte. «Es tut mir leid», sagte sie schließlich.

«Das ist kein Grund, den Kopf hängen zu lassen, wirklich nicht. Wir leben in dem Zeitalter der Medizinmänner. Wir werden jeden Donnerstag Schlangenöl einnehmen. Dr. Townsend wird es uns persönlich verabreichen, assistiert von dem störrischen Sheridan Downey.»

Sie merkte, daß er ein bißchen betrunken war.

«Schlangenöl», wiederholte er mit Genugtuung. «Gleich zum Frühstück, zusammen mit unserem Spiegelei mit Schinken. Will man Mr. Catlin glauben, so klettern wir auf der goldenen Leiter geradewegs in die große Zukunft Kaliforniens.»

«Ich habe ihn gehört.»

«Wir erklimmen Jakobs Leiter» summend, öffnete Walter Knight den Barschrank, nahm eine Flasche heraus, legte sich dann, ohne sie zu entkorken, auf die Couch und schloß die Augen.

«Eine andere Welt, Lily. Andere Regeln. Aber wir werden sie mit ihren eigenen Regeln schlagen. Weißt du, warum?» Er öffnete die Augen und sah sie an. «Weil wir im kleinen Finger mehr Grips und mehr Mut haben als alle Okies zusammen.»

Sie lächelte zaghaft.

«Also, Lily, meine weiße Lilie. Du mußt nicht traurig sein. Ich werde viel mehr Zeit für die Ranch haben. Wir werden viel zusammen machen, wir werden lesen, ausgehen, etwas unternehmen. Ich möchte nicht das Gefühl haben müssen, daß du deswegen weinst.»

«Das wird bestimmt schön werden», sagte sie schließlich, knüllte das Taschentuch zusammen, das er ihr gereicht hatte, und stopfte es in die Tasche ihres Pullovers.

«Du bist immer noch meine Prinzessin.»

Sie lächelte.

«Die einzige Prinzessin auf der ganzen gottverdammten Welt. Niemand kann dir etwas tun.»

Wieder öffnete er den Barschrank, stellte die Flasche zurück, die er herausgenommen hatte, und nahm statt dessen die eckige Flasche mit dem Korken heraus, die den letzten Rest von dem trüben und nachgedunkelten Bourbon seines Vaters enthielt – kein gewöhnlicher Whiskey.

«Damit kannst du schlafen», sagte er und gab ihr ein Glas. «Also. Was du vielleicht noch nicht begriffen hast, ist, daß es sich bei Henry Catlin zufällig um einen Boten des Herrn handelt, der ausdrücklich zur Erde geschickt wurde, um Kalifornien von seinen eingeborenen Söhnen zu befreien. Er ist gesandt, das neue Kalifornien einzuläuten. Mr. Catlins Mutter ist ein Engel erschienen. Ein baptistischer Engel, mit Großmutter-Schürze und Haarnetz.» Er hielt inne. «Oder vielleicht war es diese Evangelistin, Aimee Semple McPherson. Diese Stelle der Heiligen Schrift kenne ich nicht so genau.»

«Er ist kein netter Mann», sagte Lily bestimmt, der Bourbon machte sie mutig.

«Alles verändert sich, Prinzessin. Nimm jetzt dein Glas und geh zu Bett.»

Alles verändert sich, alles hatte sich verändert: Die Sommerabende, an denen sie flußabwärts zu den Auktionen fuhren, vorbei an den blühenden grünen Hopfenfeldern, die Stare, die in der trockenen Luft der Dämmerung aus dem Unterholz aufflogen, die roten Weihnachtsbaumkugeln, die im Schein des Kaminfeuers glitzerten, die emsigen Sonntage im Herbst, an denen man durch den Regen fuhr und die Großtanten besuchte. Alles vorbei. «Lily soll das Spode-Geschirr erben, Edith, das Spode und die chinesischen Servierteller, die Alec aus dem Orient mitgebracht hat, hast du mich verstanden?» Und auch wenn Tante Laura weder in dem Jahr gestorben ist und auch nicht im nächsten, so stirbt sie doch eines Morgens, fünfzehn Jahre später: Der Anruf kommt aus dem Krankenhaus, als du gerade am Frühstückstisch sitzt und Julie erzählst, daß weichgekochte Eier schön und brav machen, und du erbst das Spode-Geschirr, das Spode und die chinesischen Servierteller, die Alec aus dem Orient mitgebracht hat. (Du kennst nur einen vergilbten Schnappschuß von Alec, der viel später aufgenommen wurde, als er schon seine Gesundheit, seinen Verstand und jede Erinnerung an den Orient eingebüßt hatte. Aber stell ihn dir als jungen Mann vor, er war ein stattlicher Mann, erzählte man sich, der von San Francisco und von Seattle in den Tagen des Chinahandels in See stach und nur einmal jährlich zu Hause aufkreuzte, mit Chinesischem Porzellan für seine Schwestern, und dann wieder aufbrach.) Die Dinge verändern sich. Dein Vater kann dir nicht mehr sagen, wann du zu Bett zu gehen hast, er kann dich nicht mehr mit dem Bourbon seines Vaters trösten, dem Whiskey, der nur zu Weihnachten und bei Begräbnissen als Seelenwärmer hervorgeholt wurde. Niemand wählt die Veränderung, doch wenn sie erst einmal angefangen hat, läßt sie sich nicht mehr aufhalten: Jetzt fließt in deinen Adern nicht nur ihr Blut, jetzt mischt es sich mit ihren Verlusten. Viele Jahre später hast du begriffen, oder du hast dir jedenfalls so zurechtgelegt, daß dein Vater letzten Endes bestimmt eines gewesen ist: Ein netter Mann, der niemals irgend etwas wirklich leidenschaftlich begehrt hat, ein Mann mit einer politischen Karriere, die einen Knick bekommen hatte, letztendlich ist er ein Versager gewesen, ein Mann, der sich in dem Glauben gefiel, daß ihm eine glänzende Zukunft verlorengegangen war, ein Mann, mit einem durchschnittlichen Verständnis von Würde und Bestechlichkeit und vielleicht nur einem einzigen außergewöhnlich ausgeprägten Talent, dem Talent für Selbstbetrug. (Aber das kann man nie so genau sagen, man weiß nie, wer letzten Endes um vier Uhr morgens betrogen zurückbleibt.) Er war ein guter Mensch, aber vielleicht zu oft nicht gut genug, als daß man sich langfristig auf ihn hätte verlassen können. Wenn du das begriffen hast, dann hast du viel über dich selbst begriffen, aber damals hattest du es noch nicht erkannt.

5

«Du könntest Everett heiraten», schlug Martha McClellan Lily vor, als sie beide noch Kinder waren, «falls ich mich entschließe, ihn nicht zu heiraten.» – «Man darf seinen Bruder gar nicht heiraten», hatte Lily gesagt und war sich ihrer Sache sicher, bis Martha diese Bestimmung offensichtlich als etwas interpretierend, was in den ersten hundert Regierungstagen festgelegt wurde, weise lächelnd prophezeite: «Weißt du, Roosevelt wird nicht ewig Präsident bleiben.»

Im nachhinein war das eine amüsante Geschichte, und als Everett und sein Vater an einem Nachmittag, im Juni 1940, auf einen Drink zu Besuch kamen, überlegte Lily, ob sie sie zum Besten geben sollte oder nicht. Besser nicht, beschloß sie: Everetts vier Jahre auf dem College und ihr Jahr in Berkeley hatten ihn fast zu einem Fremden werden lassen. Sie konnte sich noch nicht einmal daran erinnern, ob sie ihn in den letzten Jahren gesehen hatte, bis auf ein einziges Mal, im Winter, als sie in Stanford eine Party besucht hatte und ihr von dem Wein speiübel geworden war. (Everett hatte ihr aus der Küche einen kalten Kaffee geholt und darauf geachtet, daß der junge Mann, mit dem sie gekommen war, in einem anderen Zimmer wartete, bis es ihr besser ging; sie schämte sich, und weder sie noch Everetts Mädchen, eine blonde Tennisspielerin aus Atherton, wußten seine Ritterlichkeit zu schätzen.) Jetzt wirkte er größer, als sie ihn in Erinnerung hatte, und älter. Sie fragte sich, ob ihm irgendeine kleine Tragödie widerfahren sein mochte, die sein Gesicht härter gemacht hatte, ob er womöglich in die Tennisspielerin verliebt war, die ihn aber verschmäht hatte. Er wäre der Typ dafür, dachte sie.

«Ich habe ihm gesagt, daß er Jurist werden soll», sagte John McClellan, nahm seine randlose Brille ab und putzte sie mit einem Zipfel seines Jacketts. «Oder Politiker. Wir könnten in Sacramento ein paar Farmer in der Politik gebrauchen.»

«Vielleicht sollte ich erst einmal Farmer werden», sagte Everett höflich. Er war, erinnerte Lily sich, ein altkluges, höfliches Kind gewesen. Am deutlichsten erinnerte sie sich daran, daß er immer die volle Verantwortung für Marthas gesellschaftliche Schnitzer übernahm, sich feierlich für die halb ausgetrunkene Erdbeerbowle entschuldigte, die ausgerissene Azalee, für Marthas Hysterie, wenn jemand anders als sie beim Spielen die Blinde Kuh sein durfte.

«Du mußt ihm sagen, wie sehr sie auf uns angewiesen sind», sagte Mr. McClellan. «Du bist der richtige Mann dafür.»

Walter Knight hob eine Gartenschere von den Fliesen des Terrassenbodens auf und kappte den Zweig einer Zwergzitrone.

«Ich bin mir nicht sicher, ob sie auf uns angewiesen sind», sagte er schließlich und konzentrierte sich auf die Zitrone. «Ich bin mir überhaupt nicht sicher, ob sie auf uns angewiesen sind. Die Gegend um San Joachin macht jedenfalls immer noch von sich reden.»

«Hah», sagte Mr. McClellan triumphierend. «Die großen Macher. Von den großen Firmen. Da hast du recht.»

Lily sah ihren Vater nicht an. Als er schließlich antwortete, ließ seine Stimme keine Regung erkennen.

«Wir sind nicht in San Joachin. Hier werden die Farmen noch nicht von Büros im Russ Building in San Francisco geleitet.»

«Da hast du recht», wiederholte Mr. McClellan.

«Ich habe recht», sagte Walter Knight, «weil wir entbehrlich sind.»

Everett lächelte Lily an. Hinter seinem Stuhl ging die Sonne unter, und sein kurzgeschnittenes blondes Haar leuchtete weiß im Feuer der untergehenden Sonne. Lily streckte einen nackten Fuß aus, betrachtete ihn nachdenklich und erwiderte sein Lächeln nicht. Weder sie noch ihre Mutter sprachen mehr mit ihrem Vater über Politik: Es war taktlos, über den Kongreß zu reden.

Obwohl Everett sie am nächsten Morgen schon um halb sieben anrief, weckte er sie nicht, weil die Hitze die ganze Nacht unerträglich gewesen und sie um halb sechs aufgestanden war, um sich im Nachthemd auf die Terrasse zu legen. Um sechs Uhr morgens stand die Sonne so hoch, daß die Hitze schon wieder in der Luft flimmerte. Als sie mit zusammengekniffenen Augen gegen die Sonne nach Osten blickte, konnte sie die Sierra Nevada sehen, die deutlich erkennbar über dem Horizont flirrte.

Sie wollte wegfahren, wußte aber nicht, wohin. Auf dem Tisch stand noch ein Glas mit einem Rest Bier. Sie schnippte mit dem Fingernagel eine kleine farblose Spinne vom Rand und ließ sich das warme schale Bier durch die Kehle rinnen. Daß sie nicht wußte, wohin sie fahren sollte (die Berge konnte sie nicht leiden, und sie war gerade erst vor einer Woche vom Meer zurückgekommen), machte sie nicht minder rastlos; sie lag fast starr in der stickigen Morgenhitze und kaute abwesend auf dem Gürtel ihres Morgenrocks herum. Sie wollte hier bleiben, und sie wollte noch etwas mehr. Gestern waren ihre Zensuren aus Berkeley angekommen, säuberlich und unabänderlich auf den von ihr selbst adressierten Postkarten, die sie in ihre Prüfungsarbeiten eingelegt hatte. Eine Zwei minus in Englisch, eine Drei in Geschichte, eine Drei in Psychologie, eine Drei minus in Geologie (Geologie galt gemeinhin als Fußballerfach, weil es fast nicht möglich war, schlechter als mit einer Zwei abzuschneiden) und eine Vier in Französisch. Da die einzige Zwei, die sie in einem Seminar bekommen hatte, sich aus drei Arbeiten zusammensetzte und die Vier aus vier Arbeiten, nahm sie an, daß sie zu wenig Punkte hatte und deswegen nur probeweise ins zweite Semester kommen würde. Es wäre ihr peinlich gewesen, wenn die Karten in der Schule angekommen wären. Hier schienen sie bedeutungslos zu sein. Es war so, wie ihre Mutter sagte: Sie hatte ein paar interessante Bücher gelesen, und sie hatte ein paar interessante Parties besucht. Das war, als sie wieder zu Hause war, das, was für sie in Berkeley unterm Strich herauskam. Sie wollte ohnehin nicht zurück. Bücher konnte sie auch zu Hause lesen; und auf den Parties zu Hause konnte sie sich besser amüsieren. Nicht, daß man sie nicht zu den Festen eingeladen hätte, zu denen man eingeladen werden mußte. Sie wurde eingeladen, jedenfalls zu Anfang. Auf dem Campus, wo eine gesunde Hautfarbe und ein unbeschwertes Lächeln die Regel waren, hatten ihre zarte Blässe, ihre Unsicherheit, großes Aufsehen erregt und Anlaß zu Mutmaßungen gegeben. Doch wenn die Jungen, die sie einluden, herausfanden, daß ihre Unsicherheit echt war, verloren sie, verlegen und gelangweilt, das Interesse. Einer von ihnen erzählte Lilys Zimmergenossin (die es Lily weitersagte und sie tadelte), mit Lily Knight auszugehen sei wie eine Verabredung mit einer Taubstummen. «Du mußt Späße machen, witziger sein», riet ihr die Zimmergenossin. «Sei so, wie du bist.» Obwohl Lily diese Ratschläge in gewisser Weise widersprüchlich vorkamen, versuchte sie am nächsten Wochenende, mehr wie die Mädchen zu sein, die als lustig galten. Als sie mit einem Studenten ausging, der gerade am

Theologischen Seminar in Princeton angenommen worden war, versuchte sie einen Scherz über Reinhold Niebuhr zu machen; als das mißlang, bewunderte sie seine Künste auf der Ukulele. Nach mehreren Drinks erzählte er ihr ein paar zweideutige Geschichten, und obwohl sie sie weder verstand noch richtig fand, daß sie sich so etwas anhören mußte, lachte sie zustimmend. Als er fragte, ob sie mit ihm in die Hügel von Berkeley fahren wolle, lächelte sie erfreut und sagte, das höre sich nach Spaß an. Später überlegte sie, daß es nicht allein seine Schuld gewesen war, wenn er ihr Verhalten an jenem Abend mißverstanden hatte, der vor einem rund um die Uhr geöffneten Drugstore in der Shattuck Avenue endete, wo der angehende Theologe Lily sagte, daß er ein paar Gummis besorgen könne. («Gummis?» hatte sie gesagt, und er hatte sie angestarrt. «Präservative. Verhütungsmittel.» Da hatte sie den Kopf geschüttelt, ihr fielen keine Worte ein, und er hatte sie, ernüchtert, schweigend den Hügel hinauf zu dem Wohnheim ihrer Studentinnenverbindung zurückgefahren.) Danach schlug sie drei Wochen lang alle Einladungen aus. Im Sommersemester war sie kurz mit einem Doktoranden ausgegangen, bei dem sie Psychologie hörte, einem jüdischen Jungen aus New York City, namens Leonard Sachs. Er hatte sein Studium an der Universität von Chicago abgeschlossen und kannte niemanden von den Leuten, die Lily kannte. Sie unternahmen lange Spaziergänge in den Hügeln über dem Stadion und kamen durch den Strawberry Canyon zurück; sie trafen sich zum Abendessen bei Kerzenschein in dem kleinen Apartment, das er sich mit einem Freund teilte, der Lily nicht leiden konnte und keinen Hehl daraus machte, daß er lieber in die Bibliothek ging, wenn sie da war; sie saßen Donnerstagabends in San Francisco im Konzertsaal des Symphonieorchesters, in einer reservierten leeren Loge, für die Lilys Studentinnenverbindung ein Jahresabonnement hatte. Er gab ihr Zeitungsausschnitte aus der *New Republic*, in denen die moralische Fragwürdigkeit von Gelegenheitsarbeit hervorgehoben wurde, trieb für sie alte politische Abhandlungen auf, in denen die Abschaffung des Verbots der kalifornischen Syndikalisten gefordert wurde, fuhr mit ihr mit dem Zug nach San Francisco, um eine Hymne auf Harry Bridges zu hören, und drängte sie, die kleinen Talente, die sie hatte, zu nutzen, und Handarbeitsunterricht in einem Armenviertel zu geben, nachdem er gesehen hatte, daß sie für ihren Vater einen Pullover strickte. Da es ihr nicht gelang, ein «Armenviertel» in den Gelben Seiten des Telefonbuchs von Berkeley zu finden, gab sie das Projekt schließlich auf. Von der Ranch sprach er nur als «deines Vaters Farm», und er betrachtete sie mit der unangenehmen Mischung aus seiner Abscheu für fehlerhafte Gesellschaftssysteme und dem verstohlenen Entzücken, das er insgeheim bei teuren Einkäufen empfand; sie fragte ihn, ob er traurig sei, Ostern nicht zu Hause zu sein, und bewunderte ihn ständig und manchmal gegen ihren Willen. Was ihn belastete und gleichzeitig begeisterte, war, daß sie sowohl seine persönliche als auch seine gesellschaftliche Wut nicht teilte; die Eumeniden, die ihm auf den Fersen waren, faszinierten Lily und stießen sie gleichzeitig ab. «Du bist mein gehetzter Geliebter», sagte sie lachend, obwohl er in Wirklichkeit weder das eine noch das andere war; eine Tatsache, die in den Augen seines Mitbewohners eher bestätigte, daß Lily nicht zu ihm paßte.

An einem Wochenende im Frühling hatte sie ihn sogar eingeladen, sie zu besuchen. Als sie zu Hause war, bereute sie, daß sie ihn eingeladen hatte. Aber er war angetan von der Vorstellung, sie in ihrer häuslichen Dekadenz beobachten zu können, und so fuhr sie eines Morgens nach Sacramento, um ihn abzuholen. Sobald sie ihn sah, wie er da auf dem Rasen vor dem Bahnhof der Southern Pacific stand und die gleiche intensive Ernsthaftigkeit ausstrahlte, mit der er sie anfangs in Berkeley bezaubert hatte, wußte sie, daß es ein schwieriger Tag werden würde. Er war im Valley so fehl am Platz wie sie es in der Bronx gewesen wäre, und die Fremdheit war radikaler als das Schwarz seines Rollkragenpullovers und übertraf Sinclairs Roman *Der Dschungel*, mit dem er sich im Zug eingestimmt hatte. Als sie ihn dann abends zum Bahnhof zurückfuhr (er hatte beim Abendessen unablässig versucht, die Fehler in Walter Knights Sichtweise von Upton Sinclairs literarischem Werk zu korrigieren), war sie sogar zum

Sprechen zu erschöpft. «Du wirst froh sein, das alles hier hinter dir lassen zu können», sagte er zögernd, zog noch einmal an seiner Zigarette und warf sie dann aus dem Fenster. «Was alles hinter mir lassen?» fragte sie und beobachtete die Funken im Rückspiegel. «Ich will damit sagen, daß du dich in New York frei fühlen wirst. Du wirst dich entwickeln.» Peinlich berührt fiel ihr ein, daß sie irgendwann einmal eingewilligt hatte, mit ihm nach New York zu gehen. (Obwohl sie nicht die leiseste Absicht hatte, das zu tun.) Sie verstärkte den Druck aufs Gaspedal. «Ich werde wohl kaum all das hier hinter mir lassen können», sagte sie, ein einziges Mal fühlte sie sich sicher genug, um genau das zu sagen, was sie sagen wollte. Ihre Hände ruhten auf dem Lenkrad des Autos ihres Vaters, sie fuhr auf den Straßen, die ihr Vater bezahlt hatte. «Ebenso wie du wohl kaum deine gesamte Herkunft hinter dir lassen kannst. Und wir schmeißen hier auch keine Zigarettenkippen aus dem Fenster. Sie könnten einen Brand entfachen.» Sie hatte sich vorgenommen, mit ihm ins Bett zu gehen, aber da sie mit siebzehn noch nicht wußte, was jemand, den man nicht mag, zu bieten haben kann, nahm sie von diesem Vorhaben Abstand.

Lily stand abrupt auf und hob das feuchte Haar im Nacken an. Ungezielt und aggressiv schleuderte sie das Bierglas den Abhang hinunter, dann rannte sie hinterher, bis an die Stelle, wo der Rasen in unansehnliches, trockenes gelbes Gras überging. Sie trat mit dem Fuß einen Hahn auf und ließ sich das klare Wasser (Quellwasser, kein Flußwasser, das sie für die Bewässerung benutzten) über Arme und Gesicht laufen. In diesem trockenen Frühsommer war das Wasserverschwendung, eine Extravaganz, mit der sie Dampf abließ. Das half ihr ein wenig. Das, und das Schaukeln an einem Eichenast, der dabei fast abbrach, und als sie in ihrem durchweichten Nachthemd ins Haus ging, klingelte das Telefon.

«Entschuldige, wenn ich dich geweckt habe», sagte Everett McClellan. «Ich will gerade mit dem Laster in die Stadt fahren, um noch Arbeiter anzuheuern.»

«Du hast mich nicht geweckt.» Sein Anruf kam der Sache schon näher. Sie hoffte, auch wenn es unwichtig war, daß ihre Mutter in ihrem Schlafzimmer oben nicht den Hörer abgenommen hatte, und versuchte, sich mit der freien Hand das Haar zu glätten.

«Also, ich dachte –» Er suchte nach Worten. «Ich dachte, du hättest vielleicht Lust, mitzufahren.»

«Sofort?»

«Du bist wahrscheinlich beschäftigt.»

«Eigentlich nicht.» Sie fragte sich, womit sie sich in seinen Augen zwischen halb sechs und halb sieben Uhr morgens beschäftigen sollte. «Ich werde mich anziehen.»

Als sie ihr nasses Haar mit dem Handtuch trockenrieb, summte sie leise vor sich hin, und zum erstenmal seit Monaten sah sie in den Spiegel, ohne die Nutzlosigkeit ihres Körpers, an dem es zwar nichts auszusetzen gab, der aber trotzdem nicht gewürdigt wurde, zu bedauern.

«Du wirkst jünger als Marth», sagte Everett, als sie in den Laster kletterte.

«Ich bin älter. Ein Jahr.» Sie blickte auf ihre dünnen, in dem weißen Kleid braun aussehenden Arme hinunter. Martha McClellan war noch nicht siebzehn; sie würde im kommenden Herbst in Davis, an der Universität von Kalifornien, das Studium aufnehmen. Als Lilys Mutter, im Auftrag der Ehemaligen-Vereinigung ihres Colleges, Martha bedrängte, sich doch in Berkeley einzuschreiben und sich dort ins Getümmel des gesellschaftlichen Lebens zu stürzen, hatte Martha ihr gesagt, sie werde nach Davis gehen, wo hauptsächlich Landwirtschaft studiert wurde, da ihr Vater wollte, daß sie einen reichen Farmer heiratete. Deshalb werde sie dort studieren. Martha McClellan, sagte Edith Knight, stand auf dem «Boden der Tatsachen».

«Ich weiß, wie alt du bist», sagte Everett, ohne sie anzusehen.

Lily preßte die Stirn an die Scheibe, die wegen der Hitze hochgekurbelt war. Jetzt, im Juni, kletterte der Hopfen an den gespannten Schnüren hoch, Schnüre, soweit das Auge reichte, die darauf warteten, im August die üppigen schweren Rispen zu tragen. Man sagte, dieses Jahr würde ein gutes Hopfenjahr werden. Da ihr Vater keinen Hopfen anbaute, wußte sie nicht, warum das so war. Sie glaubte, es hätte etwas mit dem Regen zu tun, der gefallen war. Alles andere hatte damit etwas zu tun.

«Der Hopfen sieht gut aus», sagte sie.

«Findest du?»

«Ja, das finde ich», sagte sie eher kläglich. Everett McClellan war kein Mann, der viel von sich erzählte. «Ich finde, er sieht sehr gut aus, und ich bin froh, wieder zu Hause zu sein.»

Sie wechselten kein weiteres Wort mehr, bis sie bei der Arbeitsvermittlung im West End ankamen, wo Everett aus dem Laster sprang und sie anwies, die Tür von innen zu verriegeln und zu warten, bis er wieder da war. Sobald er im Büro verschwunden war, schnitt einer der Mexikaner, die auf dem Bürgersteig draußen warteten, Lily eine Grimasse. Lily lächelte peinlich berührt und tat dann so, als ob sie ein Buch in ihrem Schoß lesen würde. Nachdem Everett dreizehn Männer angeheuert hatte, fuhren sie zur McClellan-Farm zurück; Everett warf ihr einen Blick zu, als er Schwierigkeiten hatte, den Laster zu starten, doch dann sah er sie weder an, noch redete er mit ihr. Die Augen fielen ihr zu, sie lauschte den Männern, die hinten auf dem Lastwagen saßen, Bing Crosby-Lieder sangen und eine Flasche Dago Red kreisen ließen. Und sie fragte sich, warum Everett sie überhaupt angerufen hatte.

Auf der Farm wurden sie von Mr. McClellan erwartet, der sie, als er den Laster erblickte, gestikulierend einwinkte, ein überflüssiger Eifer, weil er genau dort stand, wo die Laster üblicherweise geparkt wurden. Lily konnte sich nicht erinnern, ihn jemals gelassen gesehen zu haben: Sogar vor Jahren, als er mit Everett, Martha und Sarah zu ihnen zu Besuch kam, machte er den Eindruck eines Mannes, der seine Energien nicht im Griff hatte und vor Nervosität hager wirkte. Wenn Edith Knight ins Zimmer kam, sprang er auf, wobei er versehentlich einen Stuhl umkippte, suchte ewig nach einem Taschentuch, schoß durch das Zimmer, um eines der Kinder am Kragen zu packen. Er hatte mit ihnen immer wie mit jungen Hunden gesprochen. *Kusch, Martha. Sitz, Martha.*

«Du hättest schon früher dort sein sollen», schimpfte er jetzt und blickte Everett über die Schulter, der die Namen in das Lohnbuch eintrug. «Wenn man erst um sieben kommt, ist niemand mehr da, außer Highschool-Schülern und versoffenes Mexikanerpack. Das, Miss Lily Knight, ist eine Tatsache, die man Ihnen nicht auf dem College beibringt: Niemand auf Gottes großer weiter Welt hat weniger angeborene Intelligenz als dieses gottverdammte Mexikanerpack.» Everett hatte einmal erklärt, daß sein Vater jeden Mexikaner sowie die meisten Südamerikaner – einschließlich des brasilianischen Präsidenten, der mal am Fluß eingeladen gewesen war –, als gottverdammtes Mexikanerpack einstufte, und alle Orientalen als gottverdammte Filipinos. Es hatte keinen Zweck, ihm zu sagen, daß jemand Chinese oder Malaie war, oder Madame Tschiang Kai-Tschek; für ihn waren es gottverdammte Filipinos. Die Menschen von der Ostküste teilte er in zwei Kategorien auf: in gottverdammte Schwule und gottverdammte Juden. Beide Kategorien hatten im großen und ganzen mit Einstellungen zu tun, nicht mit Fakten, manchmal deckten sie sich. Seine Tochter Sarah hatte zum Beispiel einen gottverdammten Juden geheiratet, mit dem sie an die Ostküste gezogen war, wo sie diese gottverdammten jüdischen Ideen aufschnappte.

Lily stand herum, beobachtete Everett, sah den Staub auf seinen Levis-Jeans und ihr unpassendes weißes Kleid. Die McClellans hatten etwas, was man von ihrem Vater nicht mit Sicherheit behaupten konnte: Sie würden niemals ihre Farmen von einem Büro im Russ Building verwalten lassen, selbst wenn sie es sich leisten könnten.

Everett sah auf. «Wir könnten, wenn ich fertig bin, am Flußufer reiten gehen.»

«Ich kann nicht besonders gut reiten.»

«Hah», sagte Mr. McClellan. «Das stimmt. Sie reitet, als ob sie auf einem Stacheldrahtzaun sitzt. Daran kann ich mich bei Miss Lily Knight noch erinnern. Sei kein Narr, Everett. Geh mit ihr schwimmen.»

«Ich habe keinen Badeanzug mit.» Lily fiel ein, daß Martha nicht nur am Reit- und Springturnier der jährlichen Landwirtschaftsmesse Kaliforniens teilnahm, sondern den Junioren-Meister des Del Paso Country Clubs zweimal bei einem inoffiziellen Schwimmwettbewerb besiegt hatte. «Wenn dieses Kind einen Vogel sieht, will es mit ihm um die Wette fliegen», hatte Edith Knight einmal von Martha behauptet. Da Edith Knight eine Bewunderin von Wettbewerben jeder Art war, drängte sie Lily oft, sich von Martha McClellan «eine Scheibe abzuschneiden». Daß Martha eine notorisch schlechte Verliererin war, störte sie nicht. Sie fand, daß es darauf nicht ankam.

«Wenn Martha etwas bieten kann, dann sind es Badeanzüge», erklärte Mr. McClellan. «Wir können dir überhaupt alles bieten.» Zufrieden mit diesem Wortspiel, wiederholte er es, und dann machte er sich zum Haus auf und schrie schon von weitem nach China Mary, daß Martha sofort die Badeanzüge hervorkramen solle.

Das Haus der McClellans vermittelte den eigenartig sentimentalen Eindruck eines Männerhaushalts. Es gab Bilder von Sarah und von Mildred McClellan, die bei Marthas Geburt gestorben war; über dem Klavier («Das ist ein Klavier, was?» sagte Mr. McClellan gern stolz, «es wurde 1884 um Kap Horn geschifft.») hing das republikanische Bärenbanner Kaliforniens, anscheinend auf Halbmast. Eine Wand war mit gerahmten Urkunden der Söhne des Goldenen Westens bedeckt und mit Flußkarten, die die Flußtiefen des Sommers 1932 zeigten; China Marys Anstrengungen, den Raum etwas aufzuhellen, gipfelten in gehäkelten Sesselschonern und orange-gelben Zinnien, die aufs Geratewohl in Limoges-Suppentassen gestopft waren. In einer Ecke des Zimmers, auf einem mit einer Mantilla bedeckten Tisch, befanden sich eine Elfenbeinfächersammlung und eine Sammlung von Goldnuggets. Obwohl der Tisch immer schon dort gestanden hatte, war seit Lilys letztem Besuch bei den McClellans einiges hinzugefügt worden: Über dem Tisch hing ein altes Titelblatt von *Vanity Fair*, eine Fotografie von Katherine Cornell und ihrem Cockerspaniel, als Elizabeth Barrett und Flush, und eine vergilbte Titelseite des *Sacramento Bee*, mit dem Herzog von Windsor und den Englischen Prinzessinnen. Die Schlagzeile lautete: «KÖNIG EDWARD DANKT AB! HERZOG VON YORK WIRD KÖNIG. König: ‹Ich habe gewählt.›» Die Worte *Sacramento Bee* waren zum Teil unter dem Klebeband versteckt, wahrscheinlich, wie Lily annahm, wegen Mr. McClellan, der wenig für die Engländer übrig hatte, aber noch weniger für den *Bee*.

«Wie ich sehe, bewunderst du meine Souvenirs», sagte Martha vom Absatz der Treppe aus.

Lily sah erschreckt hoch: Sie hatte Martha seit Weihnachten nicht mehr gesehen, auf den Weihnachtspartys war Martha allabendlich auf eine unerklärliche Weise unangenehm aufgefallen. Obwohl sie weder trank noch irgend etwas Außergewöhnliches anstellte, war es unmöglich, sie zu übersehen, so wie es unmöglich gewesen wäre, jemanden zu übersehen, der vor Fieber glühte oder ein Kleid aus Zellophan trug. Jetzt sah sie wieder so aus: Ihr langes blondes glattes Haar umrahmte ein dünnes Gesicht, so sonnengebräunt, daß die Augenbrauen wie gebleicht aussahen, und sie trug offenbar einen Gymnastikanzug und einen langen grünen Seidenjerseyrock, der auf der Treppe nachschleifte.

«Um Himmels willen, was soll denn dieser Aufzug?» fragte Mr. McClellan. «Übst du gerade Ballett?»

«Dank der Tatsache, daß, mit Ausnahme von Sarah, niemand in dieser Familie je bereit war, mich zum Ballettunterricht zu fahren, habe ich seit meinem zwölften Lebensjahr nicht mehr getanzt. Ich lese gerade.»

«Niemand schert sich einen Dreck darum, was du gerade gemacht hast. Hol Lily Knight einen Badeanzug.»

«Everett», rief Martha besitzergreifend. «Rate mal, was ich gerade lese.»

Everett sah auf. Er schien sich während der Unterhaltung in sich zurückgezogen zu haben: Lily hatte gesehen, wie er in seiner Tasche nach einer Zigarette suchte, zwischen den Zähnen pfiff und das Cover eines *Reader's Digest* betrachtete, das auf einem Stuhl lag.

«Was denn?» fragte er nun. «Was liest du denn, Baby?»

«‹Die Anatomie der Melancholie›. Die Zwanzig auf der Liste.»

«Sie hat mich um eine Leseliste gebeten», sagte Everett, als Martha sich anschickte, wieder nach oben zu gehen. «Ich habe ihr eine von Stanford gegeben. Sie hat schon die Hälfte der Bücher, die draufstehen, gelesen.»

«Komisches kleines Ding», sagte Mr. McClellan.

«Du regst sie auf.» Everett überwand sich offensichtlich zu dieser Bemerkung.

Mr. McClellan beachtete ihn nicht. «Melancholie ist ein Stoff, den du nicht zu lernen brauchst», schrie er die Treppe hinauf. «Du seltsames kleines Ding, du.»

Als Martha, mit dem Badeanzug in der Hand, wieder die Treppe hinunterkam, fügte er noch hinzu: «Dein Bruder ist der Ansicht, daß ich dich aufrege.»

«Armer alter Everett», sagte Martha nachsichtig.

«Sei kein Narr, Everett. Jetzt sieh zu, daß das Mädel sich umzieht.»

Sie schwammen im Fluß, sie wollten zur Sandbank, und sie schwammen mit dem Strom, der noch kalt war von der Schneeschmelze in den Bergen. Als Everett die Sandbank erreichte, watete er zurück bis zu einem flachen Vorsprung, der in den Fluß hineinragte, und zog Lily, die noch mit der Strömung kämpfte, auf die Sandbank.

«Gut gemacht», sagte er und zog sich hinter ihr hoch.

«Ich denke immer, daß ich hinabgezogen werde.» Sie hielt immer noch seinen Arm umklammert.

Er tat so, als wollte er sie ins Wasser schubsen, dann hielt er sie wieder fest, lachte, verschränkte die Arme hinter ihrem Rücken.

«Besser nicht», lachte sie.

«Warum nicht?»

«Besser nicht, das ist alles.» Der Dialog gefiel ihr: Er traf genau den richtigen Ton von Scherz und Belanglosigkeit, der ihr in Berkeley nicht gelungen war. Sie hatte immer gewußt, daß er ihr mit jemandem, der ihr vertraut war, gelingen würde. Entzückt legte sie sich auf Everetts Arm und streckte die Beine in der trocknen warmen Luft aus. Wenn sie den Bauch einzog, bildete sich unter der nassen Kälte von Marthas Badeanzug eine Mulde. Sie streckte ein Bein in die Luft und sah an ihrem linken Schenkel, zwischen glitzernden Wassertropfen, da, wo Everett sie in dem flachen Wasser über eine hervorstehende Wurzel gezogen hatte, einen langen Kratzer, der sich langsam dunkelblau verfärbte.

«Du siehst gut aus.» Everett berührte den Kratzer.

«Ich fühle mich gut.»

«Du hast die schönsten Beine, die ich je bei einem zierlichen Mädchen gesehen habe», sagte Everett langsam.

«Wahrscheinlich gefallen dir große Mädchen besser.» Bitte: Sie konnte es immer noch.

Everett sah sie an ohne ein Lächeln, und plötzlich fühlte sie sich unbehaglich: In ihrer Unkenntnis der Spielregeln hatte sie etwas Falsches gesagt, irgendeine Regel verletzt.

«Du gefällst mir sehr», sagte er nach einer Weile und sah sie immer noch an. «Bis gestern abend habe ich nie darüber nachgedacht.»

«Nie worüber nachgedacht?»

Everett antwortete nicht, und sie fragte sich, ob sie ihn verärgert oder enttäuscht hatte, ob es möglich war, einen Everett McClellan zu verlieren, so wie man Männer verlieren konnte, die weder dein Vater noch dein Bruder sind.

«Ich wünschte, du würdest mich küssen», flüsterte sie; wieder hatte sie das Gefühl, daß Everett plötzlich nicht Everett war, sondern ein Fremder, jemand, um den sie sich bemühen mußte.

Er küßte sie, und sie schmiegte sich lange an ihn, beobachtete die schwimmenden Eichenblätter gegen die Sonne und fühlte, daß ihre Haarspitzen knapp das Wasser berührten, und dann öffnete sie die Lippen und zog die Träger von Marthas Badeanzug hinunter, ehe sich seine Hand fest über den Kratzer auf ihrem linken Schenkel legte. *Ist ja gut*, flüsterte sie immer wieder, und dann dachte sie, daß es gar nicht gehen würde, weil es so weh tat. Als Everett schließlich immer wieder geradezu triumphierend sagte: *Spürst du das? Baby, spürst du das?* nahm sie an, daß es doch gegangen war. Später würde sich der Kratzer auf ihrem Schenkel an dem Flußwasser entzünden und eine feine weiße Narbe hinterlassen, die sichtbar wurde, wenn sie braune Beine hatte, doch damals verschwendete sie keinen Gedanken daran.

6

Lily, flüsterte er jedesmal drängend, wenn er in der heraufziehenden Morgenhitze erschöpft neben ihr lag, aber sie zögerte, flüchtete sich in Ausreden, fragte sich, ob sie wirklich verpflichtet war, ihn zu heiraten, nur weil er sie begehrt und genommen hatte.

Das war im Juni gewesen. Im Juli, sie hatte sich ausgerechnet, daß sie inzwischen alles in allem siebenundzwanzigmal gebumst worden war (ein Wort, das sie Everett in bezug auf jemand anderes hatte sagen hören und das ihr in seiner treffenden, unzweideutigen Direktheit gefiel), hatten sie einmal einen ganzen Vormittag für sich: Sie kamen von der schmalen Sandbank zurück und wateten durch Bewässerungsgräben, kniehohes, weiches Gras und stehendes Brackwasser, die Sonne brannte auf ihre Köpfe. Sie waren von den Obstbäumen ihres Vaters umgeben: Die Birnen waren warm und schwer, wenn sie herunterfielen, verdarben sie auf der Erde unter den Bäumen, die Birnen wurden braun und fleckig und zogen Fliegen an, sie verfaulten in jenem endlosen Sommer, doch sie, *Gott und Everett sei Dank*, nicht. Sie ließ den Saum ihres Kleides im Wasser schleifen und rannte spritzend und mit gegen die Sonne geschlossenen Augen durch einen Graben. Everett holte sie ein und rieb ihr Gesicht und die nackten, sonnenverbrannten Arme mit dem trüben Flußwasser ab, das aus einem Zuflußrohr sprudelte: sie lachten (*Everett, du Tolpatsch, meine Sonnenbrille, ich mag dich, weil du so braun bist, Everett, Baby, ich mag dich so sehr, ich liebe dich*), und sie ließen sich wieder fallen; denn die Pflücker arbeiteten in dieser Woche weit hinten in der Obstplantage, und als sie unter ihm aufschrie, weil ihr einfiel, daß es in den Gräben angeblich Schlangen gab, sagte er ihr weder, daß keine Schlange da war, noch sagte er ihr, daß die Schlangen (wenn es welche geben sollte) nicht giftig seien, sondern er hob sie hoch und hielt sie fest bis sie sich beruhigt hatte und bis die Schlangen (wenn es überhaupt Schlangen gab) sich verkrochen hatten. Kurz vor zwölf Uhr mittags sagte sie Everett, daß sie ihn heiraten würde, und dann rannte sie zum Haus hoch, um sich zum Lunch umzuziehen. Es schien genauso unausweichlich zu sein wie das Reifen der Birnen, so schicksalhaft wie die Vertreibung aus dem Paradies.

Doch sie erzählte es niemandem; wenn sie nicht mit Everett zusammen war, dachte sie kaum daran. Sie ging durch die Sommertage, als hätte sie einen Sonnenstich, ahnte dumpf, daß jede Ankündigung ihre hauchdünne Entscheidung, die eigentlich keine Entscheidung war, sondern ein Sichfügen, ins Wanken bringen konnte. War es denn tatsächlich so unvermeidlich? Das Wort ‹warum› konnte, einmal laut ausgesprochen, alle Birnen vom Baum fallen lassen. Sie müßte dann sagen, daß sie ihn liebte. Es wäre die einzige Beschwörung, die sie befriedigen würde, auch wenn ihre eigene Illusion dadurch entzaubert werden würde. Unausgesprochen konnte es vielleicht noch wahr sein.

Everett war wie eine Klette. Seine ständige und unabänderliche Gegenwart war ihr lästig, hinderte sie daran, sich von ihm ein eigenes Bild zu machen und es zu einer annehmbaren Tatsache aufzupolieren. Wenn sie manchmal morgens die Treppe hinunterkam, saß Everett schon da und las den *Chronicle*; er rief sie mehrmals täglich an, und Edith Knights Vorschlag, daß sie und Lily doch mal einen Tag nach San Francisco fahren könnten, stürzte ihn in eine so abgrundtiefe Verzweiflung, daß er abends alle halbe Stunde anrief, um sich zu erkundigen, wann sie fahren, was sie dort machen, wann sie wieder zu Hause sein würden. Jede Szene, die Lily sich vorstellte, schien Everett miteinzuschließen. Alles, was sie hörte, war Everetts Stimme, die fragte, wann sie heiraten würden.

«Ich weiß es nicht», sagte sie schließlich eines Morgens auf der Sandbank. «Ich meine, ich will jetzt nicht darüber nachdenken müssen.»

«Wann willst du denn darüber nachdenken? Nächstes Jahr? Übernächstes Jahr?»

«Everett. Sprich nicht so. Ich bin nervös. Jede Braut ist nervös.» Daß alle Bräute nervös sind, hatte sie in einer Zeitschrift gelesen, und sie hatte sich gefragt, ob es vielleicht doch kein persönliches Problem war: Dieser Widerwille, der offenbar nicht einmalig, sondern unter Frauen weitverbreitet war.

«Wenn du mich einfach mal ein bißchen allein lassen könntest», fügte sie hinzu und hoffte, daß das die Lösung wäre.

«Dich allein lassen», antwortete Everett. «Ich will dich heiraten. Ich weiß nicht, wie oft ich dir das noch sagen soll.»

«Warte, bis die Hopfenlese beendet ist», sagte sie schließlich. «Jetzt hast du viel zu viel zu tun, das weißt du genau.»

«Ich habe nicht zuviel zu tun, um es bekanntzugeben. Möchtest du es denn nicht deinen Eltern erzählen?»

«Nein», sagte sie kläglich, «das möchte ich nicht.»

«Das solltest du aber. Du solltest es ihnen jetzt sagen.»

«Ich habe ihnen gesagt, daß ich nicht nach Berkeley zurück will. Sie können es sich also vielleicht denken.» Sie hatte ihren Eltern gesagt, daß sie ein Semester aussetzen wolle, und was die Ahnungen ihrer Eltern anging, setzte sie ihre ganze Hoffnung darauf, daß sie im allgemeinen überhaupt nichts ahnten. Es schien ihr von Tag zu Tag undenkbarer, das heikle Gleichgewicht der gegenseitigen Abhängigkeiten, das zwischen ihnen herrschte, zu zerstören.

«Du mußt es ihnen sagen. Dein Vater mag mich. Was man von dir nicht vermuten würde, so wie du dich verhältst, wenn sie dabei sind.»

«Ich bin kein demonstrativer Mensch.» Sie nahm einen weißen Kieselstein hoch, zielte in Richtung der Strömung und ließ ihn über die Wasseroberfläche hüpfen. «Ich glaube nicht, daß du in Stanford gelernt hast, Steine übers Wasser springen zu lassen.»

«Lily», flehte er, setzte sich auf und packte sie an den Schultern. «Hör mir zu.»

Ohne ihn anzusehen, zeichnete sie mit dem Fingernagel ein *L* und ein *K* und die Anfangsbuchstaben *McC* auf seine Brust.

«Es hat keinen Sinn, mit Daddy zu reden, bevor er nicht die Obsternte hinter sich gebracht hat», sagte sie schließlich.

Aber sechs Wochen nach der Ernte, als die Birnen zu den Konservenfabriken abtransportiert waren und kein Hopfen mehr auf den Ländereien der McClellands zu sehen war, hatte sie immer noch niemandem etwas gesagt.

«Ich glaube, du willst gar nicht», sagte Everett schließlich. Ich glaube, du willst mich gar nicht heiraten.»

«Ach, mein Süßer.» Sie küßte seinen Nacken und zog mit dem Zeigefinger seine Wirbelsäule nach. «Es hat nichts mit *dir* zu tun.»

«Womit denn dann?»

«Mit allem. Manchmal will ich überhaupt niemanden heiraten. Manchmal liege ich nachmittags auf meinem Bett, die Sonnenstrahlen fallen durch die Fensterläden auf den Fußboden, und dann möchte ich das Zimmer niemals verlassen.»

«Du wirst ein ganzes Haus haben, ist das nicht besser?»

Sie tätschelte seine Hand, wandte den Blick ab, sah den Fluß hinunter. «Das Haus gehört deinem Vater», sagte sie schließlich und griff nach dem nächstliegenden Argument, obwohl es ihr darum gar nicht ging.

«Wir können ein neues Haus bauen, wenn du willst. Würde dir das gefallen?»

«Ich weiß nicht.» Plötzlich fand sie es mühsam, überhaupt ein Gespräch mit Everett zu versuchen. «Ich glaube, du verstehst nicht, was ich meine.»

Er wandte sich ab. «Ja, das glaube ich auch.»

Sie spürte das Gewicht von Everetts Verletzlichkeit so körperlich wie einen Kopfschmerz.

«Natürlich will ich dich heiraten», sagte sie kleinlaut. «Das weißt du doch.»

Obwohl sie vereinbarten, daß Lily es ihren Eltern noch vor Everetts Besuch nach dem Abendessen sagen würde, sagte sie es ihnen nicht. Es sei unmöglich gewesen, es ihnen zu erzählen, flüsterte sie Everett zu, als sie ihm die Tür aufmachte. Er akzeptierte die Tatsache, stand von Walter Knights Tisch auf, fuhr mit Lily noch am selben Abend – es war Oktober, und der erste Schnee des Jahres bedeckte die Sierra Nevada – nach Reno und ließ sie unter dem Siegel von Washoe County und des Bundesstaates Nevada als seine Frau registrieren. Trauzeugen waren die Frau und der Sohn des Richters: Der Sohn hatte sich Jeans über seinen braungestreiften Schlafanzug gezogen, die Frau, die widerstrebend, aber pflichtbewußt aufgestanden war, lächelte schläfrig und strich Lily über den Scheitel. Lily, die noch nicht ganz achtzehn war, dachte während der gesamten Zeremonie, daß die falsche Altersangabe die Eheschließung ungültig und alles annulierbar machen würde, sie brauchte nicht zu weinen, es war nichts Unwiderrufliches, es war nur ein freundliches Mißverständnis zwischen guten Bekannten. Später, in ihrem Hotelzimmer, gab sie telefonisch ein Telegramm auf, auf dem stand: «HABE EVERETT GEHEIRATET. BIN IM RIVERSIDE RENO. BALD WIEDER ZU HAUSE. GRUSS, LILY.» Lange Telegramme gehörten nicht zu ihren Extravaganzen. Everett rief auf der Ranch an, um es seinem Vater mitzuteilen, aber Martha nahm den Hörer ab.

Everett bedeckte die Sprechmuschel des Hörers und sah zu Lily, die auf dem Bett mit der Bettwäsche saß, in die «Hotel Riverside» eingestickt war, sie trug immer noch den Rock und den Pulli, den sie beim Abendessen angehabt hatte.

«Martha weint. Sie sagt, ich hätte sie verlassen.»

«Ihr wohnt doch zusammen.»

«Sie sagt, das sei nun nicht mehr dasselbe, und ich wäre dumm, wenn ich das nicht sehen würde.»

Lily legte sich aufs Bett und vergrub das Gesicht in den Kissen. Sie wünschte sich nichts sehnlicher, als daß ihr Vater hier wäre, sie wollte mit ihm unten in der Halle sein und ihm beim Würfelspiel zusehen, sich von dem Spiel beruhigen lassen, von der Bewegung der Jetons und der Münzen auf dem grünen Brett, dem Klimpern der Silberdollar, die er vor sich aufbaute. *Man darf es sich nicht so leicht machen.*

«Vielleicht hat sie recht», sagte sie mit erstickter Stimme.

Sie blieben eine Woche in Reno. Lily kaufte sich im Rexall-Drugstore eine Zahnbürste und ein paar Strümpfe, entdeckte in einem Laden für Scherzartikel weiße Baumwollunterhemden und Netzunterhosen mit eingesticktem Wochentag und traf in der Lobby des Riverside-Hotels Janie Powers, ein Mädchen aus Sacramento. Am Morgen danach stand Lily in der Lobby des Riverside und überlegte, ob Everett sich übergangen fühlen würde, wenn sie frühstücken ginge, ohne ihn aufzuwecken, als sie von Janie entdeckt wurde. Zuerst wußte sie nicht, wie sie ihre Anwesenheit in Reno erklären sollte, aber wie sich herausstellte, war das gar nicht nötig. «Ich lasse mich *scheiden*», dröhnte Janie schon aus etwa dreißig Meter Entfernung. «Und du?» Obwohl Lily sich nicht erinnern konnte, daß Janie überhaupt verheiratet war, konnte es gut sein, daß sie es vergessen hatte; sie konnte sich die gesellschaftlichen Details, die ihre Mutter so beschäftigten, nie genau merken. «Ich wollte mir gerade einen Pulli kaufen», sagte Lily schuldbewußt. «Ich bin nur für ein paar Tage hier, und ich habe einen Pulli zum Wechseln vergessen.»

«Kein Problem», sagte Janie. «Ich habe ein ganzes Dutzend mit. Laß uns zusammen frühstücken.» Sobald sie sich hingesetzt hatten, stürzte Janie sich in einen Monolog über ihren Mann, der *très impossible* sei («Ich kann noch nicht mal einen Abend auf der kalifornischen Seite des Sees verbringen, ohne daß er meinen ständigen Wohnsitz in Nevada anficht, er läßt mich Tag und *Nacht* beobachten.»), und sie hatten schon die zweite Tasse Kaffee geleert, als sie wieder fragte, was sie in Reno mache. «Nichts Besonderes», sagte Lily und tat so, als ob sie nach einer Uhr suchte. «Hör mal, ich habe versprochen, meine Mutter zu wekken.»

Zwei Tage später sah Everett Janie Powers in Harolds Club am Blackjack-Tisch sitzen und lud sie ein, mit ihm und Lily zum

Dinner zu gehen. («Ihr Süßen», sagte Janie ein ums andere Mal während des Essens, «und dieses kleine Herzchen hier wollte es Janie verheimlichen.» Nach zwei Whiskey Sour und einer Flasche Wein wurde Janie «von der Ironie des Ganzen» überwältigt: «Lily hat geheiratet, und ich lasse mich scheiden – nun ja. *Très symbolique.*»)

Außer Janie trafen sie niemanden. Everett schlief in den Tag hinein (Lily hatte das Gefühl, als hätte sie immer gewußt, wie er neben ihr im Bett aussehen und wie er sich anfühlen würde), und nachmittags ging er kurz an den Spieltisch. Lily stand früh auf, bemühte sich, ihn nicht aufzuwecken, und flanierte die Virginia Street auf der einen Seite hinauf und auf der anderen Seite hinunter, auf der Brücke blieb sie jedesmal stehen, um den Enten auf dem Truckee River zuzusehen. Sie hatte Everett, weil sie dachte, daß das fraulich wäre, gefragt, ob sie ihm Zahnpaste oder Shorts oder ähnliches kaufen solle; er sah sie lange an, lachte und sagte, daß er schon allein für sich sorgen könne. Eines Morgens dachte sie, sie hätte den Sohn des Richters gesehen, der sie getraut hatte, und sie verschwand sofort in einem Café und fütterte einen Spielautomaten mit Münzen. Obwohl sie nicht von ihm bemerkt werden wollte, schien es ihr wichtig, daß sie ihn gesehen hatte (War es denn wirklich geschehen?), und als er vorbeigegangen war, rannte sie hinaus und sah ihm hinterher, aber sie war sich nicht sicher, ob er es wirklich gewesen war. Eigentlich konnte sie sich nur an seine Stimme erinnern, eine Okie-Stimme: *Isse nich die schönste kleine Braut, die wir diese Woche gehabt ham?* An einem Abend gingen sie auf der kalifornischen Seite des Lake Tahoe zum Essen, an einem anderen fuhren sie in der Dämmerung über den Geiger-Paß nach Virginia City und entdeckten dort oben, auf dem Friedhof, das Grab eines Vorfahren von Everett. *Francis Scott Currier; geb. 1830, gest. 1859. Ruhe in Frieden. 2000 Meilen fern der Heimat, 1 1/2 Meilen fern von Ophir.* Sie spielten zweimal Tennis, und im Speisesaal des Riverside aß Lily den ersten Hummer ihres Lebens. Damals schien einzig und allein der Hummer jenen kurzen Tagen in Reno eine gewisse Feierlichkeit zu verleihen, das Flair einer Hochzeitsreise.

Als Everett mit Lily eine Woche nach ihrer Hochzeit nach Hause fuhr, gab Edith Knight ihm einen Kuß auf jede Wange und Lily eine Liste mit zweihundert Personen, die zu ihrem Hochzeitsempfang eingeladen werden sollten. Als geübte Retterin jeder Situation hatte sie bereits die Artikel ausgeschnitten, die in den Zeitungen von Sacramento und San Francisco erschienen waren. Jeder der Artikel zeigte Lily in einer weißen Matrosenbluse – das Schul-Abschlußfoto von den Dominikanerinnen. Es gab sogar einen Artikel aus der *Los Angeles Times*, mit der Überschrift: «Tochter eines früheren Senators heiratet in Nevada.»

Everett schienen nicht nur die Zeitungsausschnitte nervös zu machen, sondern auch die Aussicht auf einen Empfang: Er nahm Lily die Liste aus der Hand und studierte sie, erkundigte sich nach ein paar Namen darauf, schien sie wieder zu vergessen, fragte erneut: «Das scheint eine ziemlich große Party zu werden», stellte er schließlich fest.

«Du warst derjenige, der ganz verrückt darauf war, es amtlich zu besiegeln», flüsterte Lily abwesend und berührte seinen Nakken mit den Fingerspitzen. Ihr war gerade der Gedanke gekommen, daß die McClellans in all den Jahren, die sie sie kannte, bis auf Sarahs Hochzeit vor vier Jahren, nie eine Party gegeben hatten. Selbst Sarahs Hochzeit hatte, soweit Lily sich jedenfalls noch erinnern konnte, einen seltsam improvisierten Eindruck gemacht, es war ein Ereignis, das die notwendige Staffage einer Hochzeit gehabt hatte, dem aber trotzdem die Lebendigkeit fehlte, die ein Fest erst zu einem Fest machte.

«Ich wollte dich einfach heiraten», flüsterte Everett.

«Das hast du ja geschafft.» Sie hob die Stimme: «Wo ist Daddy?»

«Total außerhalb jeder Saison», ärgerte sich Edith Knight. «Weder kann man eine Gartenparty geben noch einen Feiertag zum Feiern nehmen. Wenn ihr sechs Wochen gewartet hättet, dann hätten wir Weihnachtsbäume zur Dekoration nehmen können. Irgend etwas Festliches.»

«Normalerweise», sagte Lily, «sollte die Braut als festliche Dekoration genügen. Ich habe gefragt, wo Daddy ist.»

Edith Knight zuckte mit den Achseln. «In seinem Arbeitszimmer vermutlich. Ich glaube nicht, daß er in den letzten fünf Tagen aus dem Haus gegangen ist. Er war mir keine große Hilfe bei den Vorbereitungen. Gar keine.»

Lily stand vor dem Arbeitszimmer ihres Vaters, dann ging sie, ohne anzuklopfen, hinein. Er saß hinter dem Schreibtisch und sah aus dem Fenster auf die Brücke. Everetts Ford stand unübersehbar in der Einfahrt; ihr Vater wußte, daß sie wieder zu Hause war.

«Lily», sagte er, nahm den Blick vom Fenster und sah sie an. «Die Kindbraut.»

«Wie ich sehe, haben wir eine gute Presse.»

«Lily McClellan.» Er lachte ein trockenes, gezwungenes Lachen, das Lily kannte. «Wie hört sich das an?»

Die Worte standen fremd zwischen ihnen. Lily sah weg.

Walter Knight lachte noch einmal auf, ging um den Schreibtisch herum und streckte zögernd die Hand aus. «Tja», sagte er.

Obwohl es wenig wahrscheinlich schien, daß er beabsichtigte, ihr die Hand zu schütteln, war da seine Hand, und Lily ergriff sie. Dann wußte er offenbar nicht, wie er sich verhalten sollte, und klopfte ihr sacht auf die Schultern.

«Schön, daß du wieder da bist», sagte er schließlich, als ob sie lange Zeit weit weg gewesen wäre, und er war sichtlich dermaßen erleichtert, daß ihm dieser Satz eingefallen war, daß er ihn wiederholte.

«Es ist schön, wieder da zu sein», flüsterte sie und konnte ihm dabei weder in die Augen sehen noch in normaler Lautstärke sprechen.

«Du wirst tatsächlich näher bei uns wohnen, als wenn du in Berkeley wärst.»

Lily nickte. Diese Sicht der Lage machte ihr Mut.

Ihr Vater lächelte und klopfte ihr wieder auf die Schulter. «Die McClellans sind alte Freunde.»

Sie sagte nichts. Ihr war gerade eingefallen, daß Everett ein Cousin zweiten Grades von Rita Blanchard war, deren Großmutter eine McClellan war, und die Bemerkung ihres Vaters kam ihr wie eine versteckte Anspielung vor. Die Situation war unrettbar verfahren. Lily wurde rot, nahm einen Silberdollar aus der Tasche ihres Kamelhaarmantels, warf ihn in die Luft und fing ihn wieder auf.

«Auf dem Paß schneit es», sagte sie rasch. «In Reno war es schön. Ich habe zweimal den Jackpot mit fünfundzwanzig Dollar bekommen, und ich habe Hummer gegessen.»

Ihr Vater nickte ernst.

Sie ließ den Dollar fallen, den Everett ihr eines Abends geschenkt hatte, als er gewann, und beobachtete, wie die Münze über den Fußboden rollte.

«Tja, Prinzessin, Reno ist unübertrefflich.» Walter Knight hob den Dollar auf und ließ ihn in ihre Tasche fallen. «Was die sterblichen Freuden betrifft. Jetzt wollen wir doch mal sehen, ob wir uns vor dem Lunch noch einen Drink machen können. Du kannst wahrscheinlich einen brauchen. Oder zwei.»

Sie versuchte zu lächeln. Obwohl sie die ganze Woche lang und sogar heute morgen noch gehofft hatte, daß ihr Vater sie beruhigen und die Angelegenheit in die Hand nehmen würde, begriff sie jetzt, daß sie mehr oder weniger allein damit fertig werden mußte.

Immer wenn sie später an diese Woche in Reno dachte – und sie dachte in jenem ersten Jahr oft daran, wenn sie beim Abendessen saß, das Ticken der Uhr in der Diele und die Kaugeräusche von Everetts Vater hörte, sie dachte daran, wenn sie im Bett lag, die Hand ausstreckte und Everetts Gesicht im Dunkeln berührte, um sich zu vergewissern, daß sie nicht allein war, sie dachte manchmal daran, ehe Knight geboren wurde, als sie sehr verängstigt war und Everett sehr vernünftig, und er ihr jeden Morgen Blumen brachte, die sie nicht zu arrangieren verstand, sie dachte an ihr Ja-Wort, das sie nicht akzeptieren konnte – sie erinnerte sich mit einer Sehnsucht, die sie nie ganz lokalisieren konnte, mit einem nostalgischen Gefühl, das weder der Wahrheit entsprach noch völlig aus der Luft gegriffen war. Es schien, als sei jene Woche unwirklich, als könnten sie sie eines Tages zufällig wieder erleben und würden dieselbe durchsichtige Luft vorfinden, die dort bis in alle Ewigkeit zwischen Herbst und Winter schwebte; dieselben Gesichter in der Riverside-Bar; dieselben Wildenten, die sich im Truckee auf denselben Klippen niederließen, obwohl sie damals gerade Richtung Süden aufgebrochen waren: Alles war gleichgeblieben, hatte der Verwitterung getrotzt, erstrahlte weder in einem hellen Licht, noch war es makellos, sondern hatte sich genau so erhalten, wie es gewesen war, das sichere Bollwerk gegen jeden weiteren Niedergang. An jenem Morgen hatte sie ihrem Vater alles gesagt, was es zu sagen gab: *In Reno war es schön.*

7

Eine junge verheiratete Matrone am Fluß, die Mutter zweier Kinder: Als sie an einem Vormittag im Februar 1942 erfuhr, daß sie zum zweitenmal schwanger war, kannte sie die Rolle, die sie spielen mußte. Eine Rolle, die nicht so wichtig schien, solange sie nur Knight hatte. Knights Geburt hatte Everett gefallen. Knights Geburt hatte ihr gefallen, als er erst mal da war. In den sechs Monaten nach Knights Geburt hatte sich jedoch nichts verändert. China Mary kümmerte sich um ihn, so wie sie sich um alles andere kümmerte, was im Haus erledigt werden mußte; Martha machte sich Sorgen um ihn, so wie sie sich um alle anderen auch Sorgen machte. Sie rief zum Beispiel mitten in der Woche aus Davis an: «Das Fieber», sagte sie. «Welches Fieber?» fragte Lily. «Die Temperatur, 38 Grad Fieber, die er letzte Woche hatte. Welches Fieber. Egal. Hast du keine Angst, daß es vielleicht seinem Herzen geschadet haben könnte?» – «Dr. Dubois war da», sagte Lily dann. «Dr. Dubois. Dr. Dubois war schon senil, kurz nachdem er dich zur Welt gebracht hat. Gib mir Everett.« Was Mr. McClellan betraf, so war Knight für ihn wie ein kleines Tier, das noch zu wenig konnte, um amüsant zu sein, er ignorierte seine Existenz im großen und ganzen und blieb an der Wiege im ersten Stock nur dann stehen, wenn er den Verdacht hatte, daß Everett oder Lily ihn beobachteten. Kurz, Knights Ankunft hatte die Stimmung im Haus nicht verändert: Lily hielt sich weiterhin so viel wie möglich oben auf, unten war sie immer in Sorge, das Familienleben der McClellans, wie sie sie weiterhin für sich nannte, zu stören, wie ein Hausgast, der zu lange zu Besuch war; Everett zog sich von Tag zu Tag mehr in sich zurück, so wie er es regelmäßig, wie sie beobachtete, in Gegenwart seines Vaters tat. «Wenn du nicht aufhörst, zwischen den Zähnen vor dich hin zu pfeifen», hatte sie eines Abends nach dem Essen geflüstert, «dann schreie ich.» – «Everett pfeift immer zwischen den Zähnen», hatte Martha sich eingemischt. Es war unmöglich, irgend etwas zu sagen, wenn Martha von der Universität zu Hause war, ohne daß sie es nicht hörte und mitredete. «Pfeifen ist einfach Everetts Art», hatte Martha mit einem Blick auf das Buch in Lilys Schoß hinzugefügt, «so zu tun, als würde er lesen.» Everett schien sich nur dann nicht zu verstellen, wenn sie beide allein waren, und daran änderte auch Knight nichts. Sie konnten morgens zusammen im Bett liegen, mit Knight zwischen ihnen, und herumalbern, aber, dachte Lily, deswegen waren sie trotzdem noch keine richtige Familie.

Doch mit zwei Kindern würde sie sich mehr Mühe geben müssen. Ihr Lebensstil paßte nicht zu einer jungen Ehefrau und Mutter zweier Kinder: Das hatte ihr der Arzt eher unabsichtlich zu verstehen gegeben. Als er sie untersuchte, hatte er sie gefragt, ob eine ihrer Freundinnen ihr schon von Dr. Grantly Dick-Read erzählt habe. «Ich nehme an, Sie sprechen von der natürlichen Geburt», warf sie schnell ein und und hatte, wie sie da entblößt auf dem Stuhl lag, den unangenehmen Eindruck, daß sowohl der Arzt als auch sein noch mißbilligenderer Begleitschutz, die Schwester, intuitiv eine beschämende Tatsache erfaßt hatten, die ihr im gleichen Moment selbst klar wurde: Sie hatte keine Freundinnen. Sie hatte ihre Familie, sie hatte die McClellans; sie hatte ein hübsches kleines Adreßbuch aus Leder, das eine respektable Anzahl von Namen enthielt, auch wenn es nicht ganz voll war, meistens die Namen der Mädchen, mit denen sie zur Schule gegangen war, an die sie Weihnachtsgrüße schicken konnte. Aber sie hatte keine Freundin, mit der sie bei einer Tasse Kaffee zusammensitzen und Geburtserfahrungen austauschen konnte. Das war eine Schwäche, die ihr noch nie vorher bewußt geworden war. Sie machte sich nichts aus der Gesellschaft von Frauen.

«Natürliche Geburt», wiederholte sie kritisch. «Ich weiß nicht, ob ich das möchte. Mit Knight habe ich vierunddreißig Stunden in den Wehen gelegen.»

«Weil Sie Angst hatten», sagte der Arzt freundlich. Es war der junge Geburtshelfer, den Martha empfohlen hatte; Dr. Dubois hatte sich zur Ruhe gesetzt.

«Ich weiß nicht.» Lily fragte sich leicht gereizt, wieso sie überhaupt auf den Gedanken gekommen war, daß Martha etwas von Geburtshelfern verstand.

Der Arzt tätschelte leutselig ihren Schenkel. «Besprechen Sie das mit Ihrem Mann.»

Die Vorstellung, mit Everett über die natürliche Geburt zu reden, kam ihr nur unwesentlich alberner vor als die Vorstellung, daß sie mit Freundinnen bereits darüber gesprochen haben könnte, und als Lily die Arztpraxis verließ, ging sie, gepeinigt von der Vision gesellschaftlicher Versäumnisse, auf die der Arzt sie gestoßen hatte, durch den Capitol-Park. Sie setzte sich auf die nassen Stufen des Capitols und versuchte, sich vorzustellen, was junge Frauen und Mütter denn jetzt machen würden. Zuerst einmal würden sie nicht allein auf den Stufen des Kapitols sitzen und im Regen eine Zigarette rauchen; soviel war ihr klar. Wenn sie, beispielsweise nach einem Termin beim Zahnarzt, in der Stadt waren, würden sie nach passenden Stoffmustern suchen, Kriegsanleihen kaufen, mit Freundinnen zum Lunch verabredet sein. Sie hätten einen großen Kreis von Freundinnen, mit denen sie sich regelmäßig zum Lunch trafen und zum Bridge, und sie würden über natürliche Geburt und Rückenmarksbetäubung und künstlichen Dämmerschlaf reden und über den letzten Auftritt der beiden Lunts im Memorial Auditorium.

Auf der Rückfahrt zur Ranch beschloß sie, daß der erste Schritt in Richtung gesellschaftliche Normalität wahrscheinlich eine standesgemäße Ausrüstung wäre. (Etwas anderes fiel ihr nicht ein.) Und so schrieb sie sofort an Shreves in San Francisco und bestellte sechshundert Blatt hellblaues Briefpapier mit den Initialen L. K. McC., vierhundert gefütterte Umschläge mit dem Aufdruck McClellans Landing, Kalifornien (eine Anschrift, die sowohl Everett als auch die Post akzeptieren würden und die, wie sie fand, um einiges stilvoller war als die Nummer des Abschnitts der Bundesstraße, die Mr. McClellan stur benutzte), sechshundert Briefkarten (mit passenden Umschlägen) mit dem Aufdruck Mrs. Everett Currier McClellan sowie einen Artikel, über den sie in der Vogue etwas gelesen hatte und der dort als «Rettungsanker für Gastgeberinnen» beschrieben worden war; ein kleines Büchlein, ähnlich dem, das Mrs. Roosevelts Privatsekretärin benutzte, in das die Vorlieben, Abneigungen und Lieblingsspeisen aller Gäste eingetragen wurden.

An dem Tag, als das Paket von Shreves ankam, stellte sie den Spieltisch im Wintergarten auf, füllte Everetts Füllfederhalter, bereitete ein Tablett mit einem Glas Eistee und einer neuen Packung Zigaretten vor und machte sich daran, ein paar Briefe zu schreiben. Erst wußte sie nicht, wie sie überhaupt anfangen sollte, dann nahm sie ihr ordentliches, ledergebundenes Adreßbuch zur Hand und ging die Seiten methodisch durch, von A (Alice Adamson, ein nicht sonderlich attraktives, aber beliebtes Mädchen, mit dem Lily sich in Stanford bei einer Wochenendparty ein Zimmer geteilt und das sie danach nie wieder gesehen hatte) über die Ansammlung von Verwandten unter den Buchstaben K bis Z (Juwelier Zenith in Berkeley, zu dem sie einmal ein Armband zur Reparatur gegeben hatte): Es gab keine Veranlassung, an irgendeine dieser Personen einen Brief zu schreiben.

Trotzdem gelang es ihr bis zum Spätnachmittag, in einer viel größeren Handschrift als sonst und in einem Fall mit der Bitte um ein Rezept, das sie nicht haben wollte («Brennendes Alaska» würde sogar ihren neuerdings erweiterten Horizont sprengen, dachte sie unwillkürlich), drei Briefe zu schreiben: einen an ihre

Zimmergenossin bei den Dominikanerinnen, ein Mädchen, das ihr völlig gleichgültig geblieben war; einen an eine ziemlich gouvernantenhafte Witwe, die Hausmutter in dem Wohnheim der Studentinnenverbindung, in dem sie während des einen Jahres in Berkeley gewohnt hatte; und einen an Martha, die seit acht Tagen nicht mehr von Davis nach Hause gekommen war und Everett zweimal angerufen und ihn gedrängt hatte, ihr zu schreiben. Obwohl sie den Karton mit den Briefkarten nicht angerührt hatte, wußte sie genau, wofür sie ihn benutzen wollte: für Einladungen. Sie würde erst mal mit Luncheinladungen und Kaffeekränzchen am Nachmittag für die Damen anfangen, dann zu Einladungen für beide Geschlechter übergehen: Kleine Cocktailparties, sonntägliche Dinnereinladungen, kleine festliche Essen, die ausgezeichnet organisiert sein würden, einfach aber perfekt, genau die richtigen Einladungen in diesen Kriegszeiten. «Meine Mutter ist eine *fabelhafte Gastgeberin*», erklärte sie Everett, als sie zur Post fuhren, um die drei Briefe aufzugeben. «In den Zeiten, als Daddy noch im Kongreß war, galt sie als *berühmteste Gastgeberin am Fluß*. Und deshalb gibt es keinen Grund, warum ich nicht fähig sein sollte, eine einfache kleine Party zu geben. Oder?» Everett, der sich auf die Straße konzentrierte, konnte keinen sehen. «Laß uns anhalten und zusammen irgendwo in einer Kneipe etwas trinken», sagte Lily glücklich. «Bis zum Abendessen haben wir noch etwas Zeit.» Gut, stimmte Everett lakonisch zu und küßte an einem Stoppschild ihren Scheitel. Sie würden in irgendeiner Kneipe etwas trinken. «Zur Feier des Tages», fügte sie hinzu. Zur Feier des Tages, wiederholte er lächelnd, und sie merkte, daß ihm nicht klar war, wen oder was sie feierten.

Fünfzehn Tage später, nachdem sie mehrere Namenslisten entworfen und in Zeiten der Verzagtheit wieder verworfen hatte, öffnete sie die Schachtel mit den Briefkarten und schrieb achtzehn Einladungen zu einem kleinen Lunch im Mai.

Everett hatte ihr den Spieltisch auf die Veranda gestellt, Martha rief aus Davis an, um ihr Mut zu machen (gleichzeitig deutete sie an, daß diese noch nie dagewesene Zahl von Gästen Knight aufregen könnte), und an jenem Mainachmittag vermittelte das

Haus der McClellans für wenige Stunden den Eindruck, daß eine andere als Lily dort wohnte, eine, die an unbeschwerte Freundschaften gewöhnt ist, vertraut ist mit dem Klang weiblicher Stimmen, mit Lunchgabeln und Bridge. Doch obwohl Edith Knight, als die anderen Gäste gegangen waren, erklärte, der Nachmittag hätte nicht bezaubernder sein können, wußte Lily, daß es nicht gut geklappt hatte. Was nicht daran lag, daß sie etwas Bestimmtes getan oder nicht getan hatte. Sondern einfach daran, daß zwischen ihr und anderen Frauen ein Vakuum bestand, in dem die Unterhaltungen sich verloren, Stimmen unhörbar wurden, Verbindungen abrissen. Mit wachsender Angst, aber unbeirrbarer Entschlossenheit machte sie sich daran, Korrekturen vorzunehmen: Wenn sie schon unfähig war, sich einen eigenen Freundeskreis aufzubauen, dann wollte sie ihre Bemühungen darauf konzentrieren, Everetts Freundeskreis zu festigen. Doch als sie erkannte, daß Everetts Desinteresse an ihren Freundinnen, beziehungsweise ihrem Mangel an Freundinnen, noch übertroffen wurde von seinem Desinteresse, seine eigenen Freunde einigermaßen regelmäßig zu sehen (hatte er denn überhaupt Freunde? fragte sie sich manchmal), wußte sie nicht mehr weiter, und als im Juni ihr Vater starb, hatte sie allen Grund, gar nichts mehr zu tun. Ein einziger Luncheon, eine Handvoll Briefe und Anrufe, ein Dinner am Sonntagabend, in das Everett schließlich eingewilligt hatte und bei dem niemandem, noch nicht einmal Martha, irgendeine interessante Unterhaltung eingefallen war: Keinen dieser Anlässe konnte sie noch einmal auf sich nehmen. Sie wollte später eine gute Ehefrau und Mutter werden, sagte sie zu Everett an jenem entsetzlichen Tag, an dem sie erkannte: *Ich bin nicht mehr ich, wenn mein Vater tot ist.*

8

Ein Mann und eine Frau hatten den Unfall entdeckt: In der Innenstadt von Sacramento, an der Texaco-Tankstelle, sagte man ihnen, daß sie in der heißen Juninacht eine kühle Brise erwischen könnten, wenn sie statt der Bundesstraße 40 die Uferstraße nehmen würden. Sie fuhren langsamer (erzählte der Mann der Highway Patrol), weil über dem Fluß ein seltsames Licht leuchtete. Seine Frau, die von dem langen Tag im Auto müde, gelangweilt und verschwitzt war, wollte zuerst nicht anhalten, sie meinte, das sei doch nur wieder so ein kalifornisches Mätzchen. Jede Wette, daß ein «Giant Orange»-Trinkstand dahinter steckte, und sie würde noch einen Nickel dazulegen, wenn man dafür jeden «Giant Orange»-Stand zwischen hier und San Berdoo anderthalb Meter tief versenken würde. Trotzdem hielt er an, stieg aus und ging auf den Deich. Als die Erkundung des Deiches keine Anzeichen für einen «Giant Orange»-Stand ergab, bekam seine Frau Angst (es war gespenstisch, richtig unheimlich), sie wollte nicht aussteigen. Er brauchte zwei, drei Minuten, ehe er begriff, was jeder am Fluß sofort begriffen hätte; denn die Kurve war gefährlich und wurde oft nicht richtig eingeschätzt, jedenfalls wurde sie oft genug falsch genommen; es dauerte etwas, bis er erkannte, daß das Licht über dem Wasser von Autoscheinwerfern herrührte, die durch das zehn Meter tiefe, trübe Wasser heraufschienen. Das Licht wurde von mehreren Schichten der verschiedenen Strömungen gefiltert und erhellte flackernd den Fluß, dessen Oberfläche der Wind kräuselte. *Ich habe es ihr einmal gesagt und hätte es ihr auch zwanzigmal gesagt, daß hier irgend etwas komisch war*, sagte der Mann immer wieder zu den Polizisten; seine Neugier hatte sich bereits in jenen verantwortlichen Bürgersinn verwandelt, der zum Leitmotiv seiner künftigen Erzählungen der Story jener Nacht werden sollte, als sie irgendwo in Kalifornien das helle Melbagelb für einen «Giant Orange»-Stand gehalten hatten, wißt ihr, das ist eine Getränkebude, wie sie sie dort überall haben, die sieht aus wie eine gigantische Apfelsine. Es war weit nach Mitternacht, ehe die Leute von der Wasserwacht aus Yolo-County mit dem Kran eintrafen, und fast fünf Uhr früh, ehe sie genug wußten, um Edith Knight anzurufen.

Sie fuhr allein in die Stadt, um die Toten zu identifizieren, mit einem seidenen Morgenrock über ihrem Nachthemd. Weil der Unfall so schnell entdeckt wurde, war die Identifikation nur eine Formsache. Walter Knights Gesicht war unverletzt geblieben und hatte lediglich den schwammigen Ausdruck eines Menschen, der gerade ertrunken war. Rita hatte eine Schnittverletzung, die sich von der linken Wange bis zu ihrem berühmten langen Blanchard-Hals hinunterzog; sie war, sagten sie, bevor das Auto ins Wasser stürzte, gegen das Armaturenbrett geschleudert worden. Ihr langes Haar war noch naß, und Edith Knight stellte sich die unwichtige, aber quälende Frage, ob es noch trocknen würde, ehe Rita bestattet wurde. Sie konnte sich nicht vorstellen, daß es im Grab trocknen würde. Als sie den Assistenten des Gerichtsmediziners fragte, ob das möglich wäre, schien er es nicht zu wissen. Der Assistent, ein kleiner Mann mit einem großen Interesse an Menschen mit extremen Belastungen (eine Neugier, die ihm seine meistens eintönige Arbeit erträglicher machte), nahm diese erste Frage jedoch gleich auf: Er fragte vorsichtig, ob die Dame mit dem herrlichen Haar Mrs. Knight und den verstorbenen Herrn Senator besucht habe. Den verstorbenen Herrn Bundessenator.

«Miss Rita Blanchard hat ihr ganzes Leben in der achtunddreißigsten Straße gewohnt», sagte Edith Knight schroff. «Sie stammt aus einer sehr sehr alten Familie des Valleys. Einer Familie», fügte sie hochherzig hinzu, «die noch ein Jahr vor meiner eigenen über die Prärie gekommen ist.»

«Was für eine schreckliche Tragödie, Mrs. Knight», sagte der Assistent, ließ sich die Gelegenheit entgehen, tiefer in die Genealogie des Sacramento Valleys einzusteigen, und wollte ihr statt dessen mit einem Händedruck sein Beileid ausdrücken. «Was für ein tragischer Verlust.»

«Der Herr gibt, und der Herr nimmt, Mr. Paley», sagte sie und übersah seine ausgestreckte Hand.

Als sie das Leichenschauhaus verließ, stand die Sonne bereits hoch am Himmel, und die Hitze wurde stärker. Sie fuhr gleich zu den McClellans. Lily war in der Küche. «O mein Gott», flüsterte Lily. «Jetzt wird er das Gelee nicht mehr essen können.» Sie war im Morgengrauen aufgestanden, um für ihren Vater Birnengelee zu kochen, ehe es draußen zu heiß dafür wurde.

Es war ein Gelee nach einem Rezept seiner Mutter, das er besonders gern mochte, es sollte eine Überraschung werden. Sie war gestern zur Ranch gegangen und hatte sich von Gomez die Birnen geben lassen. «Das Gelee hätte es ihm bewiesen», flüsterte sie. «Was bewiesen?» fragte Edith Knight, aber Lily gab keine Antwort, weil sie sich die Fäuste an den Mund preßte, um nicht laut zu schreien, dann ließ sie sich neben der Spüle auf den Fußboden sinken. Dort blieb sie zitternd sitzen und rührte sich nicht, bis Edith Knight sie wieder hochzog, ihr die Schürze, die sie über dem Nachthemd trug, abband und sie nach oben brachte, zu Everett, der sich gerade rasierte. Später gab der Arzt Everett genügend Tabletten, um sie für zwei Tage ruhig zu stellen, und Edith Knight sagte, sie hätte in ihrem ganzen Leben wirklich noch nie jemanden so auf einen Todesfall in der Familie reagieren sehen wie dieses Kind, das immer schon übertrieben sensibel gewesen sei, und ehrlich gesagt wäre es besser gewesen, wenn sie die Beruhigungstabletten besorgt hätten, ehe sie es ihr sagten, sie hätten sich denken können, daß das passieren würde, und vor allem sie selbst hätte es wissen müssen, daß Lily nicht stark genug war, um mit den Dingen fertig zu werden, mit denen andere Menschen fertig werden mußten, aber wer denkt noch richtig nach in einem solchen Augenblick.

Am Morgen der Beerdigung gelang es Edith Knight und Martha mit vereinten Kräften, Lily anzukleiden. Sie saß auf der Bettkante und starrte auf den Fußboden, während Martha ihren Kleiderschrank durchging. Sie hatte nichts, was annähernd nach Trauer aussah, bis auf das schwarze Seidenkostüm, das sie in Berkeley gekauft hatte; da sie im sechsten Monat schwanger war, konnte sie den Rock nicht mehr schließen. «Everett hat gesagt, es ist unwichtig, was ich anziehe», wiederholte sie ein ums andere Mal, schließlich zog sie, nachdem ihre Mutter und Martha zugaben, daß es wirklich nicht wichtig war, einen Umstandsrock an, dazu eine rosa-weiß geblümte Bluse, die ihr Vater einmal an ihr bewundert hatte, und legte sich dann noch eine schwarze Spitzenmantilla um. Sie sah aus, flüsterte Martha Everett zu, wie eine arme Flüchtlingsfrau aus *Früchte des Zorns*.

Der Tag war wieder schlimm, um elf Uhr vormittags hatten sie schon fast 44 Grad. Lily saß im Auto zwischen ihrer Mutter und Everett und konnte keinen von beiden ansehen, so labil war ihre Gemütsverfassung.

«Ich fühle mich von Minute zu Minute stärker», verkündete Edith Knight und versuchte, sich die langen Handschuhe überzustreifen. «Hier», setzte sie hinzu, zog einen Handschuh wieder aus und drehte sich einen schweren Ring vom Finger. «Den wollte ich dir sowieso eines Tages schenken.»

Lily streifte den Ring über ihren Ehering und schloß wieder die Augen. Es war der Diamantring, den ihr Vater ihrer Mutter zu Lilys Geburt geschenkt hatte.

«Danke», sagte sie. Edith Knight nahm Lilys linke Hand und begutachtete die Wirkung. «Du bist wirklich zu jung für einen Diamantring.»

«Sie ist zu dünn für den Ring», sagte Everett. «Sie wird ihn verlieren.»

«Ich *will* ihn tragen», sagte Lily und öffnete die Augen; es war ihre erste klare Äußerung seit zwei Tagen.

Es war keine katholische Beerdigung. Erstens, weil nur eine Handvoll Knights katholisch war, und da diese wiederum eher zufällig katholisch getauft waren oder sich katholisch verheiratet hatten und nicht strenggläubig waren, nahmen sie keinen Anstoß an dem Episkopalischen Gottesdienst und der nicht geweihten Erde des Familienfriedhofs dicht bei der Ranch, auf dem seit 1892 niemand mehr beerdigt worden war. «Es ist mir egal, ob er Katholik oder Hindu gewesen ist», hatte Edith Knight erklärt. «Ich denke, daß ich weiß, wo er begraben werden wollte. Ich denke, daß ich wenigstens das noch von ihm weiß.»

Die Familie war von überall her aus dem Valley und von den Ausläufern der Sierra zusammengeströmt. Alle Menschen vom Fluß kamen, und auch aus der Stadt. Gomez und Crystal kamen, der Gouverneur kam, und der Barkeeper des Senator-Hotels. Edith Knight stand während der Begräbniszeremonie regungslos, als wäre sie immun gegen Kummer, Liebe, gegen sämtliche vergänglichen Leidenschaften. Lily Knight stand hinter ihr, sie sah nicht auf das Grab, sondern richtete den Blick auf die ferne Linie der Pappeln, die den Flußlauf markierten. Sie hatte sich die Mantilla vom Kopf gezogen, weil sie die Hitze anzuziehen schien, sie war ihr von der Schulter gerutscht und lag nun hinter ihr auf der Erde. Sie konnte sich nicht bücken und sie aufheben.

Der verwilderte Friedhof vermittelte eine unbestimmte Behaglichkeit. Trockenes Gras verdeckte die Kreuze, und die Flügel der Engel, die das rostige Eisentor bewachten, waren schon vor Jahren abgebrochen; der Ort hatte nichts von der Ehrfurcht für die Toten, die für einen gepflegten Friedhof typisch war. Vor vielen Jahren hatte Walter Knight Lily einmal mitgenommen und ihr den Friedhof gezeigt. Er ließ sie mit den Fingern die Buchstaben auf den Grabsteinen nachziehen, die Namen mit ihren Daten, bis sie den kleinen verwitterten Grabstein gefunden hatte, der das älteste Grab markierte. *Matthew Broderick Knight, 2. Januar 1847 – 6. Dezember 1848.* Der kleine Junge war der erste von ihnen, der in Kalifornien sterben sollte. Es war eine beliebte Geschichte, die von einer Knight-Generation an die nächste weitergegeben wurde und in regelmäßigen Abständen in der historischen Beilage des *Sacramento Union* erschien. Das in Kentucky geborene Baby erkrankte auf dem Weg nach Westen an hohem Fieber. Ein anderes Kind der Gruppe war daran gestorben, und dessen Mutter hatte es niemandem gesagt und das tote Kind drei Tage in den Armen getragen, weil sie befürchtete, daß sie ihr Kind verscharren würden, bevor sie die nächste Niederlassung erreichen konnten. Matthew Knight überlebte die lange Reise; doch er starb im ersten Winter, in einem Zimmer in Sacramento, während sein Vater, Lilys Ur-Urgroßvater, das erste Haus auf der Ranch errichtete. Die Mutter des Kindes, in jenem Winter zwanzig Jahre alt, war seit Monaten geistig verwirrt und bildete sich ein, zu Hause zu sein, in Bourbon County, sogar dann, wenn sie eimerweise Treibsand aus dem Sacramento holte, um damit den verkrusteten Boden um ihr Blockhaus herum zu bedecken. Sie wollte einen Garten anlegen, mit Vergißmeinnicht und Tränenden Herzen und mit einem Hornstrauch, so wie er in ihrer Erinnerung an der Küchentreppe ihrer Mutter wuchs, aber als es Sommer wurde und sie wieder zu sich kam, pflanzte sie die gleichen fremdartigen Mohnblumen und Lupinen, wie sie auf dem Grab des Kindes wuchsen. *By the Rivers of Babylon, there we sat down*, hatte man auf ihren Wunsch hin in den Grabstein gemeißelt, aber das war noch in der Zeit, als sie umnachtet war. Der Symbolwert von Amanda Knights erstem Garten auf der Ranch war für die Knights der Kern der Geschichte. «Ich glaube, das Land gehört einem erst dann richtig, wenn man seine Toten darin begraben hat», hatte Walter Knight Lily erklärt und damit eine vertraute Variante des bekannten Motivs erklingen lassen. Selbst als sie begriff, daß er ihr nur die offizielle Familienversion vermittelte, ließ Lily sich davon mitreißen. Sie antwortete mit derselben satten Überheblichkeit: «Manchmal glaube ich, daß das Valley mir gehört.» – «Es gehört dir, hast du mich verstanden?» sagte Walter Knight schneidend. «Wir haben es geschaffen.» Daran hatte sie nie gezweifelt.

Mittags um zwölf war das Grab zugeschaufelt. Lily hatte Everett untergehakt und saß mit ihm im Auto, drehte den Diamantring am Finger und beobachtete ihre Mutter. Edith Knight stand in dem trocknen Gras neben dem Eisentor und hielt Hof: Pflichtschuldig nahm sie die angenehmen Erinnerungen in Empfang; die rituellen Lobreden, die als Visum gelten für das wunderbare Territorium, in dem jeder Tote mindestens den Rang eines Edelmannes hat. *Weißt du noch, als Walter im Sommer '33 zu Besuch kam, wir steckten mitten in der Ernte und hatten große Schwierigkeiten, und wie Walter seine eigenen Leute kommen ließ und half, die Ernte einzubringen? Weißt du noch, wie Walter Jahr für Jahr die fälligen Wechsel für das Hawkes-Haus gedeckt hat, bis der Sohn soweit war, sie einzulösen? Erinnere dich jetzt. Erinnere dich.* Das Herunterbeten von Walter Knights großen Stunden dauerte bis ein Uhr, lange nachdem die meisten Trauergäste, unter ihnen Mr. McClellan und Martha, zu Rita Blanchards Beerdigung in der Stadt aufgebrochen waren; Edith Knight stand alles ungerührt und triumphierend durch. Hatten sie ihr nicht letzten Endes bescheinigt, daß er jetzt nur noch Gott gehörte, daß sie, Edith, die alleinigen Rechte an seinen Hinterlassenschaften in dieser Welt hatte?

Zwei Wochen später wurde ihr Sieg von den Anwälten notariell beglaubigt. Rita Blanchard hatte 1933, als sie Geld brauchte, Walter Knight einen vierzig Meter langen Häuserblock in der Innenstadt verkauft, der seit achtzig Jahren im Besitz ihrer Familie war. Obwohl er in seinem Testament festgelegt hatte, daß diese Häuser an Rita zurückfallen sollten, bedeutete ihr gleichzeitiger Tod, daß sie jetzt Edith gehörten. Sie erklärte den Anwälten, ihrer Familie und dem Reporter, der über die Verteilung der Erbschaft schrieb, daß sie die beträchtlichen Einkünfte aus diesen Häusern jährlich in einen Stipendien-Fonds der Universität von Kalifornien einzahlen wolle, der vom Institut für Anglistik verwaltet werden würde und Ritas Namen tragen solle. «Wenn es etwas gibt, was ich von der armen Rita bis an mein Lebensende nicht vergessen werde», sagte Edith Knight, «dann ist es die Tatsache, daß die arme Rita ein Bücherwurm gewesen ist.» Da der gesamte Besitz an Edith fiel (und nach ihrem Tod an Lily, und während ihrer beider Lebenszeit in einem Treuhandfonds verwaltet wurde, der zu einem bestimmten Zeitpunkt nach seinem einundzwanzigsten Geburtstag auf Knight übergehen würde), gab es für sie keinerlei Hindernisse mehr, sich Rita mit dieser großspurigen Geste endlich vom Hals zu schaffen. (Die große Geste des Rita Blanchard-Stipendiums wurde jedoch in gewisser Weise beeinträchtigt, als einen Monat später bekannt wurde, daß Rita die Hälfte ihres Vermögens Lily vermacht hatte, die andere Hälfte sollte zwischen ihren sechzehn Cousinen und Cousins aufgeteilt werden, darunter Everett, Martha und Sarah McClellan. Wie Martha zu Everett im Büro des Anwalts der Blanchards sagte: Man müsse zugeben, daß die Runde an Rita gegangen sei.)

9

Viele, viele Rosen (für September) und Klatschmohn: Im ganzen Zimmer. (Everett hatte sie wohl von der Ranch mitgebracht. Egal, wohin Lily den Kopf in den Kissen wandte, ihr Blick traf auf Rosen, die ihre Blütenblätter in dem engen grauen Zimmer fallen ließen, das ganz genauso aussah wie das Zimmer, das man ihr bei Knights Geburt zugewiesen hatte. Irgendwo zwischen den Rosen mußten Gardenien sein, deren süßer Duft betäubend war wie ein Medikament. Die Nonnen erlaubten nicht, daß die Fenster bei Sturm geöffnet wurden. Am Abend, bevor die Wehen eingesetzt hatten, regnete es, und jetzt regnete es immer noch; sie sah, daß der Regen den ganzen Vormittag an den schmalen Fenstern herunterlief. Wenn sie die Augen schloß, sah sie, wie der Regen die Blätter der Kamelien im Garten peitschte. Wahrscheinlich regnete es in jedem Winkel der Erde, und der Regen überschwemmte jedes Tal: Sie war sicher, daß ihr Baby in der Nacht gestorben war, daß die Nonnen ihr den Tod verheimlichten, und sie wußte auch, daß sie bald verbluten und sterben würde. Vor kurzem hatte sie *In einem anderen Land* gelesen, und sie weinte, weil sie daran denken mußte, daß Everett, wie Leutnant Henry, das Krankenhaus verlassen und hinaus in den Regen gehen würde.

Everett war gestern dagewesen. Als sie wieder zu sich kam, saß er am Fenster, und sie hatte ihn mehrere Minuten schweigend betrachtet. Um seinen Stuhl herum lagen Tageszeitungen auf dem Fußboden verstreut. Vor Pearl Harbour hatte er im ganzen Jahr kaum mehr als drei oder vier Zeitungen gelesen. Obwohl sie alle paar Tage versuchte, eine Zeitung von vorn bis hinten zu lesen, kam sie nie schnell genug hinterher, um auf dem laufenden zu sein. Nach einiger Zeit hatte sie versucht, sich ausschließlich auf den Krieg im Pazifik zu konzentrieren, den Amerika, wenn sie das richtig verstand, zu verlieren schien. Obwohl sie das nicht ganz glauben konnte, schienen ihr Sieg oder Niederlage glaubhafter als der ganze Krieg in Europa; was dem Krieg in Europa in Lilys Augen fehlte, war ein Pearl Harbour. Es war so, wie Mr. McClellan am Morgen von Pearl Harbour gesagt hatte, als Martha, in ein Handtuch eingewickelt, die Treppe hinunterraste, um es ihnen mitzuteilen: «Damit haben Sie uns einen Strich durch die Rechnung gemacht.» (Mehr sagte er nicht dazu, und das auch erst, nachdem er Martha angebrüllt hatte: «Hör du nur weiter in der Badewanne Radio, Missy, du wirst noch einen elektrischen Schlag bekommen.» Aber für den Rest des Tages ging er vor dem Haus hin und her, suchte mit den Augen den Himmel ab und schimpfte vor sich hin.) Bis Everett ihr erklärte, daß die Deutschen und die Japaner einen Verteidigungspakt geschlossen hatten, ein Punkt, der ihr in den ersten beiden Wochen des Krieges entgangen war, hatte Lily sowieso nicht verstanden, was die Amerikaner überhaupt in Europa zu suchen hatten. Mit dem Pazifik war es natürlich etwas anderes. Sie dachte, und der Gedanke gefiel ihr nicht, daß dieses Baby vielleicht am Morgen von Pearl Harbour gezeugt worden war. Das war kein schöner Gedanke.

Gestern hatte Everett aus dem Krankenhausfenster in den Regen gestarrt. Draußen gingen die ersten Lichter an. Es mußte so gegen fünf Uhr gewesen sein, und auf der achtunddreißigsten Straße würden jetzt alle Fenster erleuchtet sein. Nur Rita Blanchards Haus würde dunkel bleiben; seit dem Unfall stand es leer. Sie vergaß immer, daß das Haus jetzt ihr gehörte, ihr, Everett, Martha, Sarah und dreizehn anderen Leuten, aber größtenteils ihr. Everett hatte vor ein paar Wochen mit einem Mann gesprochen, der es kaufen und in einen Kindergarten umwandeln wollte. Das wäre ein Anblick. Bunte Hasen aus Holz auf Rita Blanchards Rasen.

«Erzähl mir, was in der Zeitung steht», sagte sie schließlich. Everett versuchte immer, seinem Vater zu erzählen, was die Zeitungen schrieben. Da Mr. McClellan weder eine Zeitung las (die sowieso nur Photos der Mannschaft in Washington brachte) noch Radio hörte, basierten seine diversen Ideen über die richtige Kriegführung fast ausschließlich auf den Informationen, die er von Everett bekam. Sobald er zwei oder drei Tatsachen begriffen hatte, und diese oft nur flüchtig, schnitt er Everett das Wort ab und behauptete, dies sei für ihn alles nichts Neues, er kenne diese Schlitzaugen und ihre Tricks wie seine Westentasche.

Everett faltete die Zeitung zusammen und lächelte. «Seit wann bist du wach?»

Sie lachte und legte die Hände auf den Bauch. Er war immer noch gewölbt. «Du brauchst nicht zu flüstern. Wo ist das Baby?»

Einen Moment später kam er mit einer Nonne zurück, die das in eine rosa Decke gehüllte Baby brachte.

«Ein Mädchen», sagte sie. «Das hätte Daddy gefallen.»

«Es gefällt mir.»

Lily drehte den Kopf in den Kissen, so daß sie Everetts Gesicht sehen konnte.

«Sag mal, diesmal habe ich alles richtig gemacht, oder nicht?»

«Du warst sehr gut.»

Sie ließ sich zurücksinken. «Weißt du was, ich kann es nicht stillen.»

«Sie wird die Flasche bekommen.»

«Es klingt komisch, wenn du *sie* sagst. Ich weiß noch nicht mal, wie wir es nennen wollen.»

«Du hast doch Julia vorgeschlagen. Julia Knight McClellan. Ich dachte, wir hätten uns schon darauf geeinigt.»

«Das habe ich nur wegen meiner Großmutter gesagt. Ich habe nie wirklich geglaubt, daß es ein Mädchen werden würde. Ich hatte an Walter gedacht.» Sie lachte. «Sie ist viel zu klein für den Namen Julia Knight McClellan. Das klingt nach Suffragette.»

«Sie ist groß für ein Baby.» Everett wandte sich an die Nonne. «Haben Sie nicht gesagt, daß es ein großes Baby ist?»

«Everett, ich *weiß*. Es ist ein richtiges King Kong-Kind.»

«Paß auf», sagte sie, als die Nonne das Zimmer verlassen hatte. «Wir werden noch mehr bekommen. Wir werden ungefähr sechs Kinder bekommen. Und Martha kann sechs Kinder bekommen. Und sie werden sich schrecklich zanken, weil nicht genug Land für alle da ist.»

«Und Sarah. Vergiß Sarah nicht.»

«Richtig, und Sarah.» Sie hatte Sarah tatsächlich vergessen.

«Das ist jetzt unwichtig. Darunter ist jedenfalls auch ein kleiner Zwerg. Liebenswert zwar, aber ein Versager. Man wird ihm alles abluchsen, bis auf ein kleines entlegenes Stück Land ohne Wasser. Eines Tages, während die anderen alle damit beschäftigt sind, Golf zu spielen – sie gehören zu der Sorte von Leuten, die ewig im Country-Club rumhängen – und er in seiner harten Erde herumkratzt, weißt du, was da passiert?»

«Er findet Gold.»

«Everett, Baby. Du lebst noch in der Vergangenheit. Es stellt sich heraus, daß auf seinem Stück Land die einzige Abfahrt für die geplante Transamericana im Umkreis von hundert Meilen liegt.»

«Eine Autobahn?»

«Eine *Abfahrt*, Everett. Tankstellen. Motels. Supermärkte. Langzeit-Pachtverträge.»

Everett lächelte.

«Hör mal», sagte sie. «Diesmal habe ich mich anständig aufgeführt, nicht wahr?»

Everett setzte sich zu ihr aufs Bett und nahm ihre Hand. «Ja.»

«Ich bin nicht in Panik geraten, und ich habe keinen Ärger gemacht. Ich meine, diesmal habe ich von Anfang bis Ende alles richtig gemacht.»

«Du hast auch beim erstenmal keinen Ärger gemacht.»

«Doch. Dein Vater hat zu Martha gesagt, er hoffe, daß ich nie wieder schwanger werde, weil ich unmöglich gewesen sei.»

«Wer hat dir das erzählt?»

«Das ist doch egal. Es stimmt, das ist der Punkt.»

«Falls Martha es dir gesagt haben sollte, dann hat sie es nicht so gemeint.»

«Vergiß es. Diesmal ging es besser, wie du gesehen hast.»

«Es ging sehr gut.»

«Du mußt mich beschützen», flüsterte sie.

Er hielt ihre Hand und starrte lange aus dem Fenster. «Das werde ich», sagte er. «Das mache ich doch. Oder etwa nicht?»

Obwohl sie einen Moment lang glaubte, noch nie so glücklich gewesen zu sein, ging Everett, als ihre Mutter kam («Ich wollte früher kommen, aber ich war in der Stadt», sagte Edith Knight in der leicht konfusen Art, die sie wenige Wochen nach der Beerdigung entwickelt hatte; trotz des neuen Mantels aus Vikunjawolle und ihrer tadellos gepflegten Frisur wirkte sie seltsam aufgelöst, sie drehte an ihren Ringen, strich sich das Haar glatt und zog das Laken zurecht, als sie Lily zum Abschied küßte), und als ihre Mutter gegangen war, fühlte Lily sich einsam. Die Nonnen begannen mit ihrer abendlichen Visite und gingen paarweise über den Flur. Als eine von ihnen vor Lilys Tür stehen blieb und das Licht in ihren dicken Brillengläsern funkelte, drehte Lily den Kopf weg und tat, als schliefe sie, und als sie sah, wie das verschwommene Licht der Straßenlaternen durch die windbewegten Zweige vor dem Fenster schimmerte, fragte sie sich, woher die Nonnen ihre Gewißheit nahmen und ob es ihnen jemals so gegangen war wie ihr jetzt. Sie dachte an ihre Mutter, die inzwischen allein zu Hause vor ihrem Eßtablett im Wohnzimmer sitzen, in ihren unvermeidlichen Lammsteaks herumstochern und auch in den Regen starren würde. Es kam selten vor, daß es so früh im Jahr und so lange regnete. Wenn der Regen anhielt, könnte es Weihnachten Hochwasser geben. Einmal, als sie noch klein war, brach ein Deich am Heiligen Abend, und die Kirchen waren überfüllt mit übermüdeten Frauen in Regenmänteln und Kindern in blauen Bademänteln. Sie mußte Edith Knights Drängen nachgeben und ihre ganzen Weihnachtsgeschenke, die sie noch gar nicht ausgepackt hatte, bis auf ein einziges, den evakuierten Kindern schenken, deren Weihnachtsgeschenke, wie Edith Knight erklärte, jetzt zu den armen chinesischen Kindern geschwemmt wurden. So gesehen, war es für alle eine ideale Lösung, bei der nur Lily das Nachsehen hatte.

Obwohl Everett heute abend mit ihrer Mutter essen sollte, entweder bei ihr oder auf der Ranch, würde er es vergessen haben. Und ihre Mutter war so einsam, daß sie nicht mehr fähig zu sein schien, sich mitzuteilen. «An manchen Abenden, wenn der Wind aufkommt, denke ich, daß ich der einzige noch lebende

Mensch am Fluß bin», hatte sie vor ein paar Wochen gesagt. «Warum rufst du mich nicht an?» sagte Lily. «Warum rufst du mich nicht an, oder die Randalls?» – «Das könnte ich natürlich machen», hatte ihre Mutter gelangweilt gesagt, als ob Lily ein ziemlich uninteressantes Thema angeschnitten hätte. In gewisser Weise stimmte das auch: Es gab wenig, was Lily oder die Randalls oder irgendein anderer Mensch unternehmen konnten, um das Netz der Bedeutung zu flicken, das Walter Knight und Rita Blanchard zwölf Jahre lang um Edith Knight gesponnen und im Juni zerrissen hatten. Einmal hatte Lily gedacht, daß Rita ihrer Mutter mehr fehlte als Walter Knight; schließlich war es Rita, der sie ihre Rolle verdankte, und sie hätte sie auch genausogut weiter gespielt, als lebender Beweis nicht nur für Walter Knights Unfähigkeit (ob tot oder lebendig), sondern für Edith Knights Größe angesichts dieser Tatsachen.

Nun, ihre Mutter hatte ihre Rolle gewählt, und die Nonnen die ihre. Aber woher hatten sie die Gewißheit dafür genommen? Woher hatte Mary Knight ihre Gewißheit? In dem Sommer, in dem sie achtzehn wurde, war Mary Knight Randall in den Orden der Barmherzigen Schwestern eingetreten. Sie war mit ihrem Vater, Walter Knights Cousin, in Europa gewesen, und als sie dann im August in New York von Bord gingen, sagte sie ihm, daß sie nicht beabsichtige, im September nach Berkeley zu gehen. Obwohl er versuchte, sie auf der Zugreise quer durch das Land zur Vernunft zu bringen und ihr sogar versprach, daß sie das neue, taubenblaue Ford-Kabrio bekommen würde und den ganzen Januar nach Aspen zum Skifahren gehen dürfe, trat Mary Knight genau in der Woche, in der Lily nach Berkeley fuhr, in den Orden ein. Es war die Woche, in der man sich um die Aufnahme in die angesehensten Vereinigungen der College-Studentinnen bewerben konnte, und da sie und Mary Knight eigentlich gemeinsam nach Berkeley fahren wollten, hatte Lily nun im Durant Hotel ein Doppelzimmer für sich allein. Sie lag jede Nacht wach, hörte die Uhr des Glockenturms im Küstennebel und bemitleidete sich sehr, teils, weil sie nicht wußte, was sie mit den Golden Girls aus San Francisco und Pasadena reden sollte, vor allem aber, weil

Mary Knight ihr fehlte, die, obwohl älter als Lily, von nichts eine Ahnung hatte und auf eine Jungmädchenzeit in ungetrübter Unschuld zurückblickte, was Lily auf eine unerklärliche Weise Kraft gab und in ihr den Wunsch erweckte, Mary Knight immer um sich zu haben, wie einen Talisman. (Auf einer Strandparty hatte einmal Pete, Joe Templetons jüngerer Bruder, Mary Knight zu überreden versucht, mit ihm im Auto zur Steilküste zu fahren. «Wozu denn bloß?» flüsterte sie später Lily ins Ohr. «Zerbrich dir darüber nicht den Kopf», sagte Lily und warf Sand ins Feuer. Sie konnte Pete Templeton nicht mehr leiden, weil er es versucht hatte, und sie liebte Mary dafür, daß sie es nicht kapiert hatte.) Sogar die Katholiken trauerten um Mary Knight. Helen Randall, die es abgelehnt hatte, mit ihnen zusammen nach Europa zu fahren, weil sie nach Banff wollte, gab Mary Knights Vater die Schuld. Mary war ein empfindsames junges Mädchen, und wenn er sie nicht Tag für Tag den morbiden europäischen Kathedralen ausgesetzt hätte, dann wäre das nicht passiert. Wäre er doch ihrem, Helens, Rat gefolgt und mit ihr zum Rodeo nach Calgary gefahren. Jetzt hing bei den Randalls im Eßzimmer ein Ölbild von Mary, es hing an einem Ehrenplatz, wie das Bild einer Verstorbenen; Mary Knight mit sechzehn, in einem rosa Tüllkleid, aber paradoxerweise seltsam überlegen.

Mary Knight, ihre Mutter, die Nonnen auf dem Flur, sie alle schienen etwas zu wissen, was sie nicht wußte. Nun, zumindest hatte sie Everett geben können, was er wollte. Sogar Martha hätte ihm kaum zwei Kinder schenken können. Aber sie konnte der unbequemen Gewißheit nicht entfliehen, daß sie das nur getan hatte, weil sie auf einen undurchschaubaren Trick hereingefallen war; daß ihr ganzes Leben mit Everett eine Improvisation war, abhängig von Stichworten, die sie eines Tages vielleicht überhören würde, und von Charakterisierungen, die sie jederzeit vergessen konnte. Bis auf Zeiten, in denen sie Schwierigkeiten hatte (als ihr Vater starb, oder als sie mit Knight schwanger war), wußte sie oft nicht, worüber sie mit Everett reden sollte: Sie konnte, ebenso wie er, weder Anekdoten noch Klatsch erzählen, und manchmal vergingen Wochen, ohne daß sie, und sei es auch nur bruchstückhaft, eine nennenswerte Unterhaltung geführt hätten. Im Bett verhielt sie sich meistens so, als sei sie eine andere, eine Fremde, und sie nahm an, daß Everett das auch so machte. Wenn sie nicht spielte, daß sie eine andere war, dann spielte sie, daß Everett nicht Everett war. Wenn sie sich nicht vorstellte, daß einer von ihnen oder beide jemand anderes waren, tat sie so, als ob es noch nie vorher geschehen wäre, als ob es wieder das erste Mal war, auf der Sandbank im Fluß. Das erste Mal hatte es eine Schärfe gehabt, eine Endgültigkeit, die seither fehlte. Lange Zeit, selbst noch, nachdem sie es mehrere hundertmal gemacht hatte, war die Tatsache, daß es überhaupt geschehen war, immer wieder wie ein Schock für sie; es kam ihr unwahrscheinlich vor, daß andere es ebenfalls machen könnten, und das Wissen, vom Hörensagen, daß nicht nur auch andere, sondern geradezu alle es machten, blieb ein bohrender Makel, der die Zufriedenheit mit ihrer eigenen Leistung trübte. Es war, als wäre sie allein über die weite Prärie gestolpert, nur um herauszufinden, daß alle anderen schon da waren – sozusagen mit einem Charterflug. Selbst jetzt, zwei Jahre später, waren jene paar Minuten des ersten Mals gegenwärtiger als alles andere: Sie hatte weder das Gefühl der Verwunderung verloren noch das Gefühl, betrogen worden zu sein, weil die Erfahrung nicht einzigartig war, nicht ganz allein ihr gehörte. Der Duft des Sommermorgens, das Flußwasser, der Schweiß und das scharfe Stechen der Schilfgräser, die unter ihnen brachen (und das würde für sie immer zum Duft des Sommers gehören), waren stärker als all die Rosen und Gardenien im ganzen Mercy Hospital.

Ich hätte nicht Everett nehmen sollen, sondern den Heiligen Geist, hatte sie heute morgen beim Aufwachen gedacht und die Nonne angefahren, die nur ihre Temperatur messen wollte. Sie blieb den Vormittag über regungslos liegen, zog sich das Kissen über den Kopf, das sie nur hochhob, um den Regen vor dem Fenster zu beobachten. Sie hätte sich aufsetzen müssen sich das Haar kämmen, das Gesicht waschen, die seidene Bettjacke anziehen müssen, die ihre Mutter ihr mitgebracht hatte. Everett würde heute vormittag wiederkommen, und sie wollte ihn nicht sehen. Sie war sich nicht sicher, ob es wieder gut werden würde, selbst wenn sie zu jenem Morgen am Fluß zurückkehren und von vorn anfangen könnten. Weil sie nicht genau feststellen konnte, was eigentlich schiefgegangen war, würde es sicherlich ein zweites Mal schiefgehen. Sie wollte jetzt nur ihren Vater sehen, sie wollte zurückgehen in ein Land und eine Zeit, wo niemand Fehler machte. *Denn tausend Jahre sind vor dir wie der Tag, der gestern vergangen ist, und wie eine Nachtwache.* Als ihr Vater tot war, lernte sie diese Worte auswendig und sagte sie vor sich hin, wenn sie eine Straße entlang ging, wenn sie sich das Haar bürstete, wenn sie im Bett lag und wenn sie auf der Uferstraße fuhr, und sie wiederholte sie jetzt, zum Schutz vor Everetts Besuch.

10

«Du wirst gut zurechtkommen», sagte Everett an dem Morgen, an dem er nach Fort Lewis fuhr. «Du bist jetzt ein großes Mädchen. Du wirst es sehen. Es wird alles gutgehen. Wart's ab.»

Er sprach sehr leise; Knight und Julie schliefen beide im Nebenzimmer.

«Du müßtest nicht gehen», wiederholte Lily. Sie konnte Everetts Eintritt in die Armee nur als eine persönliche und möglicherweise verdiente Strafe ansehen. Bataan könnte fallen, Corregidor könnte fallen, und die Japaner könnten Attu und Kiska besetzen, aber Everett würde nie fortgehen können, wenn sie ihn nicht irgendwie enttäuscht hätte. «Du hast einen Sohn. Du hast eine zwei Monate alte Tochter. Dein Vater braucht dich.»

Everett saß auf der Bettkante und zündete sich eine Zigarette an. Obwohl das Morgenlicht schon durch die Fensterläden sikkerte, hatten sie noch nicht geschlafen. Als Mr. McClellan zu Bett gegangen war, hatten sie zu zweit fast eine ganze Flasche

Bourbon getrunken, und dann hatte Lily geweint (zum Teil wegen des Alkohols), und sie hatten hellwach in der Dunkelheit gelegen, die Trennung bedrückte sie weniger als die dumpfe, unangenehme Angst davor, wie sich die Trennung auf sie auswirken würde.

«Lily», sagte er. «Du wiederholst dich dauernd. Ich will gehen.»

«Ich begreife nicht, warum.»

«Ich habe ein Jahr gewartet. Fast ein Jahr. Jetzt muß ich gehen.»

«Du mußt nicht gehen. Du gehst freiwillig. Du hast gesagt, daß du freiwillig gehst.»

«Gut. Ich gehe freiwillig. Ich kann darin keinen Unterschied sehen.»

Lily lag bewegungslos da, ihr Kopf schmerzte dumpf.

«Ich glaube, daß du sterben willst», sagte sie nach einiger Zeit.

«Gut. Ich will sterben. Jetzt muß ich aufstehen.»

Während Everett sich rasierte, packte sie seine Tasche zu Ende, pflichtschuldig versuchte sie, sich einzuprägen, wie sich seine Shorts anfühlten und wie die durchscheinende Farbe seiner Zahnbürste aussah. Das schienen Dinge zu sein, an die sie sich vielleicht, irgendwann in der Zukunft, gern erinnern würde.

Sie überlegte zwar, den Faltenrock und den mit Farbe verschmierten Pulli anzuziehen, den sie jeden Vormittag trug, dachte dann aber an die Schiffe, die im Nebel unter der Golden Gate Brücke ausliefen, an Wake Island, an den heißen goldenen Sommer vor ihrer Heirat, und zog statt dessen den weißen Kaschmirpullover über, den Everett ihr zu ihrem neunzehnten Geburtstag geschenkt hatte.

Er sollte um sieben Uhr den «Shasta Daylight» am Bahnhof in Davis nehmen. Für die Fahrt dorthin würden sie fast eine Stunde brauchen. Obwohl Lily sich jetzt wünschte, daß jemand sie begleiten würde, hatte er sich schon von allen verabschiedet: Martha war aus Davis zum Abendessen gekommen und vor Mitternacht zurückgefahren, um für eine Zwischenprüfung zu lernen. («Daddy ist der Ansicht, daß ich alle möglichen reichen Zitrusplantagenbesitzer aus dem Süden kennenlerne», hatte sie beim Abendessen erzählt. «Dabei lerne ich nur für meine Zwischenprüfungen und leihe meine Klamotten den Töchtern der reichen Zitrusplantagenbesitzer, damit sie mit den Söhnen der reichen Zitrusplantagenbesitzer ausgehen können.» Das schien Everett zu verwirren. «Warum willst du dich mit Leuten aus dem Süden abgeben?» wollte er wissen. «Ach, du kennst mich doch, Everett», hatte Martha gesagt. «Ich bin eine eingefleischte Weltbürgerin.»)

Das Haus war vollkommen still und von der Kälte der Novembernacht durchdrungen. Fröstelnd stand Lily in der Diele und fuhr mit der Hand über die Unebenheiten des Treppengeländers. Als sie Everett auf der Treppe hörte, ordnete sie nervös ein paar Briefe, die auf dem Tisch im Flur liegengeblieben waren.

«Hör mal», sagte er, «ich werde dir gleich morgen schreiben. Dann antwortest du mir, bitte, und erzählst mir, wie du alles schaffst, ja?»

«Ja», sagte sie und starrte dabei auf den Kamin im Wohnzimmer. Im Erdgeschoß machte das Haus denselben Eindruck wie immer am frühen Morgen. Es sah aus wie ein Haus, das vor Jahren fluchtartig verlassen worden war. Es war kaum zu glauben, daß nicht tatsächlich verstaubte Tücher über den ausgeblichenen Sesselschonern lagen, unfaßbar auch, daß die Zeitschriften, die auf dem Tisch lagen, wirklich aus dem Jahr 1942 stammten. «Ich werde dir schreiben», setzte sie hinzu. «Jeden Tag.»

«Und versuche, meinen Vater zu bremsen.»

«Ja.»

«Und geh unter Leute und sieh zu, daß du ausreichend schläfst. Nimm etwas zu.»

«Ja», sagte sie. «Ich werde dir Khakisocken stricken.» – «Gut.» Er half ihr in den Mantel. «Die Heimatfront.»

«Stimmt», sagte sie. «Die Heimatfront.»

Auf der Fahrt nach Davis fuhr sie; sie sprachen kaum ein Wort. Sie sah auf die Straße, und er starrte aus dem Fenster. Über dem Fluß hing ein tiefer feiner Nebel, und zwischen den nackten Hopfenstangen flatterten die verknoteten, zerrissenen Schnüre. In der Nacht hatte es gefroren; um die Mittagszeit würde es warm werden.

Obwohl der Zug in fünfzehn Minuten kommen mußte, standen nur wenige Autos vor dem Bahnhof. Sie blieben in dem Kombi sitzen, die Standheizung lief, die Fenster beschlugen, und Everett legte den Arm um ihre Schulter. Sie sagte, der Pullover gebe ihr das Gefühl, hübsch zu sein; er sagte, sie sei hübsch, hübsche Haare, hübsche Augen, hübsche Arme. Sei still, sagte sie und drückte seinen Arm. Jetzt gab es nicht mehr viel, was sie ihm sagen wollte, und am Ende sagte sie gar nichts, da Martha zum Bahnhof kam. Sie sahen, wie sie den Bahnsteig entlangrannte, ihre Bücher und einen Strauß gelbe Chrysanthemen an sich preßte und einen schmutzigen Popelinemantel über dem Nachthemd trug.

«Du siehst aus wie ein gottverdammter Flüchtling», sagte Everett und öffnete die Tür des Kombis.

«Ich hatte Angst, dich zu verpassen, wenn ich mich damit aufhalte, mich anzuziehen. Also bin ich einfach so gekommen.»

«Zum Glück bist du nicht über einen reichen Zitrusplantagenbesitzer gestolpert», sagte Everett.

Martha drückte Everett das Buch und die Chrysanthemen in die Hand. Dann blieb sie betreten vor dem Auto stehen, sah zum Bahnhof, vergrub die Hände in den Manteltaschen.

Everett schlug das Buch auf und sah zu Martha hoch.

«Es ist meins», sagte sie. «Ich wußte, daß du keins hast.»

«Was ist das?» fragte Lily.

Martha sah sie nicht an. «Ein Familienbuch.»

«Das McClellan Journal», las Everett. *«Ein Bericht über den Landweg nach Kalifornien im Jahr 1848.»*

«Privatdruck», fügte Martha hinzu.

«Wahnsinn», sagte Lily.

Everett und Martha, dachte sie. *Vorwärts, in die Schlacht*, mit dem Kreuz als Schild. Sie erinnerte sich an ihre Überraschung, daß sie an den Wänden von Marthas Zimmer, als sie Kinder waren und sie zum Spielen zu den McClellans geschickt wurde, weder die Tänzerinnen von Degas hängen sah noch Bilder aus *Alice im Wunderland*, sondern eine gerahmte Heldentat von John Sutter aus dem Jahr 1847, eine unter Glas aufbewahrte Liste des Proviants, der auf einer obskuren Expedition im Jahr 1852 mitgeführt worden war, eine detaillierte Reliefkarte des Humboldt-Beckens in Nevada und eine große Lithographie, die den Donner-Paß in der Sierra Nevada zeigte, auf die Martha in zwei säuberlichen Reihen und in Großbuchstaben die Namen der Todesopfer und der Überlebenden bei der Bezwingung des Passes geschrieben hatte. Als Kind hatte Martha in der Tat am liebsten «Die Donner-Gruppe» gespielt, ein nach einem festen Ritual ablaufendes Drama, in dem sie, als seine Erfinderin, immer Tamsen Donner spielte, die tagein tagaus neben ihrem Mann zurückgelassen wurde, dessen törichte Fehleinschätzung sie alle ins Unglück gestürzt hatte. (In Marthas Nachinszenierungen bekam die Eroberung des Wilden Westens stets einen unauffällig feministischen Einschlag, in einem anderen Spiel, «Central Pacific», ergab es sich, daß die treibende Kraft hinter der transkontinentalen Eisenbahn mitnichten Collis Potter Huntington gewesen war, sondern Leland Stanfords Ehefrau Jane, und Lily wuchs mit dem ausgeprägten, von Martha gesäten und jahrelang unkorrigiert gebliebenen Eindruck auf, daß die *éminence grise* hinter der kalifornischen Republik Jessie Benton Frémont gewesen war.) In Marthas Augen war es offenbar ein unauslöschlicher Makel, daß ihre Vorfahren, im Gegensatz zu Tamsen Donner, samt und sonders durchgekommen waren, und als Lily ihr erzählte, daß jemand aus der Familie ihres Vaters mit der Donner-Reed-Gruppe bis zum Applegate Cut-off gereist sei, war Martha tagelang niedergeschlagen. Tatsächlich hatte sie noch vor wenigen Wochen eine verdrossene Bemerkung darüber gemacht.

«Du könntest es den anderen leihen», schlug Martha vor, die Hände immer noch in den Manteltaschen. «Ich finde, es kann einen sehr inspirieren.»

«Es ist das schönste Geschenk, das ich je von dir bekommen habe», sagte Everett, stieg aus dem Auto und legte ihr die Hände auf die Schulter. «Das schönste Geschenk, das ich überhaupt je bekommen habe.»

Nachdem sie Everett in den Zug gesetzt hatten («Der *Zug*», schrie Martha, die drei rannten auf den Bahnsteig, Everett versuchte, Martha seine zweite Tasche abzunehmen, Martha riß sie ihm weg, und dann küßte Everett erst Lily, dann Martha und dann ein kleines Mädchen, das eine amerikanische Flagge an einem Stöckchen schwenkte und zu einer Familie am anderen Ende des Bahnsteigs gehörte), setzten sich Lily und Martha ins Auto, sie schwiegen, bis der Zug anfuhr. Bis zu diesem Moment schien Martha, die eine Zigarette auf dem Armaturenbrett ausklopfte und «The Battle Hymn of the Republic» summte, wie in Trance. Doch als die Lokomotive pfiff, sprang sie aus dem Auto und rannte wieder auf den Bahnsteig, rief Everetts Namen, starrte in jedes Abteilfenster des sich beschleunigenden Zuges und ging dann langsam wieder zum Auto zurück. Ihr Mantel stand offen, und ihr hellblaues Nachthemd schleifte durch die Blätter, die über den Beton des Parkplatzes wehten.

«Steig ein», sagte Lily. «Wir gehen frühstücken.»

«Er hat die Blumen vergessen.»

«Er hat das *McClellan Journal*. Das ist das wichtigste.»

Martha wandte den Blick ab. Lily sah, daß sie weinte.

«Sie wären im Zug sowieso nur verwelkt», sagte Lily. «Stell sie in dein Zimmer.»

Martha knallte die Autotür zu. «Ich glaube, ich fahre mit dir nach Hause.»

«Ich dachte, du hättest eine Zwischenprüfung.»

«Habe ich auch.»

«Wir gehen frühstücken», wiederholte Lily und drehte den Zündschlüssel um.

Sie hielten in einem Drive-In in der Nähe des Campus von Davis. Martha erzählte einen Moment angeregt von Alice Lee Grosjean und deren Rolle in der Long-Regierung in Louisiana (sie schrieb offenbar eine Arbeit über die Longs) und von jemandem aus Berkeley, der sie zum Miami Triad-Ball eingeladen hätte. (Der Ball würde im Fairmont Hotel stattfinden, und sie wäre wirklich gern mitgefahren, aber der Knabe habe leider eine unglückliche Vorliebe dafür, Sätze zu sagen wie: ‹Du bist das bezauberndste Mädchen, das ich kenne›, und sie konnte so etwas im Moment wirklich nicht vertragen, nicht in dieser Zeit, jetzt nicht mehr.) Dann hörte sie unvermittelt auf zu reden und beschäftigte sich mit ihren Fingernägeln, von denen drei knallrot angemalt waren.

«Everett hat gestern abend gesagt, daß ich mir nicht die Fingernägel anmalen soll», sagte sie schließlich. «Deshalb wollte ich mir heute morgen die Farbe abmachen, aber ich hatte es so eilig, daß ich die Flasche Nagellackentferner restlos verschüttet habe. Alles über Betty Jeans Airogramme von der Army. Betty Jean, verlobt mit einem Marineoffizier, war Marthas Zimmergenossin und ihr derzeitiger Lieblingsfeind. Martha zufolge sparte Betty Jean am Essen, indem sie in ihrem Zimmer Quark und Cracker aß, statt zum Lunch nach unten zu gehen; ihre Sparsamkeit ging soweit, daß sie die Quarkgläser in ihre Aussteuerkiste packte. Martha behauptete, daß Betty Jean siebenundzwanzig Quarkgläser gesammelt habe, fünfzehn mit roten Tulpen und zwölf mit blauen Kornblumen.

«Blau ist doch eine hübsche Farbe», sagte Lily.

«Everett kann sie nicht leiden. Das habe ich dir doch gesagt.» Martha trommelte mit den Fingernägeln auf dem Metalltablett herum.

Lily sagte nichts.

«Everett wird dir fehlen», sagte Martha schließlich.

«Ja.»

«Sehr?»

«Natürlich.»

Martha sah aus dem Fenster. «Wie sehr?»

«Sehr», sagte Lily leicht gereizt. «Was wolltest du mir von dem Jungen erzählen, der dich zum Miami Triad-Ball eingeladen hat? Warum willst du nicht mitfahren?»

«Daddy ist der Ansicht, daß ich heiraten soll.»

«Was hat das mit dem Miami Triad-Ball zu tun?»

Martha gab keine Antwort.

«Wen willst du denn heiraten?» fragte Lily.

«Ich weiß nicht. Irgend jemanden.» Martha zündete sich umständlich eine Zigarette an. «Das ist doch unwichtig, oder?»

Lily zuckte die Achseln, und nach einer Weile streckte Martha den Arm aus und drückte die Lichthupe, um die Bedienung zum Auto zu rufen.

«Ich gehe jetzt wohl lieber zu meiner Zwischenprüfung.»

Als Lily vor dem Studentenheim anhielt, öffnete Martha die Tür des Autos, stieg aber nicht aus. «Hör mal», sagte sie. «Meinst du, ich sollte es tun?»

«Nur, wenn du es möchtest. Nur, wenn du jemanden liebst.»

«Hör doch auf, Lily. Das hätte ich nicht von dir gedacht, daß du dumme Sprüche klopfst. Wer hat denn schon jemanden länger als zwei Wochen geliebt. Mit Ausnahme der eigenen Familie. Oder vielleicht jemanden, den man schon seit Jahren kennt. Dazu kann ich nichts sagen.»

«Du hast noch viel Zeit.»

«Du hast viel Zeit», Martha schnitt eine Grimasse. «Ich habe überhaupt keine Zeit. Genau darum geht es. Alle gehen weg, die Hälfte davon wird sterben, der Krieg kann zwanzig Jahre dauern, und Everett ist weg – jedenfalls», fügte sie hinzu, «weiß ich genau, daß ich nicht weiß, wen ich heiraten will. Ich bin mir sicher, daß ich niemanden kenne, der mich versorgen könnte.»

«Vielleicht», sagte Lily nach einer längeren Pause, «könntest du jemanden heiraten, den du versorgst. Vielleicht ist das am Ende das gleiche.» Und indem sie das sagte, kam ihr der Gedanke, daß sie vielleicht zufällig bei ihrer blinden Suche nach Platitüden für Martha über eine Tatsache, eine Grundweisheit gestolpert war: Jemand kümmerte sich um einen, oder man kümmerte sich um jemanden; man konnte angenehme Liebesworte hören oder selbst sagen (*Wenn du mich liebtest, würdest du für mich stehlen und mir Märchen von einem glücklichen Land erzählen*, das war ein deutsches Lied, glaubte sie), und in beiden Versionen ging es – und zwar ausschließlich – um eine bindende Verpflichtung. Vielleicht war es nicht so wichtig, wer sich verpflichtete, wie oder warum: Am Ende lief es vielleicht auf ein und dasselbe hinaus. *Es ist nicht wichtig, wer die Verantwortung übernimmt.*

Martha nahm eine Chrysantheme, zerfledderte die Blätter und rollte sie zu kleinen Bällchen.

«Vielleicht für dich», sagte sie schließlich. «Du bist so stark.»

«Bin ich nicht», sagte Lily. Marthas Niedergeschlagenheit und der Ton ihrer Stimme erschütterten sie. «Ich bin kein bißchen stark.»

Martha zuckte die Achseln und stieg aus dem Auto. «Na schön. Du bist kein bißchen stark. Lily, Baby, das ist deine Nummer. Die kannst du immer abziehen. Jedenfalls», fügte sie hinzu, «bist du stark genug, um die Leute dazu zu bringen, daß sie für dich sorgen.»

Selbst wenn Lily eine Erwiderung eingefallen wäre, wäre es zu spät gewesen: Martha rannte schon über den Gehweg, sie hatte die Hände vors Gesicht geschlagen und stolperte über den Spitzensaum ihres hellblauen Nachthemds, Everetts Weihnachtsgeschenk vom letzten Jahr, ein sehr teures, handgenähtes Modell, das Lily im Maison Mendessolle im St. Francis Hotel ausgesucht hatte.

«Heute morgen haben wir Martha getroffen», erzählte Lily Mr. McClellan beim Abendessen. Obwohl sie sich vorgenommen hatte, auf dem Rückweg von Davis ihre Mutter zu besuchen, war sie direkt zur Ranch gefahren und hatte den Rest des Tages oben verbracht, hatte ziellos Schubladen aus- und umgeräumt, mit offenen Augen auf dem gemeinsamen, immer noch ungemachten Bett gelegen; der Quilt mit dem Sommerwiesenmuster, den ihre Großmutter genäht hatte, war auf den Boden gefallen und lag neben Everetts abgelatschten Turnschuhen, der Novemberausgabe von *Fortune* und der Flasche Bourbon, die sie letzte Nacht nahezu geleert hatten. Es war bereits fünf Uhr nachmittags, als sie nach unten ging, zu China Mary und den Kindern. Sie gab Knight einen flüchtigen Kuß und trug Julie nach oben, um sie im Schlafzimmer zu füttern. Sie trank den Rest Bourbon, während sie Julie mit pürierten Karotten fütterte, sie wich Mr. McClellan so lange wie nur irgend möglich aus und fühlte sich deshalb sofort schuldig: Sie saß hier oben und stahl ihm ohne Grund die kleinen Freuden, die Gelegenheit, Julie essen zu sehen, eine der wenigen Aktivitäten aus Julies Repertoire, die so abwechslungsreich waren, daß er sich für sie interessierte.

«Ich habe gesagt, daß wir Martha getroffen haben», wiederholte sie. «Sie ist zum Bahnhof gekommen.»

Mr. McClellan gab keine Antwort.

Sie saßen ganz allein in dem Eßzimmer, das etwas absurd Höhlenartiges an sich hatte, die beklemmenden Schränke an den Wänden mit ihren verglasten Türen enthielten Gläser und Geschirr; in den Fächern standen zwei komplette Limoges-Services, jedes für achtundvierzig Personen, obwohl die McClellans seit zwei Generationen nicht, jedenfalls nicht, daß Lily wußte, mehr als drei Gäste zum Dinner oder zu irgendeinem anderen Anlaß am Abend eingeladen hatten.

Mr. McClellan hatte seit der Früchtekaltschale kein Wort mehr gesprochen, als Lily sagte, sie sei nicht der Ansicht, daß die Vereinigung der «International Workers of The World» 1942 eine Bedrohung für die Vereinigten Staaten darstelle. Weil er offenbar bei einer besonders sorgfältigen Lektüre des *San Francisco Chronicle* den Namen Tom Mooney entdeckt hatte, dachte Mr. McClellan den ganzen Tag über Ursachen und Wirkung nach. Er schätze, daß Miss Lily Knight, da sie ja so schlau sei, detailliertes Hintergrundwissen über das Bombenattentat auf die Mobilisierungsparade in San Francisco im Jahre 1916 habe. Nein, natürlich nicht. Also, es war so: Zehn Menschen im Grab, dank der Anarchisten und der Gewerkschafts-Bewegung der Wobblies. Er schätze, daß Miss Lily Knight alles über die Wheatland Krawalle von 1913 wisse, als dreitausend Hopfenpflücker Amok liefen, ein Drama, das sich in so unmittelbarer Nähe abgespielt hatte, daß es genauso gut hier, auf ihrer Küchentreppe hätte stattfinden können. Nein, natürlich nicht. Vielleicht konnte Miss Lily Knight immer noch ein paar Sachen über die

Wobblies lernen. Er dagegen kannte die Hintergründe von Ereignissen wie diesen und konnte daher mit Sicherheit sagen, daß diese Burschen hinter all dem Ärger steckten, den es in Kalifornien gab. *Cherchez le Wobbly*, sagte Lily, und Mr. McClellan zog sich in ein beleidigtes Schweigen zurück, das er nur unterbrach, um Messer und Gabel neben seinen Teller zu legen, sich den Mund mit der Serviette zu wischen, beide Handflächen auf den Tisch zu knallen und laut zu fragen: *«Wozu haben wir denn Gesetze?»*

Lily hob die Stimme: «Ich sagte, daß wir Martha am Bahnhof getroffen haben. Sie ist wütend auf Everett.»

Mr. McClellan legte den Kopf schräg, offenbar um das Bild, das an der gegenüberliegenden Wand hing, besser sehen zu können, ein riesiger Ölschinken, der ein üppiges Füllhorn zeigte.

«Was ist mit Everett?» sagte er schließlich.

«Sein Abschied.»

«Noch ist sie keine verwaiste Heldenschwester», sagte Mr. McClellan mit ausdrucksloser Stimme.

11

Ihre Kommunikation wurde an den folgenden Abenden in jenem Winter, in dem es wochenlang ununterbrochen regnete, nicht wesentlich besser. Oft sprach Mr. McClellan kein Wort, nicht, weil er böse war; lediglich, weil er die Fähigkeit, unverbindlich zu plaudern, nicht als Tugend betrachtete, sondern eher als Ausdruck einer laschen Geisteshaltung. An anderen Abenden wurde er ziemlich redselig, meistens, wenn er über den leitenden Beamten des Verwaltungsbezirks herzog (der, wie er glaubte, ein bezahlter Agent Franklin Delano Roosevelts war). Dann setzte er sich nach dem Abendessen mit einer Ausgabe des Kalifornischen Strafgesetzbuches hin und stürzte sich mit konzentrierter Begeisterung auf die gesetzlichen Hintertürchen und Widersprüche. Er war vor Jahren auf diesen Zeitvertreib gekommen, kurz nach Mildred McClellans Tod, und seitdem bedauerte er, wie er Lily gestand, daß er nicht Jura studiert hatte. Abgesehen von den Abenden, an denen er ihr laut aus dem Strafgesetzbuch vorlas, verbrachten sie ihre unterhaltsamsten Stunden, wenn sie zusammen um kleine Summen Karten spielten, wobei Mr. McClellan fast zwangsläufig gewann. Wenn sie im ganzen Haus, obwohl sie bei China Mary nachfragten und im Schrank in jeder Manteltasche nachsahen, kein Kleingeld auftreiben konnten, spielten sie um Zahnstocher, die spätestens am nächsten Abend in Bargeld umgetauscht werden mußten.

Trotzdem bestand zwischen ihnen eine seltsame Vertrautheit, eine echte, wenn auch nicht gerade leidenschaftliche Beziehung, die Lily besonders an den wenigen Abenden bewußt wurde, an denen Martha von der Uni nach Hause kam und sie störte. Wobei es keine Rolle spielte, ob Martha friedlich gestimmt war oder nervös, strahlend gelaunt oder niedergeschlagen (obwohl sie in der Tat ausschließlich in persönlichen Krisenzeiten nach Hause zu kommen schien): Sie zerstörte regelmäßig das Gleichgewicht zwischen Reserviertheit und Aggressivität, das im Haus herrschte, wenn Mr. McClellan und Lily mit den Kindern allein waren. Lily wußte nicht, ob es an Martha lag. Vielleicht lag es daran, daß weder sie noch Mr. McClellan das waren, was ihr Vater eine «angenehme Gesellschaft» genannt hätte, vielleicht im Gegensatz zu Martha.

Aber trotz der unerwarteten Stärkung, die Lily in Everetts Vater fand, war es für sie ein trostloser Winter: Everett hatte sein Vaterhaus verlassen. Ihr Vater hatte das Haus ihrer Kindheit verlassen. In dem Monat vor Weihnachten war das Haus kalt und dunkel, und Knight konnte nicht im Freien spielen. Nachmittags zog Lily die Kinder an und fuhr mit ihnen durch den Regen zu ihrer Mutter, vorbei an schadhaften Gullies, deren Schlammwasserpfützen die Straße zur Ranch überfluteten. Mr. McClellan ging jeden Abend – egal, ob das Abendessen schweigend verlaufen war oder kampflustig oder vergleichsweise festlich, mit «Herz ist Trumpf» oder dem Strafgesetzbuch, – um halb elf in sein Zimmer, und Lily blieb allein unten sitzen, lauschte auf den Regen und die Geräusche der Nacht. Zu Anfang hatte sie versucht, Radio zu hören, und lernte auf diese Weise die Texte vieler Schlager auswendig, darunter das Lied «I Spoke to Jefferson at Guadalcanal», aber mit der Zeit schien das Radio mit seinem undurchdringlichen Frohsinn alles Unheimliche in den Geräuschen von draußen zu verstärken.

In jenen ersten Wochen nach Everetts Abschied dachte sie wieder häufig an den Tod ihres Vaters. In den ersten Monaten danach war sie zuerst von Julies Geburt abgelenkt worden, dann von Everetts Abtrünnigkeit; jetzt dachte sie jeden Abend darüber nach. Wenn sie, nachdem Mr. McClellan ins Bett gegangen war, allein unten sitzen blieb, nahm sie erst den Standpunkt ihres Vaters ein, dann den ihrer Mutter; dann, immer öfter, nachdem Rita sich ihr in der Rolle des Opfers darstellte, den Rita Blanchards. Nicht, daß Rita Blanchard nicht von Anfang an etwas gehabt hätte, eine Unfähigkeit, eine Schwäche in den Augen, die sie für Walter Knight anfällig machte. Es war nur so, daß er, auch wenn er sich vorgenommen haben sollte, sie alle zu lieben, nicht fähig gewesen war, auch nur eine zu lieben, und daß nur Rita wirklich betrogen worden war. Nur Rita hatte mit vollem Einsatz gespielt.

Obwohl Lily Everett jeden Abend nach Fort Lewis schrieb, hatte sie ihm wenig mitzuteilen. Sie konnte ihm nicht von Rita Blanchard schreiben; sie hatte mit ihm noch nicht einmal über Rita Blanchard gesprochen. *Die Kinder, und Du fehlst mir:* das konnte sie an Everett schreiben. *China Mary singt Knight ein Lied vor, in dem du ausgezogen bist, um ein Kaninchenfell zu jagen, für dein kleines Häschen einen Kragen, was ihn immer wieder entzückt. Julie hat sich im Regen erkältet. Du mußt bitte an deinen Vater schreiben, daß er etwas wegen der Heizung unternimmt. Es macht mir nichts aus, in zwei Pullovern übereinander zu frühstücken, aber er geht ein bißchen weit, wenn er behauptet, Kälte sei gut für Kinder, denn der Collie würde auch ein dichtes Fell davon bekommen. Gestern abend haben wir «Herz ist Trumpf» gespielt, und ich habe zum erstenmal gewonnen, auch wenn ich, wie sich herausstellte, das Nachsehen hatte. Das Problem war, daß wir wieder mit Zahnstochern gespielt haben, und da ich dreiunddreißig Cent gewann, hatte ich zum Schluß dreiunddreißig Zahnstocher. Nun, heute abend vor dem Essen erschien er mit einem Quarter und acht Pennies und wollte sie gegen die Zahnstocher eintauschen. Ich wußte nicht mehr, wo ich sie gelassen hatte, und er sagte, in diesem Fall könne man nicht von ihm erwarten, daß er mir die dreiunddreißig Cent gäbe. Ich sagte, in Ordnung, vergessen wir es, aber er schob das Essen eine Stunde und fünfzehn Minuten hinaus, in denen wir China Mary in die Suche nach den Zahnstochern mit einspannten. Sie fand die Zahnstocher schließlich in meiner Schürzentasche, aber unglücklicherweise waren es nur noch achtundzwanzig. Letztendlich gab er mir die ganzen dreiunddreißig Cent für die achtundzwanzig Zahnstocher, aber er sagte, er würde damit ein schlechtes Beispiel geben, und hielt mir während des Abendessen eine Predigt über die Bedeutung von Eigentumsrechten, und daß man seine Bücher ordentlich führen müsse. Das sei, sagte er, eine amerikanische Tugend, und wir könnten nicht früh genug damit anfangen, Knight und Julie Vorbild zu sein. Wenn ich es Dir jetzt schreibe, klingt es komisch, aber in dem Moment war es nervenaufreibend. Ich liebe Dich, und du fehlst mir, besonders in der Nacht.*

In der ersten Januarwoche gab es wenigstens eine Neuigkeit: *Joe Templeton ist nach dem Abendessen gekommen und hat mit Deinem Vater über den Verkauf des Braden-Hauses in Auburn gesprochen. Er will Dir schreiben, aber dein Vater hofft, daß Du nicht verkaufst.*

«Joe Templeton will das Braden-Haus kaufen», erzählte sie am nächsten Nachmittag ihrer Mutter. Ihre gemeinsamen Nachmittage hatten ein immer gleiches Muster angenommen: Nachdem Lily die Kinder hingelegt hatte, strickten sie und ihre Mutter; Lily für Everett, ihre Mutter für den Episcopal Guild Basar. Sie strickten, und Edith Knight nahm ihren Monolog über Ereignisse wieder auf, die vor Jahren geschehen waren; zum Beispiel darüber, auf welche Weise die Blanchards 1927 ihr Haus am Fluß durch einen Schuldschein an einen Mann namens C. T. Godey verloren hatten, oder sie analysierte ein Gerücht aus dem

Jahr 1931, daß eine von Lilys Cousinen zweiten Grades (eine Generation älter) sich angeblich mit einem Klarinettisten des Orchesters vom St. Francis Hotel eingelassen hätte. (Laut Edith Knight war das die Unwahrheit, obwohl das Gerücht nicht unbedingt völlig aus der Luft gegriffen sein mußte, weil Elizabeth buchstäblich verrückt nach Jazzmusikern war und sich einmal in einer Flüsterkneipe in der Sutter Street hinstellte, so daß jeder vom Fluß sie sehen konnte, und «Big Noise Blew in from Winnetka» sang, wobei sie einen Arm um den farbigen Drummer gelegt hatte.) Als ihr erst mal die Namen und zeitlichen Abfolgen der Geschichten vertraut waren, fand Lily sie meistens interessant; nie hatte sie sich ihrer Mutter näher gefühlt.

Edith Knight ließ die peruanische Gesichtsmaske sinken, die sie für den Basar strickte. «Du hast den armen Joe gesehen?»

«Er ist gestern abend vorbeigekommen. Er wußte nicht, daß das Land Everett gehört.»

«Wenn die McClellans den Verstand gebrauchen, den Gott ihnen gegeben hat, werden sie das Braden-Haus nicht verkaufen. Ich bin früher immer zu ihren Picknicks gegangen.» Edith Knight hielt inne. «Francie ist nicht mit Joe mitgekommen?»

«Nein. Er kam allein.»

«Allein», wiederholte Edith Knight mit Genugtuung. «Das war auch nicht anders zu erwarten.»

Lily sagte nichts. Ihre Mutter begann, tonlos vor sich hinzusummen, und klopfte mit einer Stricknadel auf die Lehne ihres Sessels. Ihre Augen waren geschlossen.

«Francie könnte draußen im Auto gewartet haben», sagte Lily. «Er ist wirklich nur ein paar Minuten geblieben.»

«O nein.» Edith Knight öffnete die Augen und nahm fieberhaft die Arbeit an der Gesichtsmaske wieder auf, die dazu gedacht war, aufgesetzt zu werden, sobald Frostbeulengefahr drohte. Lily wußte nicht, was sie sagen sollte, um die ziemlich trüben Schlußfolgerungen ihrer Mutter nicht noch zu verstärken. Sie wünschte, sie hätte Joe Templeton nicht erwähnt, und suchte nach einer Möglichkeit, die Unterhaltung wieder um ein oder zwei Jahrzehnte zurückzudrehen.

«Hatte Francie Templeton nicht eine Schwester, die ein bißchen dämlich war?» fragte sie schließlich.

«Das ist richtig», sagte Edith Knight, ohne anzubeißen. «Kommenden Monat ist sie siebzehn Jahre tot.» Schweigend strickte sie weiter.

«Um noch mal auf Francie zu kommen», fügte sie schließlich hinzu, jede Hoffnung zerstreuend, daß sie sich ablenken lassen würde. «Helen Randall hat sie einmal nachmittags besucht – Francie hatte sie eingeladen, sie hatte sie extra an diesem Nachmittag *eingeladen* – und dann hat Francie sich unten nicht blikken lassen. Joe hat sich für sie entschuldigt. Sie fängt den Tag mit Wermut an.»

«Wermut, also wirklich.» Lily lachte. Sie hatte so oft gehört, wenn ihre Mutter von jemandem erzählte, der trank, daß er oder sie den Tag mit Wermut anfing, daß sie nie einen Wermut trinken konnte, ohne ein leises, angenehmes Gefühl der Pikanterie zu verspüren; dank Edith Knight gehörte Wermut zu den kleinen Abenteuern, die öfter ihren Tag versüßten. Lilys Tag konnte auch durch die Bestellung von Strümpfen im Dutzend statt paarweise versüßt werden; oder durch das Tragen eines teuren Parfüms am Vormittag, auf der Ranch; oder, unter anderem, durch den Blick in die Augen irgendeines Fremden, für den Bruchteil einer Sekunde, der ihn zum Hinsehen zwang, bis, sagen wir mal, bis das Licht der Ampel umsprang.

«Ich weiß nicht, was aus den Zwillingen werden soll», sagte Edith und ignorierte Lilys Einwand. «Sie werden zweifellos zu eitlen Fatzkes erzogen. Sieh doch mal nach, ob noch Sherry da ist.»

Lily nahm die Karaffe und füllte das Glas ihrer Mutter nach.

«Andererseits», nahm Edith Knight den Faden wieder auf, gibt es keinen Grund, Joe zu bemitleiden. Er hat sich in der Vergangenheit immer schnell getröstet.»

Lily setzte sich wortlos wieder hin.

«Wenn du verstehst, was ich damit sagen will. Über Joe.»

«Ja.» Lily griff wieder nach ihrem Strickzeug. «Ich verstehe dich genau.»

«Nicht, daß sie kein Kreuz wäre. Du lieber Gott, nein. Aber Joe ist auch kein Unschuldsengel. Du verstehst.»

«Ich verstehe», wiederholte Lily.

Sie hatte schon richtig verstanden. Genau wie Joe. Dazu bedurfte es keiner Minnegesänge. Als erst mal die prüfenden Blicke und die zufälligen Begegnungen erledigt waren (das Ritual ließ, wie sie fand, die *Möglichkeit* offen, ohne vollendete Tatsachen zu schaffen; erst die wundersame Erkenntnis der Möglichkeit, dann die fast unhörbare Ouvertüre, die Antwort, so leise, daß keine Gewißheit herrschte), trafen sie sich in jenem Winter und in den länger werdenden Abendstunden des folgenden Frühlings. Sie trafen sich in hinter dem Deich geparkten Autos, in Kneipen, die von Mexikanern frequentiert wurden, und in einem leerstehenden Schuppen, der Francie Templetons Mutter gehörte. Sie redeten wenig, und sie wußte nie genau, ob überhaupt einer dem andern große Lust bereitete, aber dieser Begriff ist dehnbar. Sie wußte nur, daß sie sich füreinander interessierten. Ihre stillschweigende Komplizenschaft trennte ihr Interesse füreinander von allem ab, was zu anderen Zeiten und an anderen Orten vor sich ging. Lily entdeckte, daß sie Joe später am Abend oder vielleicht am nächsten Tag in der Stadt begegnen und sich nicht nur genau so verhalten konnte, wie sie sich vorher verhalten hätte, sondern auch an ihn denken konnte, wie sie vorher an ihn gedacht hatte. Sie hatte ihn immer für einen recht liebenswerten Trottel gehalten; so sah sie ihn immer noch. Sie fand es erst mal unnötig, öfter als nötig Vergleiche zwischen Joe und Everett zu ziehen, dessen Briefe jetzt aus Georgia kamen, und Francie war für sie genauso weit weg wie Everett. Die Sache ging weder Everett noch Francie etwas an; im alltäglichen Leben ging es noch nicht einmal sie selbst etwas an.

Als die Nächte in jenem Jahr im Mai warm wurden, trafen sie sich manchmal spät abends. Der Wind vom Fluß wehte durch den Schuppen, dessen Fenster vor langer Zeit von Kindern oder von Landstreichern eingeschlagen worden waren, und sie lagen auf einer zerfetzten Matratze und lauschten der Strömung des

Flusses. Manchmal fragte sie ihn etwas über den Krieg, und er erklärte ihr etwas über Tunesien. Manchmal erzählte sie ihm etwas von früher, von einem Ball, den sie besucht hatte, oder von einer Kränkung, die sie sich eingebildet hatte, aber meistens lagen sie einfach in der Dunkelheit in dem kahlen Raum, in dem vertrocknete Glyzinenblüten verstreut waren, die der Wind im April durch die Fenster geweht hatte, und hörten das Rauschen des Wassers. *Lily Knight*, sagte Joe einmal, *ich liebe dich*, und sie drehte ihm den Rücken zu.

«Ich meine, jetzt», sagte er. «Ich meinte, ich liebe dich jetzt.»

«Ich weiß.» Sie befreite ihre Schulter aus dem Griff seiner Hand. «Ich weiß, was du gemeint hast. Es ist alles gut.»

«Lily Knight», wiederholte er und zog ihr das Laken, das sie mitgebracht hatte, über die Schultern.

Sie setzte sich hin und wickelte sich in das Laken ein. «Ich heiße nicht Lily Knight. Falls du dich erinnerst. Ich bin mit Everett McClellan verheiratet, und er liebt mich *sehr. Sehr.* Und nichts, was ich tue, kann daran etwas ändern.»

Joe gab keine Antwort, und als er sie wieder hinunterzog, sagte sie, *es tut mir leid, Baby, alles ist gut,* und es war gut, vielleicht hemmungsloser und besser und interessanter als jemals zuvor.

12

Zunächst ging es an jenem Nachmittag nur um Zukker, beziehungsweise um das Fehlen von Zucker. China Mary hatte vier Kuchen gebacken, die sie als Preise für die Tombola der Kirchengemeinde gestiftet hatte; Lily wollte wissen, was sie bis Ende Oktober – und darüber hinaus, bis Ende des Jahres 1944, statt Zucker nehmen wolle, denn China Mary hatte für die Extraration Zucker einen Teil der Lebensmittelmarken vom November an ihre Schwester verkauft. China Mary zuckte die Achseln und pfiff weiter vor sich hin: «Wer Gott vertraut, hat wohlgebaut.» Durch Gottvertrauen allein, gab Lily China Mary zu verstehen, würde sich die Lebensmittelkartenausgabe nicht erweichen lassen. Es sei eine Sache, wenn sich China Mary bei Pater Ford einschmeicheln wolle; und eine andere, dafür sämtliche Zuckermarken der Familie zu verbrauchen.

Es gebe Frauen auf dieser Erde, sagte China Mary, band ihre Schürze ab und warf sie Lily vor die Füße, sogar viele Frauen – zum Beispiel die Heilige (Gott habe sie selig), die Everetts und Marthas und Sarahs Mutter gewesen war –, die Gott wichtiger fanden als ein winziges kleines bißchen Zucker. Seit dreißig Jahren arbeite sie auf dieser Ranch, und nie hätte eine McClellan, nicht eine, jemals versucht, ihr zu sagen, wie sie ihre Küche zu führen habe, und es gebe da ein paar verwöhnte junge Damen, die Gott strafen werde, wenn sie nicht anfingen, hin und wieder über ihren Glauben nachzudenken. «Es ist nicht mein Glaube», sagte Lily scharf und wußte, daß sie verloren hatte: Es war ein Fehler gewesen, wie Martha gleich anschließend bemerkte, Pater Ford zu erwähnen, der China Mary höchstpersönlich bekehrt und sich einen hohen Listenplatz in ihrem Heiligenverzeichnis gesichert hatte, weil er ihr versicherte, daß Dennis Kearney, der mit mehreren hundert separatistischen Anhängern 1877 die Wäscherei in San Francisco in Brand setzte, die China Marys Großvater betrieben hatte, wahrscheinlich ein schlechter Katholik gewesen war, wenn überhaupt einer. Es war so, wie Martha sagte: Lily würde niemals lernen, mit China Mary auszukommen, wenn sie es sich nicht zum Gesetz machte, niemals Pater Ford zu kritisieren.

Das war um zwei gewesen. Um drei rief Joe Templeton an, und um fünf Uhr dreißig erschien er mit zehn Kilo Zucker. Obwohl Martha seit zwei Tagen krank war, kam sie in einem zartrosa Morgenrock herunter, für den sie, wenige Wochen, nachdem sie im Sommer Ryder Channing im Mather Field Offiziersclub kennenlernte, sechzig Dollar bezahlt hatte; sie hatte die weißen Seidenrosen des Gürtels abgerissen. Daran, sowie an der dankbaren Genugtuung, mit der Martha ihre leichte Fiebererkrankung in Kauf nahm, sowie an der Art und Weise, wie sie mit Joe über Channing redete («Captain Channing», sagte sie ständig und verwies auf sein leichtes Hinken als «etwas, das er sich anscheinend drüben in der Normandie geholt hat»), erkannte Lily, daß die Affäre offenbar erkaltete. Martha redete lebhaft, amüsierte sich königlich über Joes mäßige Witze («Joe, du bist zu *komisch*, du solltest im Radio auftreten, findest du nicht, Lily, daß Joe im Radio auftreten sollte? Mit seinen Kanarienvogel- und Menschenimitationen? Ich meine, er hätte Harry Hopkins gar nicht *besser* nachmachen können!») und drängte ihn, doch zum Abendessen zu bleiben. Das sei so etwas, erklärte sie, wie eine do-it-yourself-Kochaktion, jeder nimmt, was er kriegt, weil China Mary sich schmollend zurückgezogen habe, aber es werde riesigen Spaß machen, versprach sie, und etwas hätten sie reichlich, nämlich Zucker, etwas werde ihnen bestimmt nicht ausgehen, dank Lilys Voraussicht und Joes mysteriöser Quellen, und das sei Zucker. Vor allem sei es tatsächlich eine göttliche Fügung, daß China Mary den gesamten Zucker aufgebraucht habe und damit Lily inspirierte, Joe anzurufen, denn sonst hätten sie noch nicht mal *annähernd* zehn Kilo Zucker von irgendwoher bekommen. Ein echter Silberstreif am Horizont, wirklich. Sehr interessant. Joe müsse dableiben.

Joe konnte nicht bleiben. Joe ging mit Francie und ihrer Mutter essen.

Was, wie Martha sagte, sehr gerissen von Joe war. Francies Mutter zum Essen auszuführen. Darauf zu achten, daß die Brötchen auch gebuttert blieben, und so weiter.

Jedenfalls, setzte sie hinzu, ergriff eine Schale mit Kamelien und ging damit Richtung Küche, sei es kein Wunder, daß Joe nicht zum Abendessen bleiben wolle, so wie dieses Haus geführt werde. Nichts als verwelkte Blumen in geschmacklosen Schalen, überall.

«Die Schale ist von meiner Mutter», erklärte Lily, als sie Joe zum Auto brachte, aber der Zwischenfall schien ihm entgangen zu sein. «Was hast du gesagt?» fragte er desinteressiert und fügte sofort hinzu: «Ich habe diesen Channing kennengelernt.» – «Er ist ein guter Bekannter von Martha», unterbrach Lily ihn, verärgert über Joes Begriffsstutzigkeit bei der Kamelienschale.

Als sie wieder ins Haus kam, lag Martha auf der Couch und hatte ihr Gesicht in einem Kissen vergraben. Lily legte Martha eine Decke über den Rücken und setzte sich hin, um den Brief an Everett fertig zu schreiben, den sie angefangen hatte, bevor Joe gekommen war.

«Schreibst du an Everett?» Martha setzte sich auf und warf die Decke ab.

Lily nickte, ohne aufzublicken. «Ich möchte wissen, ob er nicht für ein paar Tage nach Hause kommen kann. Deck dich wieder zu.» Seit Everett in Fort Bliss war, hatte sie ihn in fast jedem ihrer Briefe im Juli gefragt, ob er nicht ein paar Tage nach Hause kommen könne. Im tiefsten Innern hatte sie das ungute Gefühl, er hätte, wenn er gewollt hätte, zwischen dem Ende seiner Zeit in Georgia und dem Anfang seiner Zeit in Texas nach Hause kommen können.

Martha legte sich wieder hin. «An manchen Tagen kann ich Joe Templeton wirklich nicht ertragen.»

«An manchen Tagen kannst du wirklich sehr unhöflich sein.»

«Manchmal frage ich mich, wo der alte Joe heute wohl wäre, wenn Francie nicht trinken würde. Ich finde, er geht damit regelrecht *hausieren*, er macht so etwas wie eine *Karriere* daraus.»

Sie hielt inne und beobachtete Lilys Spiegelbild in dem Spiegel über der Couch. «Dabei ist es genau anders herum», fügte sie abschließend hinzu. «Ich schätze, daß jeder am Fluß weiß, wer sich in dem Haus mit wem abgibt. Wer wen braucht. Und es geht dabei nicht nur um ihr Geld. Darum geht es nur zur Hälfte. Glaubst du nicht auch?»

«Ich weiß es nicht», sagte Lily.

«Nun, dann denk mal einen Moment darüber nach.»

«Gut.»

«Jetzt. Du sollst jetzt darüber nachdenken.»

«Ich möchte noch vor dem Abendessen diesen Brief zu Ende schreiben.»

Martha zog sich die Decke wieder bis zum Hals hinauf und klopfte das Kissen zurecht. «Erzähl Everett doch, daß wir Joe Templetons Zucker essen, na los. Erzähl ihm, daß du durch alle

Betten gehst, damit wir an Schwarzmarkt-Zucker kommen. Das sollte ihm Beine machen. Schreib das an Everett-Baby.»

Lily ließ den Brief sinken. China Marys Umgang mit den Zukkermarken war unmöglich. Knight hatte Fieber. Julie bekam einen Zahn. Martha und ihr Vater stritten sich seit einer Woche jeden Abend beim Abendessen, und Joe machte sich Sorgen um Francie, die sich das Handgelenk verstaucht hatte, als sie betrunken vom Pferd fiel. Selbst dieser sichere und stille Trost hatte sich zu einer schwatzhaft zwiespältigen Freundschaft entwickelt, eine Veränderung, die vielleicht unwiderruflich war. Als Joe vor wenigen Minuten versuchte, ihr im Dunkeln an seinem Auto einen langen und ungeschickten Kuß zu geben, hatte sie, verärgert über seinen Versuch, sie beide, sie und sich selbst zu betrügen, das Gesicht weggedreht. Wenn sie sich erst mal mit Zuckerbezugsscheinen und verstauchten Handgelenken beschäftigten, ging es nicht mehr. Sie war so müde, daß sie noch nicht einmal schockiert über Martha, geschweige denn wütend auf sie war.

«Martha«, sagte sie. «Bitte.»

Martha weinte. Die Tränen quollen aus ihren fieberglänzenden Augen und kullerten ihre geröteten Wangen hinunter.

«Martha, Baby.»

«Du verdienst meinen Bruder nicht», flüsterte Martha und stand unsicher auf. «Du verdienst ihn nicht.»

Lily wurde nicht wütend, sie bekam Angst: Harsche Worte zwischen Frauen waren für sie undenkbar, sie rissen ein irreparables Loch in das soziale Gefüge. Bei den seltenen Anlässen, bei denen sie sich mit ihrer Mutter gestritten hatte, waren beide einvernehmlich in Tränen ausgebrochen, da sie Angst vor den Konsequenzen hatten. Jetzt dachte sie an Everetts Bild über Marthas Bett, an die Rosen, die sie vom Gürtel ihres neuen Morgenmantels abgerissen hatte, an Marthas Freude, als sie im Juni mit *summa cum laude* ihren Abschluß geschafft hatte. («Warte, bis Everett davon erfährt», hatte sie gesagt. «Er wird entsetzt sein.»); sie dachte an Martha, die bei Julies Taufe, am vorletzten Sonntag, vernehmlich geflüstert hatte: *Bitte, hilf ihr, sich jeden Tag ihres Lebens für das Richtige zu entscheiden.* Martha hatte

Julie getragen, und die Omen standen leider schlecht: Der Himmel war von einer seltsam gelblichen Bewölkung überzogen, die Edith Knight Erdbebenbewölkung nannte. Everetts Vater stülpte sich den Stetson auf den Kopf und marschierte noch vor der Taufe aus der Kirche, weil der Priester ein gutes Wort für Harold Ickes einlegte, und Martha weinte. (Sie weinte, weil Ryder Channing nicht zur Taufe erschienen war; sie hätte auch geweint, wenn er erschienen wäre. «Dieses Mädchen wird am Ende des Jahres 1944 so viele Tränen vergossen haben», sagte Mr. McClellan, ehe er die Kirche verließ, «daß man die ganze Japsenarmee darin ersäufen könnte. Sie ist das, was man als unentdeckte Reserve bezeichnen könnte.») Lily hatte das alberne John Frederics-Hütchen mit dem schwarzen Schleier auf, für das ihre Mutter fünfundsiebzig Dollar bezahlt hatte, und sie wußte, auch wenn sie Martha zulächelte, daß Julie bereits keine Wahl mehr hatte. Darin kannten sich die Märchenerzähler aus, Martha jedoch nicht: Ein ungeladener Gast bringt zur Taufe entweder einen goldenen Ring mit oder einen Schwall von Verwünschungen.

«Martha», rief sie jetzt, und wollte alles wieder glätten, aber Martha war nach oben gerannt.

Später machte sie für Martha ein Tablett zurecht, mit einem Roastbeef-Sandwich und einer Artischocke in Olivenöl, so wie Martha Artischocken am liebsten aß. («Warum kann sie nicht nach unten kommen?» wollte Mr. McClellan wissen, der die Blätter von seiner Artischocke abzupfte und offensichtlich der entgangenen Gelegenheit nachtrauerte, sich noch ein paar Runden länger am Eßtisch streiten zu können. «Warum ist sie hier, warum ist sie nicht im Krankenhaus?»)

Martha lag im Bett, ihr Zimmer war dunkel, die Bettdecke mit feuchten Kleenexfetzen übersät.

«Ich habe es nicht so gemeint, was ich da gesagt habe.» Marthas Augen waren geschlossen. «Ich habe nichts davon so gemeint. Du bist genau richtig für Everett. Everett liebt dich.»

«Sprich jetzt nicht davon.» Lily setzte sich auf die Bettkante und knipste das Licht an. Die Versöhnung war ihr genauso unangenehm wie die Szene unten, im Wohnzimmer; was immer direkt ausgesprochen wurde, hatte für sie eine Aura der Gefahr, so bedrohlich, daß sie nur in jener dunklen Sphäre zwischen Menschen, die das Bett miteinander teilten, in Schach gehalten werden konnte. Sie sprach manchmal mit Everett über diese Dinge, aber sie wußte nicht, wie sie mit Martha darüber reden könnte.

«Meine Augen sind rot.» Martha knipste das Licht wieder aus. «Everett glaubt, daß die Sonne mit dir auf- und untergeht. Das sollte dir klar sein.»

«Das ist mir klar.»

«Dir sollte klar sein, daß Everett wirklich einfach ist.»

Martha setzte sich im Bett auf und angelte auf dem Tisch nach einer Packung Zigaretten.

«Du solltest lieber etwas essen», sagte Lily. «Sonst wird noch alles kalt.»

«Du meinst die kalte Artischocke und das kalte Roastbeef-Sandwich und das kalte Glas Milch.» Martha zündete sich die Zigarette an. «Einen Moment noch. Er ist einfach gradlinig. Ich meine, vielleicht hat Everett Angst, und vielleicht hat er schlechte Träume, wie jeder andere auch, ich weiß es nicht, aber der Unterschied liegt darin, daß Everett sich nie in etwas hineinsteigern würde. Alles, was Everett braucht, ist ein bißchen *Ordnung*.»

«Ich schätze, das braucht jeder.»

Martha legte sich wieder hin. «Vielleicht braucht das jeder. Aber die meisten Menschen brauchen Ordnung nicht mehr als alles andere auf der Welt. So wie Everett. Du brauchst sie vielleicht, ich brauche sie vielleicht. Aber selbst wenn wir buchstäblich mit der Nase darauf stoßen, schaden wir uns regelmäßig selbst, indem wir uns ihr entziehen.» Sie machte eine kleine Pause. «So wie du zum Beispiel.»

Lily schwieg.

«Na schön. Dann nicht. Dann nimm mich, zum Beispiel. Was will ich eigentlich? Ich will ein schönes, wohlgeordnetes Leben hier am Fluß, so wie wir es immer gehabt haben.»

«Joe sagt, daß der Krieg alles verändern wird.» Einen Moment lang hatte Lily die Chance gesehen, die Unterhaltung von dem leidigen Thema weg in Gefilde zu lenken, die derart unpersönlich und unwichtig waren, daß man gefahrlos darüber sprechen konnte, wobei sie vergessen hatte, daß der Name Joe im Moment viele Gefahren barg.

«Was Joe sagt, kannst du *vergessen*. Das hat er im *U.S. News & World Report* gelesen. Ist auch egal. Jedenfalls ist es das, was ich will. Aber was tue ich dafür, es zu bekommen? Ich lasse mich mit Ryder ein, der mich nicht nur nicht heiraten will und meine Bedürfnisse nicht versteht, sondern auch derart ungeeignet für all das ist, was ich möchte, daß ich vollkommen nervös werde und buchstäblich jedesmal in Tränen ausbreche, wenn er sich im selben Zimmer wie Daddy aufhält. Das tue ich dafür.»

Lily wandte den Blick ab. «Ich weiß nicht», sagte sie. Sie wollte nicht, daß Martha ihr noch mehr über Ryder Channing erzählte. Sie hatte Everett geschrieben, wie unmöglich Martha war, seit sie ihn kannte, sie hatte ihm gesagt, daß es besser wäre, wenn er käme, um mit Martha zu reden, und sie wußte nicht, was sie sonst noch tun konnte.

«Ich *mag* Ryder noch nicht mal», sagte Martha, knüllte ihr Kinderkissen zusammen und drückte es sich mit einer Hand aufs Gesicht, während sie mit der anderen Hand nach den Kleenexfetzen auf der Bettdecke tastete.

Lily nahm aus ihrer Tasche ein Taschentuch und gab es Martha. Sie sah Martha nicht gern weinen, aber die Unterhaltung war damit wenigstens beendet.

Zwanzig Minuten vor elf, Mr. McClellan war nach oben gegangen und Lily konnte endlich den Brief an Everett zu Ende schreiben (*Bitte, Everett, ich würde mir wünschen, daß Du doch noch einmal darüber nachdenkst, ob Du nicht für ein paar Tage kommen könntest, weil weder Dein Vater noch ich mit ihr reden können, und ich glaube, daß kein Tag vergangen ist, seit sie im Juni nach Hause kam, an dem sie nicht geweint hat, und dieser Mann, auch wenn er ganz nett ist, ist nicht gut für sie, bitte, Everett, Baby*), kam Ryder Channing und wollte Martha sprechen.

«Sie schläft gerade», sagte Lily, strich ihren Rock glatt und nahm seinen Regenmantel entgegen. «Ich nehme an, Sie wissen, daß sie krank ist.»

«Ich dachte, es geht ihr vielleicht schon besser.»

Er setzte sich nicht, und sie bemerkte zum erstenmal, daß er ungefähr so groß war wie Everett, etwa einsachtzig. Er hätte Everett sogar ein wenig ähnlich gesehen, wenn in seinem Gesicht nicht eine gewisse Härte gepaart mit einer gewissen Weichheit gewesen wäre, die Everetts Gesicht fehlte; er sah aus wie ein Mann, der in einer bestimmten Hinsicht verwöhnt war. Sie schätzte, daß er etwa vier oder fünf Jahre älter sein mußte als Everett, etwa neunundzwanzig oder dreißig.

«Das tut mir leid. Ich dachte, daß sie vielleicht Lust hat, mit mir in der Stadt einen Drink zu nehmen.» Er nahm ein Buch von dem Tisch in der Diele, schlug es auf und hielt inne, um die Widmung zu lesen. «Vielleicht hätten Sie Lust, mitzukommen.»

«Ich kann nicht weggehen. Kann ich Ihnen nicht hier etwas anbieten?»

«Klar. Sicher doch.» Sie hatte früher schon mal überlegt, ob er wohl die Wirkung seines Lächelns einkalkulierte, ein Lächeln, dessen eigentümliche Vertraulichkeit sich gekonnt und in Zeitlupentempo entfaltete. Etwa so, wie John Wayne «Hall-o, du» sagte, wenn er sein Mädchen zum erstenmal in einem Zug erblickte oder auf einer Baustelle, oder auf dem Pferd, im Vorbeireiten. John Wayne war unverwechselbar, und Ryder Channing war, für sich genommen, auch unverwechselbar.

«Das ist wirklich freundlich von Ihnen», fügte er hinzu, lächelte wieder, setzte sich und sah prüfend auf den Briefumschlag, den sie soeben an Everett adressiert hatte. Als er sah, daß der Umschlag leer war, gähnte er, schloß die Augen und fragte: «Wo bleibt der Drink?»

Als sie das Eis holte, schoß ihr durch den Kopf, daß John Wayne Ryder doch einiges voraus hatte, wenn es darauf ankam.

Alles in allem tranken sie jeder drei Glas. Zuerst saß Lily sehr aufrecht auf dem Schaukelstuhl am Schreibtisch; dann, nachdem er den zweiten Drink gemixt hatte, saß sie gegenüber der

Couch, auf der er ausgestreckt lag, mit einem Bein über der Lehne. Er erzählte ihr von Memphis, wo seine Mutter und seine Schwester lebten, und von Charlottesville, wo er zur Schule gegangen war. (Es würde Ihnen gefallen, Lily. Es würde Ihnen sehr gefallen, Charlottesville, der Frühling, Sie würden es genießen», versicherte er ihr in seinem Tennessee-Singsang, der alles, was er sagte, in einen leichten Flirt verwandelte und ihr das Gefühl gab, er könne, indem er ihre bislang ungeahnte und kaum nachweisbare Vorliebe für Charlottesville im Frühling entdeckte, auf den Grund ihrer Seele sehen). Er lobte Martha über den grünen Klee (sie habe, erklärte er, die schnellste Auffassungsgabe, die er je bei einer Frau erlebt habe); bat darum, eine Kreidezeichnung von Knight sehen zu dürfen, und eröffnete ihr, daß sie am kommenden Sonntag alle drei – er, Martha und Lily – unbedingt zum Dinner nach Mather Field in den Offiziersclub gehen müßten. Oder an einem anderen Sonntag. Sie brauchten sich nicht festzulegen. Lily merkte, daß sie, sanft von ihm dazu gedrängt, von den Parties erzählte, die ihre Mutter früher gegeben hatte, und von ihrem Großvater, der einmal einen Nachbarn zu einem Revolverduell herausforderte, bei dem es um ein Wegrecht ging, das (wie sich herausstellte) keinem von beiden zustand; sie sprach sogar über ihren Vater. Es war das erstemal, daß sie anders als nur nebenbei über ihren Vater sprach, seit er gestorben war. Ryder schienen noch die winzigsten Einzelheiten des Lebens am Fluß zu faszinieren: Er wollte wissen, warum sie zu den Dominikanerinnen zur Schule geschickt worden war und nicht auf die Union High School, wie Martha; warum sie nicht Mitglied im Country Club waren, ob «man» in der Gegend hier Mitglied war; ob es einen Grund gehabt habe, daß Walter Knight nicht Mitglied eines Clubs in San Francisco gewesen war, zum Beispiel im Pacific Union oder dem Bohemian. «Er wollte nicht, das ist alles»; sagte Lily, und Ryder schien sich damit zufriedenzugeben. Offenbar hakte er es in seinem Verzeichnis unter *Farmer, gesellschaftliche Exzentrizitäten der,* ab und fragte weiter, ob Walter Knight jemanden gekannt hätte, der 1938 für Culbert Olsons Wahl zum Gouverneur gestimmt habe.

Als sie ihren dritten Drink fast geleert hatten und Lily gerade zu erklären versuchte, warum sie während ihrer College-Zeit so ungern auf die Bälle in San Francisco gegangen war, erschien Martha auf dem Treppenabsatz, band sich den Gürtel mit den fehlenden Rosen um und lächelte matt.

«Ich habe euch beide gehört.» Welche Krankheit Martha auch haben mochte, sie schien sich in den wenigen Stunden, die vergangen waren, so schnell entwickelt zu haben, daß sie die vier Stufen nicht bewältigen konnte, ohne sich am Treppengeländer festzukrallen. «Tut mir leid, daß ich nicht eher aufgewacht bin.»

Channing schwang seine langen Beine vom Sofa, erhob sich und streckte die Arme nach Martha aus.

«Du armes krankes Baby.» Er beugte sich hinunter und gab ihr einen Kuß auf den Hals. «Du solltest im Bett bleiben.»

«Ich wollte nur hallo sagen.»

Sie blieb stehen, weder setzte sie sich, noch nahm sie Ryders Hand.

«Lily hat mir von der feinen Gesellschaft in San Francisco erzählt», sagte Ryder. «Hast du auf diesen Bällen getanzt?»

«Nein, ich habe nicht auf diesen Bällen getanzt.»

«Martha ist hier bei uns zur Schule gegangen», sagte Lily. «Wie Sie wissen.»

«Hör mal», sagte Martha. «Das wollte ich dir noch erzählen. Daddy hat neulich abend beim Essen etwas wirklich Komisches gesagt.»

«Was denn?»

«Ja, also er wollte sich bei mir über dich erkundigen. Aber natürlich mußte er so tun, als ob er sich nicht mehr an deinen Namen erinnern könnte. ‹Dieser Bursche aus Mississippi›, sagte er. ‹Ryder kommt nicht aus Mississippi›, sagte ich. ‹Er kommt aus Tennessee.› ‹Mississippi, Tennessee›, sagte Daddy, ‹wo ist der Unterschied, für mich ist das alles wie Del Paso Heights›.»

Lily lachte. Del Paso Heights war ein Bezirk nördlich von Sacramento, mit einem auffallend großen schwarzen Bevölkerungsanteil sowie einer auffallend hohen Zahl sozialer Mißstände.

«Das ist sehr witzig», sagte Channing. Die Geschichte schien ihm unverständlicherweise zu gefallen: ein weiterer Eintrag unter *Farmer, Exzentrziitäten der.*

«Das hat er wirklich gesagt, stimmt's, Lily?»

«Das stimmt. Ich muß nach oben», setzte sie hinzu, küßte Martha auf die Wange und gab Ryder die Hand. Er lächelte sie an.

Während sie die Treppe hinaufging, spürte sie, daß Ryder sie beobachtete, und hielt sich gerade. Als sie sich auf der letzten Stufe umdrehte, sah sie, daß er sie gar nicht beobachtete, sondern Martha küßte, er preßte sie an sich, seine Hand lag tief unten auf ihrem Rücken. Sie fragte sich, was Martha empfand, wenn Ryder lächelte, und inwieweit sein Lächeln Berechnung war. Obwohl das nicht wichtig war. Jeder hatte seine eigenen Falschspielertricks, und auch wenn Ryder Channing es heute abend geschafft hatte, daß sie sich eine Stunde oder länger glücklich und unbeschwert fühlte, letzten Endes hatten sie sich gegenseitig ausgeforscht. Das hatte er wahrscheinlich auch begriffen.

Später, als sie sich ausgezogen und die Decken von Everetts und ihrem Bett abgenommen hatte, kam ihr der Gedanke, daß Ryder Channing vielleicht ein Mensch war, in dessen Gegenwart sie, unter anderen Voraussetzungen, bestimmte Dinge hätte aussprechen können.

13

Als sie Everett an jenem Sonnabend nach Thanksgiving 1944 anriefen, spielte er im Offizierskasino von Fort Bliss gerade Poker. Lily hatte in der Woche schon zweimal angerufen und gefragt, ob er nicht, bitte, Weihnachten nach Hause kommen könne, da ohne ihn alles auseinanderbrechen würde. Erst hatten die Kinder Masern, dann bekam Knight Keuchhusten; seit dem Sommer nichts als Krankheiten. *Ich brauche dich*, sagte sie. Das würde er *einfach nicht verstehen* können, wenn er nicht käme; er müsse kommen. Vor allem gehe es um Martha. Wenn ihm etwas an ihr liege, dann solle er besser kommen. Sie mache immer noch Andeutungen, daß sie drauf und dran sei, mit diesem Luftwaffen-Captain aus Tennessee durchzubrennen; in der Woche vor Thanksgiving sei sie zwei Nächte nicht nach Hause gekommen. Ihrem Vater habe sie erzählt, sie sei in San Francisco gewesen. Was, nach allem, was Lily wisse, durchaus den Tatsachen entsprechen könne, aber *ein wichtiges Detail* habe in der Version, die sie ihrem Vater erzählte, gefehlt. (Nicht, daß es nicht allein Marthas Angelegenheit sei, aber sie werde es schaffen, alle hineinzuziehen, da sie sich ständig über die Fehler der anderen ausließ. Sollte Martha ihr noch einmal erzählen, daß Ryder Channing gesagt habe, sie «könne keine Unterhaltung führen», werde sie anfangen zu schreien, und wenn sich einer von ihnen noch einmal von Martha anhören müsse, Ryder Channing behaupte, das Haus sehe aus wie aus einem Buch von Charles Addams, könne Lily einfach nicht für das verantwortlich gemacht werden, wozu sich Everetts Vater dann vielleicht hinreißen ließ. Ihm gehe es schon gegen den Strich, wie Ryder Channing seinen Hut aufsetze, einen Schlapphut, und er bezeichne ihn immer als «unseren Flieger-Jungen» oder «unser Neunzig-Tage-Wunder», Schlagworte, die er irgendwo aufgeschnappt habe, Lily wisse nicht, wo, weil alles andere, was mit dem Krieg zu tun habe, mehr oder weniger an ihm vorbeigehe. Egal. Martha und ihr Vater stritten sich jeden Abend beim Essen so lange, bis niemand mehr einen Bissen hinunterbekomme, und dann schiebe Martha ihren Stuhl zurück und renne die Treppe hinauf. Nachts hörten sie sie weinen und regten sich darüber auf. Tatsache sei, daß sie sich so verhielt, seit sie mit der Universität fertig war und wieder zu Hause wohnte, also scheine es nicht ganz fair, Channing damit in Verbindung zu bringen, aber er sei ständig da, und wenn er nicht da sei, dann weine Martha, und das rege Everetts Vater besonders auf. Obwohl es zur Zeit nicht schwer sei, ihn aufzuregen. Das könne Everett alles nicht beurteilen. Irgend jemand müsse dringend mit seinem Vater darüber reden, wie er die Ranch nach dem Krieg aufzuteilen gedenke, und der Mann mochte ja vielleicht ziemlich unattraktiv sein, und vielleicht war er ja auch ein Nassauer und ein Drückeberger, aber Everetts Vater habe trotzdem nicht das Recht, ihm alles mögliche an den Kopf zu werfen. So also sei die Situation: Die Kinder kränkelten, Martha weine, und Everetts Vater verliere den Verstand. Wenn doch Everett nur kommen könnte. *Du weißt nicht, wie sehr ich dich brauche.*

In jenem Sommer und Herbst waren Lilys Briefe und Telefonanrufe die einzigen Ärgernisse in Everetts Leben; anscheinend las sie keines der inspirierenden Bücher über die Stärkung der Kampfmoral und wie man die Heimatfront unterstützt. Weihnachten werde ich nach Hause kommen, aber nur im Traum. Er vermißte sie und die Kinder, allerdings nicht so sehr, wie er ihr schrieb, und auch nur auf eine abstrakte Weise. Sie waren gut aufgehoben, und an der Trennung von ihnen war er mehr als unschuldig; sie wurde von sämtlichen alliierten Streitkräften abgesegnet. Er war auf eine eigentümliche Weise zufrieden in den abgesteckten Grenzen seines Lebens in Fort Bliss, zufriedener sogar, als er es während der ersten Wochen als Student in Stanford gewesen war, soweit er sich erinnern konnte. Hin und wieder spielte er Poker und schloß harmlose Freundschaften an der Bar; später dann, wenn er im Bett lag, schmiedete er jede Nacht neue Pläne für die Ranch: ausgeklügelte Pläne, unbeeinträchtigt von den möglichen Fehlschlägen bei der Umsetzung. Einmal, als er Ausgang hatte, fuhr er mit einem anderen Leutnant, der zu der Runde gehörte, mit der er manchmal pokerte, nach Dallas: der Leutnant rief ein paar Mädchen an, die er vom College in Austin kannte, sie gingen zusammen ins Adolphus-Hotel zum Tanz. Obwohl Everett sich hinterher nicht mehr erinnern konnte, wie das gekommen war, fand er sich anschließend mit einem Mädchen mit rotblondem Haar und dem Schlüssel für den Cadillac ihres Vaters wieder. Sie waren mit dem Cadillac zu einem kleinen Fluß gefahren, wo sie sich auf das Trittbrett setzten, Bourbon aus Pappbechern tranken und den Sonnenaufgang beobachteten, und das Mädchen wollte, daß Everett ihre Halskette berührte (die Kette lasse sich gern berühren, sagte sie, es seien echte Perlen, von Neiman-Marcus), und er legte die Hand an ihren Hals, aber dann küßte er sie nur lange und fuhr sie anschließend nach Hause. Am Vormittag, als er auf eine Mitfahrgelegenheit nach El Paso wartete, versuchte er sich einzureden, daß er sich so verhalten hatte, weil sie ein anständiges Mädchen war, oder zumindest, weil er Lily treu sein wollte, aber er wußte, daß er das Mädchen nicht aus diesen beiden Gründen abgewiesen hatte. Er hatte sie abgewiesen, weil es zuviel Aufregung bedeutet hätte, sie hätte vielleicht, wenn auch nur geringfügig, den gleichmäßigen Fluß seiner Tage in Fort Bliss gestört, so wie schon Lily.

Nicht, daß ihm der Gedanke daran mißfallen hätte, wie Lily auf der Ranch saß und auf ihn wartete: Es gefiel ihm durchaus. Lily vervollständigte das Bild, sie gab ihm das Gefühl, alles geordnet zu haben, ein Gefühl, das ihm vor ihrer Heirat gefehlt hatte. Doch es war nötig, diese Ordnung zu erhalten. Seit ein paar Wochen empfand er Lilys Botschaften als eindeutige Belästigung und betrachtete die Zustände auf der Ranch als ein Bacchanal der Desorganisation, einer typisch weiblichen Unordnung. Niemand, jedenfalls nicht, daß Everett wüßte, weinte nächtelang im Offiziersclub in Fort Bliss.

Wiederholt hatte er ihr erklärt, daß Weihnachten ganz und gar indiskutabel sei. Er habe nur einen Urlaubsschein für zweiundsiebzig Stunden, und die Mitfahrgelegenheiten waren bestenfalls unsicher. Er würde statt dessen nach Mexiko fahren, was er ihr aber nicht sagte. *Du weißt nicht, wie sehr ich dich brauche*, hatte sie vor zwei Tagen am Telefon wiederholt, und er hatte ihr in einem Ausbruch von Selbstgerechtigkeit auseinandergesetzt: *Du scheinst dir nicht klar zu machen, daß wir uns in einem Krieg befinden.* Gleich darauf hatte er gelacht, nicht nur, um seine Großspurigkeit zu überspielen, sondern auch seinen Betrug. Selbst Lily mußte wissen, daß El Paso nicht gerade der Golf von Leyte war und daß es keineswegs unmöglich schien, Weihnachten auf die Ranch zurückzukehren.

Als die Ordonnanz jetzt sagte, er habe einen Anruf aus Kalifornien, fühlte er, wie sein Groll zurückkehrte: Sie übten Druck auf ihn aus, verursachten ihm Schuldgefühle. Verärgert über sie und über sich selbst, nahm er den Hörer und wollte Lily noch einmal klarmachen, daß Krieg war.

«Ist das Everett?»

Plötzlich war er von ihrer schwachen Stimme überwältigt. Einen Moment schien es, als hätte er sie nie verlassen, nie die verführerische Verlockung des Zölibats entdeckt.

«Wer denn sonst?»

Darauf folgte nichts. «Hier ist Lily.»

«Etwa Lily McClellan?»

«Ja», sagte sie und machte wieder eine Pause. «Du mußt mir jetzt zuhören.»

«Was ist denn?»

Sie gab keine Antwort. Er versteifte sich, wappnete sich gegen ihre flehentliche Stimme, aber sie flehte nicht, sie antwortete nicht, sie schwieg.

«Was ist denn?» wiederholte er, plötzlich fiel ihm ein, was sie über Martha gesagt hatte.

Sie schwieg weiter.

«*Vermittlung*», dann hörte er, einigermaßen erleichtert, Marthas Stimme, weit weg und gefaßt.

«Wir sind im Krankenhaus», ratterte sie los. «Sutter Hospital. Daddy hatte einen Schlaganfall, und du mußt nach Hause kommen.»

«Geht es ihm gut?» Er merkte die Idiotie seiner Frage in dem Moment, indem er sie stellte.

«Natürlich geht es ihm nicht gut. Er ist tot. Sonst hätten wir dich nicht belästigt.»

Die folgende Nacht saß er schlaflos im Waschraum eines Pullman-Zugabteils, rauchte und beobachtete die flackernden, grün abgeschirmten Lichter des Zuges, der durch die Wüste nach Los Angeles kroch. Möglicherweise hätte er sich um einen Platz in einem Flugzeug bemühen können, doch das hatte er nicht getan, obwohl Marthas scharfe, dünne Stimme schließlich umgekippt war: *Ich sagte, er ist tot, Everett, komm jetzt nach Hause, o mein Gott, Daddy ist tot, erzähl uns jetzt nicht mehr den Schwachsinn, daß überall auf der Welt die Lichter ausgehen,*

Everett, bitte, komm schnell nach Hause. Mit dem Zug würde er mindestens zwei Tage brauchen; wenn er in Los Angeles den Anschluß verpaßte, noch länger. Er hatte dem Anwalt seines Vaters telegrafiert und Vorkehrungen für die Beerdigung getroffen. Er reiste in dem Wissen ab, daß er, auch wenn er vielleicht Fort Bliss wiedersehen würde, bereits so gut wie entlassen war; denn obwohl er 1942 seine Zurückstellung vom Kriegsdienst als Farmer aufgegeben und sich freiwillig gemeldet hatte, gab es nun niemanden mehr, der die Ranch leitete. Er würde ein Dringlichkeitsgesuch auf Entlassung einreichen und mit Sicherheit die Genehmigung bekommen.

Daß er seinen Vater nie mehr wiedersehen würde, wurde ihm erst so richtig bewußt, als er sechs Stunden nach der Beerdigung auf der Ranch ankam (er hatte in Los Angeles den Anschluß verpaßt und dann keinen Flug mehr bekommen), und als er hörte, daß Sarah sogar von Philadelphia das Flugzeug genommen hatte. «Es kam so plötzlich», sagte sie immer wieder zu Everett, «es kam so schrecklich plötzlich.» – «Ja», pflichtete er ihr jedesmal bei, womit er sie leicht beruhigte, so wie er sich selbst zu beruhigen suchte; sie trugen offenbar beide an ein und derselben Last, der Schuld von Kindern, die draußen gespielt hatten, als im Haus das Unglück geschah.

Das war ihre einzige Gemeinsamkeit. Er hatte Sarah seit ihrer Hochzeit im August 1936 nicht mehr gesehen. Sie hatte im Garten, im Hochzeitskleid ihrer Mutter, einen Jungen namens Peter geheiratet. Obwohl sie Peter in Stanford kennengelernt hatte, stellte sich heraus, daß er aus Philadelphia war, eine Tatsache, die für alle McClellans, bis auf Sarah, eine Zumutung zu sein schien. Everett, damals siebzehn Jahre alt, war einer der Brautführer. Er hatte einen kleinen Champagnerschwips (Peter fand den Champagner für den Anlaß unpassend, weil es kalifornischer Champagner war; Peters Ansicht nach, der er vor versammelter Gesellschaft, zu der auch zwei Winzer aus Napa Valley zählten, Ausdruck verlieh, sollte man, wenn man sich schon keinen anständigen französischen Champagner leisten konnte, Scotch servieren), und gegen Ende des Nachmittags, als Sarah den Hochzeitskuchen anschnitt, hatte er ihr und Peter einen mäßig komischen, aber sehr schmutzigen Witz erzählt. Peter sah vage verärgert aus. Er sah niemals mehr als nur andeutungsweise nach irgendeiner Gefühlsregung aus. «Ich schätze, wir haben genug von dem hiesigen Vino getrunken», sagte er und klopfte Everett mit einer, wie er wahrscheinlich fand, angemessen brüderlichen Geste auf die Schulter. «Du Idiot», hatte Everett gesagt, und Sarah hatte Everett heftig umarmt, gelacht und ihn mit Zuckergußlippen geküßt. Seitdem war sie zweimal zu Hause gewesen, einmal vor und einmal nach den sechs Wochen auf der zu Nevada gehörenden Seite von Lake Tahoe, die die Trennung von Peter legalisierten, aber in dem Sommer war Everett nicht zu Hause gewesen, weil er in einem Holzfällerlager in Tacoma gearbeitet hatte.

Daß sie jetzt da war, sogar die Spur ihres Parfüms, das im Haus hing (das gleiche Parfüm wie damals: Es duftete genau wie in dem Sommer, als sie geheiratet hatte und das Haus voll von Tafelsilber, Seidenpapier und jungen Mädchen gewesen war), signalisierte, daß es sich hier um ein Ereignis handelte, eine Krise, sie hatten einen Todesfall in der Familie. Traurig und nervös wanderte sie ziellos durchs Haus, rückte Bilder zurecht, nahm Teller in die Hand und stellte sie wieder zurück, öffnete und schloß die Fensterläden; Everett sah mit ihren fremden Augen, daß Lily die Wahrheit gesagt hatte: Alles brach zusammen.

Der Frühling würde schwierig werden. Lily hatte nicht übertrieben; er hatte ihr einfach nicht glauben wollen. Offenbar war es seinem Vater schon Monate vor dem Schlaganfall schlecht gegangen, und er hatte das Interesse an der Bewirtschaftung des Landes, an dem er so hartnäckig festhielt, verloren. Das konnte Everett verstehen; er machte seinem Vater keine Vorwürfe. Genaugenommen hatte er, abgesehen von der Bestreitung des Lebensunterhaltes, selbst wenig Interesse an der Bewirtschaftung des Landes. Er wollte es nur besitzen, genau wie sein Vater. Der Braden-Besitz war dafür ein gutes Beispiel. Das Land umfaßte zweihundert Morgen bei Auburn, war praktisch unkultivierbar und lag seit Jahren brach. Es hatte Everetts Mutter gehört. Obwohl Joe Templeton das Land kaufen wollte, hatte Everett abgelehnt, es zu verkaufen, angeblich, weil er es selbst erschließen wollte. Ihm war klargeworden, warum er Braden nicht verkauft hatte. Er hatte darüber in dem Waschraum des Pullmanabteils, in dem er die Wüste durchquerte, nachgedacht. Solange er lebte, wollte er die Möglichkeit haben, nach Braden fahren, auf dem Hügel stehen und ins Tal blicken zu können, bis zur Grenze von Marysville, und er wollte dabei auf seinem eigenen Land stehen. Das hatte nichts mit Ernte, Erschließung, Profit zu tun. Er verstand sehr gut, wie es passieren konnte, daß sein Vater, als er krank war, zuließ, daß die Ranch am Fluß verfiel. Er hatte eine Zeitlang die Zügel schleifen lassen, und schon war es geschehen.

Everett erschütterte diese Entwicklung immerhin so, daß er auf der Hut war. Er war entschlossen, sich zu wappnen, und hatte eine genaue Bestandsaufnahme veranlaßt. Ihr japanischer Verwalter war 1942 interniert worden, und der Ersatzmann, dem Everetts Vater von Tag zu Tag mehr Entscheidungen überließ, hatte sich als unfähig erwiesen. Everett hatte schon bei der Einstellung gesagt, man könne diesem Mann keine Verantwortung übertragen. «Zerbrich dir darüber nicht den Kopf», hatte sein Vater gepoltert, dem die Internierung des Japaners mehr zu schaffen machte, als er zugeben konnte. «Diese Hundesöhne wollen es nicht anders.» Die Überzeugung, daß der von einem inkompetenten Verwalter verursachte Verlust zu Lasten der Regierung ging, war typisch für ihn; offenbar war er zu keinem Zeitpunkt auf die Idee gekommen, daß es um seine Verluste ging. Auf den Feldern, jedes in der Größe eines Morgens, waren die Hopfenstangen und die Drahtspaliere umgekippt und verrotteten zusammen mit den abgestorbenen Reben, die im vorangegangenen Sommer nicht gepflückt worden waren. Ein Teil der Ernte des letzten Jahres, erklärte der Verwalter Everett, war von Mehltau befallen gewesen; in einem Schuppen entdeckte Everett das ungeöffnete Kupfersulfat, das den Befall verhindert hätte. Maschinen, die erst nach dem Krieg wieder ersetzt werden konnten, waren im Herbstregen draußen stehen gelassen worden und jetzt verrostet; der Zustand des Darrofens ließ eine Benutzung nicht zu, die Hauptstraße wies zahlreiche Schäden auf. Selbst der Deich war unterspült, nachdem er ein volles Jahr vernachlässigt worden war. Zwar wurde von den Pioniereinheiten der Army erwartet, den Deich zu überwachen, aber Everett erwartete seinerseits nicht, daß die Ingenieure sich 1943 und 1944 die Köpfe über den Deich am Ufer der McClellans zerbrechen würden.

«Ich habe dir dauernd geschrieben», erinnerte Lily ihn, ohne jemals von ihrem Strickzeug aufzublicken. Es kam ihm vor, als würde sie seit seiner Ankunft ununterbrochen stricken. Jedesmal, wenn sie seinen Blick auffing, biß sie sich auf die Lippen, ordnete ostentativ die Nadeln und strickte schneller.

Wortlos warf er Martha einen Blick zu.

«Ich habe nie bemerkt, daß irgend jemand mich mit der Verwaltung der Ranch beauftragen wollte», sagte sie. «Ich darf hier noch nicht mal einen Scheck ausschreiben.»

«Wir haben getan, was wir konnten», sagte Lily. «Dein Vater hat nie um unseren Rat gebeten.»

«Wenn nur jemand Everett informiert hätte.» Sarah schloß die Schachtel mit den alten Ballprogrammen und gepreßten Orchideen, die seit dem Abendessen ihre Aufmerksamkeit in Anspruch genommen hatte. «Wenn nur jemand *mich* informiert hätte.»

«Hätten wir doch bloß daran gedacht.» Martha beugte sich vor und berührte Lilys Arm. «Sarah hätte uns ein paar Schriften aus dem Ministerium für Landwirtschaft schicken können. Oder vielleicht hätte sie mit Peter darüber diskutieren können.»

«Ich habe Peter seit 1939 nicht gesehen.»

«Dann eben mit dem Neuen», sagte Martha. «Ich kann mich nie an seinen Namen erinnern.»

«Steht alles auf meinem Briefpapier», sagte Sarah, um Gelassenheit bemüht. «Robert Carr Warfield, Jr. – Bud», setzte sie nach einer kurzen Pause zögernd hinzu.

«Bud. Richtig. Vielleicht hättet ihr, du und Bud, die Köpfe zusammenstecken und das Land per Luftpost auf Vordermann bringen können.»

Lily ließ das Strickzeug sinken und sah Everett an.

Er verstand: Er hatte nicht beabsichtigt, ihren guten Willen anzuzweifeln. Trotzdem, bis zu einer Entlassung würde er noch ein paar Monate ausfallen, bis dahin müßte jemand die Verantwortung übernehmen. Konnten die beiden das schaffen, konnten sie die Hopfenstangen aufstellen, die Felder in Ordnung bringen und, was das Wichtigste war, würden sie die Pioniere der Army dazu bringen können, etwas mit dem Deich zu unternehmen, ehe sie alle im Flußdelta schwammen?

«Sag den Männern, daß ich die Verantwortung habe, und ich übernehme sie», sagte Martha.

«Joe Templeton wird uns helfen», sagte Lily.

«Joe Templeton wird uns helfen», wiederholte Martha. «O du lieber Gott, natürlich. Der alte Joe Templeton wird ganz scharf darauf sein, uns zu helfen. Ja, in der Tat. Joe Templeton ist absolut zuverlässig, darauf kannst du bauen, Everett.» Sie spielte nervös mit einer von Lilys Stricknadeln; dann rammte sie die Nadel in ein Garnknäuel und ging zum Fenster.

Drei Tage nach der Beerdigung setzte Everett Sarah, die eine Papiertüte voll getrocknetem Hopfen mitnahm, um ihn den Kindern und dem Fremden, der jetzt ihr Mann war, zu zeigen, ins Flugzeug nach Philadelphia. («Zurück nach Hause», sagte sie, offenbar blind für den Schmerz, den sie ihrem Bruder einfach nur dadurch zufügte, daß sie ihr Zuhause gewechselt hatte.) Das mit dem Hopfen war Marthas Idee gewesen. «Sie werden damit rechnen, daß ich ihnen Süßigkeiten mitbringe», lachte Sarah nervös, als sie im Regen am Gate standen. «Ich hätte ihnen etwas kaufen sollen, sie wissen sowieso nicht, daß ich von einer Beerdigung komme.» Ihre Stimme verlor sich, während sie beobachtete, wie die Propeller ansprangen. Zaghaft legte Everett ihr den Arm um die Schultern, massig in dem schwarzen Fellmantel, der viel zu warm für Kalifornien war. Sie drehte sich um, lächelte strahlend und warf ihm eine Kußhand zu. «Wenn du Zeit hast – du bist jederzeit bei uns willkommen.»

Als das Flugzeug von der Rollbahn abgehoben hatte, blieb Everett auf dem leeren Parkplatz sitzen, legte den Kopf auf das

Lenkrad des Kombis; der Regen wehte durch das offene Fenster, die Weihnachtsdekoration an den Girlanden zwischen den niedrigen Gebäuden klimperte im Wind, und er weinte zum erstenmal, seit er erwachsen war, weniger wegen seines Vaters als wegen Sarahs Abtrünnigkeit, er weinte, weil sie sich nicht mehr an die Familie erinnerte, die sie an dem Tag gewesen waren, als er sich ein bißchen mit Champagner betrunken hatte.

14

«Everett», sagte sie. «Everett.»

Er dreht sich zu ihr, tastete mit geschlossenen Augen in den zerknüllten Laken nach ihrem Körper, wollte sie in dem heißen Bett an sich ziehen und wieder in den Schlaf sinken, wollte sie einfach beruhigen.

«Everett. Bitte. Everett.»

Er schlug die Augen auf. Lily lag auf dem Rücken und rauchte eine Zigarette. Es war jetzt sechs Monate her, seit er aus Fort Bliss wieder zurück war, und seit seiner Entlassung im Februar, einschließlich Ostern und Weihnachten 1945, hatte er nicht eine Nacht ohne das undeutliche, beunruhigende Gefühl schlafen können, daß Lily wach war, sich im Bett hin und her wälzte, im Zimmer auf und ab ging oder im Dunkeln am Fenster saß. (Sie könne sich nicht an einen derart heißen Sommer erinnern, sagte sie zu ihm: sie bekomme seit Monaten keine Luft mehr.) Sie konnte erst einschlafen, wenn er morgens aufwachte. Manchmal schlief sie im Sessel am Fenster, hatte die Beine auf dem niedrigen Fensterbrett ausgestreckt, und das Nachthemd war ihr von den Schultern gerutscht, manchmal schlief sie auf der alleräußersten Bettkante, eine Hand flach auf dem Boden, die andere bei ihm, aber ohne ihn zu berühren. So schlief sie stundenlang, ohne aufzuwachen; eines Morgens setzte er sich aufs Bett und hielt zwanzig Minuten lang ihre Hand, während sie wie betäubt lag und ihre Hand weder bewegte noch wegzog.

«Schlaf ein», sagte er jetzt. «Schlaf ein, Baby.»

«Ich muß mit dir reden.»

Er ließ seine Hände über ihre feuchten Haarspitzen und ihr Gesicht gleiten. Ihre Augen waren naß. *Herrgott.* Wie viele Nächte hatte er Lilys Weinen gehört. So wie manche Eltern bei Feuer, Wind und Wetter und Stimmen an der Hintertür schlafen konnten und aufwachten, sobald ein Kind flüsterte, so wachte Everett nachts auf, wenn Lily weinte. Seit Jahren schien ihr ersticktes Schluchzen seine Träume zu unterbrechen. Er hatte sie in Fort Lewis gehört, sogar noch in Georgia und zuletzt in Fort Bliss. Es war Lily, die in der Kirche weinte, wenn die Priester wieder kamen, um das Grab seiner Mutter aufzureißen. Lily weinte in der Dämmerung auf den Feldern, wo er mit Martha Klatschmohn pflückte; es war Lilys Schrei, den er in den Nächten hörte, wenn der Darrofen in Flammen aufging, der Deich brach, die Ranch im Nichts verschwand.

«Was ist denn, Lily?»

Sie drückte die Zigarette aus. «Ich muß es dir sagen.»

Er strich ihr das feuchte Haar aus der Stirn und küßte ihre geschlossenen Lider, schmeckte das Salz auf der Zunge.

«Ich wollte es dir nicht sagen, aber es geht nicht anders.»

«Was denn?» sagte er. «Was mußt du mir sagen, Baby?»

Er wollte nicht, daß sie es ihm sagte. Er wußte es seit etwa drei Wochen (seit dem Morgen, an dem die Pumpe kaputt ging, an dem Montag, der auf die Fahrt mit Martha und Channing zum Lake Tahoe folgte), als er aufgestanden war und Lily entdeckte, die mit gesenktem Kopf und verschränkten Armen, als ob ihr kalt wäre, auf dem Badewannenrand saß. Das Nachthemd war ihr bis auf die Taille hinuntergerutscht, und auf dem rosa gekachelten Fußboden war ein Glas Orangensaft verschüttet. Ihre Hände zitterten, ihre Augen waren trübe; er wußte, daß sie sich übergeben hatte. Als er ihr zurück ins Bett half, fiel ihm ein, daß sie diesen Monat überfällig war. Er war sich nicht sicher. Sie sah ihn unverwandt an, als er sie mit dem Laken zudeckte und dann versuchte, den Orangensaft mit Toilettenpapier aufzuwischen (aus irgendeinem Grund wollte er nicht, daß China Mary es sah), er erinnerte sich, daß ihr bei den ersten beiden Schwangerschaften zu Anfang auch von Orangensaft schlecht geworden war. Er hatte (so inständig, daß es wie ein pausenloses Gebet war, das jetzt, nach drei Wochen, so automatisch erfolgte wie Atmen) gehofft, daß er sich irrte, wenn schon nicht in der anderen Sache, so doch in dieser, er hoffte, daß sie die Worte nicht sagen würde. Aber er hatte gewußt, daß sie es sagen würde. Er hatte die ganze Zeit gewußt, daß sie ihn eines Nachts wecken würde. *Ich wollte es dir nicht sagen, aber es geht nicht anders.*

Er schob seinen Arm unter ihre Schultern. Ihr Körper war steif. Er mußte sie es sagen lassen. Er war der gottverdammte Priester, der es sich anhören mußte.

«Ich bin schwanger.» Ihre Augen waren zusammengekniffen, als erwartete sie, daß er sie schlagen würde. «Ich bin schwanger, und ich glaube, nicht von dir.»

Ihre Stimme klang so sanft und anonym wie eine Tonaufnahme. Sie mußte die Worte so oft geübt haben, daß jede Modulation gelöscht war. Er warf das Laken ab und setzte sich auf die Bettkante, griff zum Tisch, nach einer Zigarette, bewußt langsam, nicht weil er schockiert war, sondern aus einem Gefühl der Enttäuschung heraus. Ausgesprochen, verloren die Worte ihre Macht.

Lily hatte sich nicht gerührt. *Nun, sollte sie es ruhig ausbaden.*

«Du glaubst also, es ist nicht von mir», wiederholte er schließlich.

Jetzt wurde sie von Schluchzen geschüttelt.

«Jede Mexikanerin wäre klüger.» Er hörte die Lustlosigkeit in seiner Stimme. «Jede Hure vom West End.»

«Laß mich in Ruhe», sagte sie mit erstickter Stimme. «Laß mich einfach in Ruhe.»

«Diese Crystal von deiner Mutter wäre klüger. Diese Crystal Gomez. Oder wie sie heißt.»

Er blieb hartnäckig, aber nur, weil er nicht wußte, was er sonst hätte machen können, und dachte, daß sie das von ihm erwartete.

«Was willst du», flüsterte sie mit abgewandtem Gesicht. «Was willst du von mir hören?»

«Nichts.» Seine Stimme klang jetzt freundlicher. «Ich will gar nichts weiter hören.»

Sie setzte sich plötzlich aufrecht hin, als erwartete sie eine List, als befürchtete sie einen bevorstehenden gewalttätigen Ausbruch.

«Du willst wissen, von wem», schluchzte sie fast schreiend.

Du willst wissen, von wem. Er wußte nicht, ob sie ihn fragte oder anklagte. Ohne sie anzusehen, griff er nach seinem Hemd und den Khakihosen, die er am Abend auf einen Stuhl geworfen hatte. Er dachte, er wisse von wem, sofern das überhaupt wichtig war. Er hätte es vorgezogen, wenn es von einem Fremden gewesen wäre, der gekommen und wieder verschwunden wäre. Daß es jemand war, den er kannte, vergrößerte auf eine subtile Weise Lilys Fehler: Sie hatte auf einen Schlag mehrere Abmachungen gebrochen. Aber dieses Denkschema paßte nicht. Überlegungen, die den Begriff «Abmachung» gerechtfertigt hätten, ließen sich nicht auf das anwenden, was zwischen ihm und Lily war – was auch immer das sein mochte. Es wäre ihm lieber gewesen, wenn es ein Fremder gewesen wäre, aber es machte nichts, daß es kein Fremder gewesen war. Allerdings hätte es ein Fremder sein können.

«Nein», sagte er. «Ich will kein Wort mehr davon hören.» Er zog die Khakihose an und verließ das Zimmer, sein Hemd und die Turnschuhe in der Hand. Als er einen Turnschuh auf der Treppe fallen ließ, machte er sich nicht die Mühe, ihn aufzuheben.

Vor allem, weil jemand das Licht im Wintergarten brennen gelassen hatte, setzte er sich dort auf die Kante der Rattancouch, immer noch mit dem einen Turnschuh in der Hand, und überlegte, wie lange er geschlafen hatte und wie lange es dauern würde, bis es hell wurde.

Er blieb dort bis zum Morgen sitzen, manchmal nahm er einen Schluck Bourbon aus der Flasche, die auf dem Tisch stand, starrte bleich auf das Fotoalbum, das Martha draußen liegengelassen hatte. Sie hatte Channing letzten Abend das Familienalbum gezeigt. (Channing hatte natürlich gar nicht begriffen, warum Martha ihm diese Fotos zeigte, er betrachtete das Foto der elfjährigen Martha auf einem Pferd und machte nur eine Bemerkung über die Ähnlichkeit ihrer Pose mit der von Elizabeth Taylor als tierliebes Mädchen in *National Velvet*, er sah Martha am Strand in Carmel und bewunderte nicht Martha, sondern den Wuchs der Zypressen. «Der Wind biegt sie einfach so hin, Ryder», erklärte Martha ihm mehrmals und mit mehr Geduld, als Everett passend oder nötig fand. «Sie werden so gebogen und bleiben so.» Es hatte Everett derart irritiert und traurig gestimmt, wie Martha ihre Familienferien in Carmel vor dem gelangweilten Channing ausbreitete, daß er um zehn nach oben gegangen war. «Also, Everett, Baby», hatte Lily mit dieser irreführenden Nachsicht in der Stimme gesagt. «Marthas Kinderbilder sind nicht gerade die Reliefs von Mount Rushmore.»)

Sein Blick fiel auf einen Schnappschuß, der bei den Knights auf der Veranda aufgenommen worden war, als sie alle noch Kinder waren: Lily, er und Martha und Sarah, die Martha an der Hand hielt. Es sah aus wie bei einem Geburtstag, aber er wußte nicht, wessen. Er erinnerte sich an ein Geburtstagsfest, vielleicht war es das auf dem Foto, an dem Martha vor Aufregung schlecht geworden war. Sie hatten sie zusammengekauert in einer Ecke von Edith Knights Badezimmer entdeckt, der Gänseblümchenkranz, den Sarah ihr geflochten hatte, war verwelkt und über ein Auge gerutscht. Als Everett bemerkte, daß sie an dem Tag alle marineblaue Matrosenmäntel in verschiedenen Größen getragen hatten, lächelte er. Knight trug jetzt genau den gleichen. Lilys Mutter hatte ihn gekauft.

Er wünschte, er hätte zu Lily nach oben gehen können, ihr sagen können, daß alles gut werden würde, daß er die Tatsachen verdrängen, sie mit dem Schnappschuß und den Matrosenmänteln zum Lachen bringen könnte. *Eins, zwei, drei, vier Eckstein, alles muß versteckt sein.* Er konnte sich daran erinnern, daß Martha sich manchmal stundenlang versteckte, wenn sie Versteck spielten; daß Lily, die es nie mochte, wenn sie suchen mußte, die überhaupt nicht gern Spiele spielte, sich einmal unter einen Fliederbusch setzte und weinte, weil niemand aus seinem Versteck kam und es dunkel wurde. «Ich dachte, ihr seid alle ertrunken», schluchzte sie und hatte gleichzeitig einen Schluckauf, als sie endlich unter dem Bootssteg hervorkamen, wo Martha sich unbedingt hatte verstecken wollen. «Ich dachte, ihr seid ins Wasser gefallen und in einem Strudel ertrunken.» (Die drohende Aussicht, ins Wasser zu fallen, lauerte immer unheilvoll in Lilys Phantasie; Everett wußte, daß sie bis auf den heutigen Tag irgendwie glaubte, es gebe im Sacramento River überall Strudel, die groß und reißend waren wie der Mahlstrom. Irgendwie war es ihm an jenem Tag damals gelungen, Lilys Tränen zu trocknen und sie zum Lachen zu bringen. Er hatte sie immer beschützen wollen, er hatte sie immer zum Lachen bringen wollen. Aber an irgendeinem Punkt hatten sie aufgehört, einander zuzuhören. Deshalb blieb er unten sitzen, er war wie gelähmt, nicht vor Wut, sondern aus Bequemlichkeit und Stolz.

Er war schon seit Monaten nicht mehr wütend, wenn er es überhaupt je gewesen war: Er hatte den Schock überstanden, den Schmerz: er arrangierte sich bereits, und er war allein. Sogar damals hatte ihn nicht so sehr Lily verletzt als sein eigenes Unvermögen, es zu merken. *Everett, trink einen mit mir*, hatte Francie Templeton zu ihm an dem Abend gesagt, an dem er dahinterkommen sollte. Er war zu Joe gegangen, um mit ihm über den Kauf eines gebrauchten Ford-Pickup zu reden, aber Joe war in der Stadt.

«Laß uns doch an diesem schönen Juniabend einen trinken», sagte Francie bestimmt, «denn Everett, Darling, das wird ein langer heißer Sommer werden.»

Sie leerte eine Eisschale in einen Krug, holte eine Flasche Bourbon. Widerstrebend folgte er ihr nach oben auf die Terrasse im ersten Stock. Frauen, die tranken, waren ihm immer unheimlich, und Francie gehörte außerdem zu der Kategorie von Frauen, die durch Schaden hätten klug werden müssen.

«Es hat mir großen Spaß gemacht, neulich abend mit dir zu *reden*», sagte Francie und verteilte die Eiswürfel in zwei Gläser.

Mit einer Treffsicherheit, die ihn erstaunte, warf sie einen Eiswürfel in die Zweige des Orangenbaums, der an die Mauer der Terrasse stieß, und zerstörte ein Spinnennetz.

«Mir hat es auch Spaß gemacht, Francie.»

Everett fühlte sich ausgesprochen unwohl; in dem Mondlicht, das die Terrasse überflutete, wirkte Francie noch hagerer als unten, im Schein der Lampe, und neulich abend war nicht neulich abend, sondern vor einem Monat gewesen, am Tag der Kapitulation in Europa, als er auf einer Feier am Fluß zuviel getrunken hatte. «Everett, Darling», hatte Francie an jenem Abend etwa um Mitternacht gesagt, «begleite mich zum Fluß», und er war mit Francie über den Rasen und über den Deich zum Bootssteg gegangen, wobei er sie durch das Pappelwäldchen und an den alten Eichen vorbei fast getragen hatte, und sie hatten dort unten etwa eine halbe Stunde gesessen und gesungen. Vielleicht weil er genauso viel getrunken hatte wie sie, empfand Everett Francies klare leise Stimme nicht im mindesten als undeutlich, und sie erinnerte sich an den vollständigen Text von «The Battle Hymn of the Republic» und «The Yellow Rose of Texas» und sogar von «There'll Always Be an England», ein Lied, das seinen Vater immer auf die Palme gebracht hatte. Angesichts der warmen Mainacht, der Lichter am Fluß und der Filmmusikfetzen von Oklahoma, die hin und wieder vom Haus herüberwehten, mit Francies Kopf an seiner Schulter, Francie, die er sein Leben lang gekannt hatte, empfand Everett die Welt als gut, nobel, süß und edel, als einen Ort unendlicher Entfaltungsmöglichkeiten für Treue, Tapferkeit und die Gnade alltäglicher Freuden, und er war über alle Maßen gerührt von den abgedroschenen Worten *Oh beautiful for spacious skies, for amber waves of grain*. Francie, die ihre Schuhe ausgezogen hatte und einen Fuß im Wasser baumeln ließ, legte langsam ihren Kopf in seinen Schoß und hörte mitten im Text von «There'll Be Bluebirds over the White Cliffs of Dover» auf zu singen. Everett dachte, sie sei eingeschlafen, und streichelte minutenlang über ihren Scheitel, als sie sich plötzlich aufsetzte und anfing, die seidenen Träger ihres Oberteils zu lösen. «Laß uns schwimmen gehen, Everett, Darling.»

«Dafür ist es noch zu früh im Jahr, Francie», wiederholte er mehrmals nachsichtig und immerhin nüchtern genug, um zu wissen, daß sie beide nicht in der Lage waren, jetzt schwimmen zu gehen, «der Fluß ist noch zu kalt.» Er nahm ihr die seidenen Träger aus den Händen und wollte sie ihr wieder im Nacken zubinden. Sie senkte zunächst fügsam den Kopf, dann griff sie plötzlich wortlos zwischen seine Beine. «Laß das, Francie», sagte er, stand auf und zog sie hoch, als sie anfing zu weinen; sie schlug die Hände vors Gesicht, und der große Diamantring, den sie von ihrer Großmutter geerbt hatte, blitzte plötzlich im Scheinwerferlicht eines vorbeifahrenden Kajütenkreuzers auf. Als er versuchte, ihre Hände zu nehmen, riß sie sich los. «Fick dich doch selbst», flüsterte sie, «das gefällt dir wahrscheinlich sowieso am besten.» Er hoffte, sie werde sich später nicht mehr daran erinnern können, eigentlich war er sogar überzeugt davon. (Am Morgen danach erzählte er Lily, daß er, während sie drinnen tanzte, mit Francie Templeton gesungen habe, und sie lachte: «Everett, Baby. Das paßt gar nicht zu dir.»)

«Wir haben richtig schön zusammen gesungen, was?» sagte Francie jetzt, reichte ihm ein Glas und berührte es mit ihrem eigenen. «Auf die alten Lieder.»

«Ja, Francie. Auf die alten Lieder.»

«Richtig schön gesungen», wiederholte sie nachdenklich. «Anläßlich des Sieges in Europa. Ein Tatsachenbericht von Norman Corwin.» Sie machte eine Pause. «Findest du, daß Francie sich sehr verändert hat, seit du fortgegangen bist?»

«Du siehst wie immer aus, Francie», beteuerte er schnell, beschämt, daß sie ihn ertappt hatte. Sie trug einen alten Jeansrock und ein ungebügeltes Hemd, das wahrscheinlich Joe gehörte; er wußte, daß sie den größten Teil des Tages getrunken haben mußte.

«Nun, ja und nein.» Sie goß sich noch mehr Bourbon ein und deutete auf eine Korbbank. «Ja und nein. Ich bin jetzt siebenunddreißig Jahre alt.»

«Herzlichen Glückwunsch zum Geburtstag.» Er fragte sich, ob sie vorhatte, mit ihm zu feiern.

«Ha. Ich habe gar nicht Geburtstag. Ich bin seit Monaten siebenunddreißig. Und der alte *Joe*», setzte sie nachdenklich hinzu, «ist vierzig.»

Everett lächelte komplizenhaft. Er wußte, daß Joe sechsunddreißig war. Joe war fast auf den Tag genau zehn Jahre älter als er. Das wußte er deshalb so genau, weil Joe einmal betrunken zu einem Spiel nach Stanford gekommen war und Everett nach dem Lunch im Deke Haus angehauen hatte. Während des gesamten ersten Spielviertels hatte er erklärt, wieviel sie beide verband, trotz der zehn Jahre Altersunterschied. Everett fiel ein, daß zu den Dingen, die sie immer noch verbanden, auch die fünfzig Dollar gehörten, die Joe sich damals von ihm geliehen hatte, weil Francie ihn vorübergehend verlassen und ihr Geld und ihr gemeinsames Bankguthaben auf ihr privates Konto überwiesen hatte, wo es, wie sie sagte, sowieso hingehöre.

«Vierzig-Jahre-alt», sagte Francie. «Oder jedenfalls fast. *Sic transit* der alte Joe, und so weiter.»

«Da hast du recht, Francie.» Sie saß auf der niedrigen Backsteinbalustrade der Terrasse, er sah das Profil ihres Körpers und befürchtete, daß sie hinunterfallen und ein Stockwerk tiefer auf dem Rasen landen würde.

«Erzähl mir vom Krieg», sagte sie fast singend und wiegte sich dabei leicht hin und her. «Erzähl, wie du draußen in El Paso und anderen fremden Gefilden die Demokratie verteidigt hast, während der alte Joe hier die Heimatfront gehalten hat.»

«Ich bin sehr dankbar, daß Joe nach dem Tod meines Vaters für mich eingesprungen ist.» Ihm war inzwischen unangenehm bewußt, daß Francie die Grenzen einer Plauderei zwischen Nachbarn überschritten hatte.

«O ja», sagte sie. «Du lieber Gott, ja. Joe ist sofort eingesprungen.»

«Martha und Lily waren ihm sehr dankbar.»

Francie saß mit geschlossenen Augen da, die Arme um ihre Knie geschlungen.

«Darauf kannst du wetten, besonders Lily», sagte sie freundlich. «Er ist ziemlich gut.»

Everett sagte nichts. Es schien unmöglich, daß er Francie richtig verstanden hatte, aber ihre Worte hingen in der warmen Luft und klangen ebenso hörbar nach wie ein hoher Pedalton auf dem Klavier. Obwohl er noch nie ein Meister im Heraushören subtiler Untertöne gewesen war, versuchte er jetzt, sich an ein Wort zu erinnern, das er überhört haben könnte, ein Wort, das, an entsprechender Stelle ihres Satzes eingefügt, alles aufklären würde. Aber ihm fiel nur Lily ein, wie sie in diesem Frühling gewesen war (sie war im Frühling jeden Abend aufgeblieben und hatte gelesen, bis er sie bat, ins Bett zu kommen, hatte sich jedesmal hinterher umgedreht – *ich bin dir doch sowieso gleichgültig*, hatte sie einmal geflüstert, *ich war dir doch sowieso gleichgültig, als du in Texas warst* – war aufgestanden, hatte ihr Haar gebürstet, sich dem nächsten Stapel Bücher über sakrale Bauten gewidmet, den sie aus der Leihbücherei geholt hatte); er dachte an Lily und sah Francie an.

«Jedenfalls war er mal gut», sagte Francie mit derselben freundlichen Stimme wie zuvor, in der keine Spur von Alkohol zu entdecken war. «Inzwischen kann ich nicht mehr mitreden. Inzwischen bin ich nur ein Kreuz für den alten Joe, man könnte auch sagen, der Fluch, der ihm in die Wiege gelegt wurde, sein Schicksal, sein Alptraum. Sein Scheckbuch. So könnte man es formulieren.»

Francie schwieg und zerkaute einen Eiswürfel. «Weil ich, ehrlich gesagt, Everett», fügte sie schließlich hinzu, «weil ich gern trinke.»

Everett sagte nichts. Er hatte sofort damit begonnen zu retten, was zu retten war, er aktivierte seine Herzensgüte, erinnerte sich an die Geschichten, die er über andere Ehefrauen im Krieg gehört hatte, und daran, daß sie bedeutungslos waren. Es würde für ihn bedeutungslos bleiben, wenn er aufhören könnte, an seine Frau Lily zu denken, und statt dessen an irgendeine Ehefrau dachte.

«Man könnte sogar sagen, daß ich *lieber* trinke. Damit du *klar siehst*.»

Everett erhob sich.

«Ich muß gehen, Francie», sagte er höflich.

Er hatte nicht klar gesehen, doch er konnte Joe keine großen Vorwürfe machen.

Er hatte nicht klar gesehen: Das war der springende Punkt bei der Geschichte. Er saß im Wintergarten, bis das Licht im Osten durch die Fenster schien, und hielt das Foto in der Hand, das Lily, Martha, Sarah und ihn in Matrosenmänteln zeigte, als könnte er, wenn er mit dem Finger über die Linie des Knicks in dem vergilbten Foto strich, sie alle für ihre Verluste im Leben entschädigen, als könnte er, wenn er es nur lange und konzentriert genug anstarrte, wieder zurück zu jenem Nachmittag gehen, zurück zu Lily Knights Haus, mit Martha an der Hand, und von vorn anfangen; als könnte er mit Martha vom Bootssteg zu Lily rennen, die in der Abenddämmerung unter dem Fliederbusch weinte, als könnte er sie alle erlösen.

15

An jenem Morgen wollte er Lily nicht sehen, er wollte ihre rotgeweinten Augen nicht sehen, ihre erschöpfte Stimme nicht hören. *Du willst wissen, von wem.* Sie wälzte die Last auf ihn ab; alles, was passiert war, war in gewisser Weise seine Schuld. Als China Mary kam, bat er sie, Lily ein Tablett nach oben zu bringen, ohne Orangensaft, und darauf zu achten, daß sie im Bett blieb. «Sie ist müde», sagte er. «Die Hitze macht ihr zu schaffen. Versuch, Knight und Julie von ihr fern zu halten.»

Dann verließ er das Haus und ging zu den südlichen Feldern, um die Ernte des letzten Hopfens zu überwachen. Obwohl er normalerweise zum Mittagessen nach Hause kam, ließ er sich mittags von einem der Laster zu einer Bar an der Highway mitnehmen und kaufte sich zwei Flaschen Lucky Lager Bier und ein in Cellophan eingewickeltes Wurstsandwich. Als er die zweite Flasche Bier trank, hörte er im Radio des Barkeepers, daß die Yankees die Red Sox in der siebten Runde im Fenway Park geschlagen hatten, und vergaß Lily. Gegen sieben Uhr, als er sich auf den Nachhauseweg machte, war der gesamte Hopfen auf der Ranch abgeerntet. Sie hatten die ganze Woche gepflückt, und dies war der Tag, den er am wenigsten leiden konnte, der Tag, an dem der Sommer zu Ende war. Als er zum Haus zurückging, sah er, soweit das Auge reichte, nur die nackten Hopfenstangen, die zerrissenen Schnüre, die bewegungslos in der Hitze herunterhingen, den Staub, den die Pflückmaschinen aufgewirbelt hatten. Morgen würden sie den Darrofen anstellen, und in den nächsten vier oder fünf Tagen, in denen der Hopfen getrocknet wurde, konnte die Arbeit eines ganzen Jahres verpuffen. Der Darrofen und die Ernte konnten in Flammen aufgehen, und außer den routinemäßigen Vorsichtsmaßnahmen konnte er nichts unternehmen, um es zu verhindern. In der kommenden Woche würden die Vertreter der Versicherungsgesellschaften von Ranch zu Ranch fahren, überallhin, wo Hopfen getrocknet wurde, und ihre Risiken im Auge behalten. Fast jeden August brannte irgendwo im Tal ein Darrofen. Im vergangenen Jahr bei den Messners am Cosumnes River, genau an dem Abend, an dem sie fertig geworden wären.

Everett ging allein nach Hause. Obwohl es bei seinem Vater Brauch war, den Verwalter samt Ehefrau am Ende der Hopfenlese ins Haus einzuladen, war der neue Verwalter (Henry Sears aus San Joaquin bei Bakersfield, der ein paar Tage nach Everetts Rückkehr aus Fort Bliss auf die Ranch gekommen war) mit einem Laster voller Mexikaner in die Stadt gefahren, und zwar ehe Everett mit ihm reden konnte, falls Everett je die Absicht gehabt haben sollte, mit ihm zu reden. Jedenfalls würde Henry Sears den Brauch nicht kennen, da er Everetts Vater nicht gekannt hatte, und außerdem hatte er keine Frau. Everett wußte nicht, was er zu ihm hätte sagen sollen, wenn er ihn eingeladen hätte. Die Leute hatten immer nur mit seinem Vater gesprochen: Sie hatten ihn gemocht oder nicht gemocht, mit ihm geredet, über ihn geredet; hatten auf die eine oder die andere Weise mit ihm zu tun gehabt. Fünfhundertsiebenundvierzig Menschen hatten anläßlich seiner Beerdigung Blumen geschickt, und jeder glaubte, daß ihn mit

John McClellan irgend etwas verbunden hatte. Er hätte gewußt, wie man mit Henry Sears sprechen mußte. Selbst Martha würde es vielleicht wissen, aber Everett wußte es nicht.

Everett wußte noch nicht mal, wie er mit Lily reden sollte. Obwohl er jetzt keinen Schimmer hatte, was er zu ihr sagen könnte, wenn er nach Hause kam, würde er es hinbiegen müssen, jedenfalls erst mal für diese Woche. Irgendwann am Nachmittag hatte er einen stillschweigenden Pakt mit sich geschlossen, in dem all seine unaussprechlichen Stoßgebete steckten: Wenn der Hopfen unbeschadet aus dem Darrofen kam, war das Kind, das sie unter dem Herzen trug, von ihm. Der Pakt unterschied sich von dem Spiel, das Lily ihrem Sohn Knight beigebracht hatte, nur darin, daß die Chancen für ihn sehr gut standen. *Paß auf, Liebling, daß du den ersten Stern siehst, der abends am Himmel steht, und laß ihn nicht aus den Augen, bis du deinen Wunsch aufgesagt hast.* («Das ist die Venus», hatte er Knight erklärt. «Das ist ein Planet und kein Stern. Ein Planet mit Namen Venus.» – «Das glaube ich nicht», sagte Knight höflich und wandte den Blick nicht vom Fenster; einmal wartete er fünfzehn Minuten in seinem Zimmer in der Dämmerung, weil er diesen Stern als ersten sehen wollte.)

Noch bevor Everett die Treppe zur Veranda erreicht hatte, vernahm er bereits durch die Fliegengittertür und die Fenster Marthas Lachen, und an der besonderen Höhe ihres Lachens erkannte er auch, daß Ryder Channing bei ihr war. Es war nicht so, daß er Ryder Channing nicht leiden konnte. Channing erinnerte ihn an Clark McCormack, seinen Zimmergenossen in Stanford, dessen offensichtliche mühelose Lebenstüchtigkeit er bewundert hatte, auch wenn sie ihn leicht verunsicherte. Clark McCormack war in Everetts Augen das Zentrum eines weitläufigen sozialen Netzes, der Mittelpunkt für Dutzende von Freunden und Bekannten, die alle immerzu anriefen oder im Deke House vorbeikamen: Einer brachte Clark die geklaute Matrize für einen hektographierten Zwischentest, ein anderer kam vorbei und ließ ein Album mit Glenn Miller-Platten da, schon für die nächste Party, andere, meistens außergewöhnlich hübsche Mädchen, stellten ihm ihre Kabrios zur Verfügung. Channing vermittelte, genau wie Clark McCormack, den deutlichen Eindruck, daß er allein von seinem Charme leben konnte. Sie waren beide ungebundene Spielernaturen, Abenteurer, die alles, was sie in die Finger bekamen, zu ihrem Vorteil wendeten; beide waren umgänglich und gebildet, und beide würden Everett letztendlich immer ein Rätsel bleiben. Channing hatte Everett einmal erzählt, daß er darauf achtete, überall, wo er sich gerade aufhielt, Gastmitglied im jeweils angesehensten Country Club zu sein. Genau das war etwas, was Everett völlig gegen den Strich ging. Channing hatte in Marthas Nähe nichts verloren. Vielleicht war er sogar verheiratet: Bei Leuten wie Channing konnte man nie wissen. Er würde mit Martha reden müssen; das hatte er sich, seit er wieder da war, fest vorgenommen – seit Februar.

«Everett?» rief Martha jetzt aus dem Wohnzimmer. Er wollte erst Lily sehen, ehe er Martha und Channing gegenübertrat, er zögerte, versuchte Zeit zu gewinnen und sah die Post durch, die auf dem Tisch in der Diele lag. Zwei Rechnungen vom Kinderarzt, ein Hinweis auf eine Verkaufsaktion von Germaine Monteils Superglow Powder im Bon Marché in Sacramento und ein Geschäftsbericht vom Arrow Shop in Gatlinburg, Tennessee: Alles für Lily.

«Everett», rief Martha wieder. «Komm doch mal.»

Er ging ins Wohnzimmer und war sich der Muskulatur, die seine Beine bewegte, seltsam bewußt. Plötzlich schoß ihm der Gedanke durch den Kopf, er würde, wenn er nicht genau wüßte, wo die einzelnen Muskeln lagen, nicht mehr in der Lage sein zu laufen, auch wenn das jeder wissenschaftlichen Grundlage entbehrte.

«Ryder hat zur Abwechslung mal guten Gin mitgebracht, und ich mixe gerade Martinis.»

Everett nahm keine Notiz von Channing. «Wo ist Lily?» brachte er mühsam heraus.

Martha saß mit dem Rücken zu ihm, ihr Haar, das zu lang war, fiel über ihre bloßen Schultern. Sie trug ein Strandkleid, in dem sie blaß und dünn aussah, und das Haar machte es nicht besser. Er hatte ihre langen Haare immer gemocht, aber sie sah gesünder aus, wenn es kürzer war.

«Sie ist in San Francisco», sagte Martha schließlich und maß den Gin in einen Krug ab. «Ich habe sie heute vormittag zum Zug gefahren. *The City of San Francisco* ist mit zwei Stunden Verspätung aus den Bergen gekommen, deshalb war ich zum Lunch nicht hier. Ich habe China Mary gesagt, sie soll den Braten aufschneiden», fügte sie hinzu. «War das richtig so?»

«Ich war zum Lunch auch nicht zu Hause.» Er machte eine Pause. «Hast du gesagt, daß Lily in die Stadt gefahren ist?»

«Sie hat sich plötzlich entschieden, sie wollte fahren, solange es noch so warm ist – du *glaubst* nicht, wie heiß es heute in der Stadt war, wir haben Francie gesehen, die in der Wells Fargo Bank einen Scheck abhob, und sie hat ausgesehen wie eine *Furie* – und du hast ja immer soviel zu tun. Jedenfalls wollte sie einkaufen. Sie hat behauptet, daß sie nichts zum Anziehen hat, falls du mit ihr zur Pferdeschau der Landwirtschaftsmesse gehst.»

«Die Landwirtschaftsmesse», wiederholte Everett.

Martha sah auf. «Die Messe fängt Donnerstag an. Egal. Sie hat gesagt, ich soll dir sagen, daß sie dein ganzes Geld bei Magnin's lassen wird.»

Lieber Gott, er hörte förmlich ihre Stimme. *Sag deinem Bruder, daß ich sein ganzes Geld bei Magnin's lassen werde.*

«Übernachtet sie im St. Francis?»

«Das glaube ich nicht.» Martha reichte Channing ein Glas. «Ich weiß nicht, ob sie überhaupt jemals im St. Francis übernachtet hat. Weißt du das?»

Er wußte es nicht. Ihm war das St. Francis nur eingefallen, weil es ihr Lieblingshotel in San Francisco war: *Ich muß dort immer an Veilchen denken, Baby, an Veilchen und den Silberdollar aus dem Comstock Lode-Weihnachtskuchen. Und überall der billige Marmor.*

«Ich bin davon ausgegangen, daß sie bei Mrs. Ives übernachtet», fügte Martha hinzu. «Ich habe gar nicht weiter darüber nachgedacht. Sie hat nur gesagt, daß sie vielleicht heute abend oder morgen anruft.»

Charlotte Ives war Lilys Großtante, eine Witwe, die am Yachthafen wohnte. Lily würde entweder im St. Francis absteigen oder nicht, aber sie würde mit fast hundertprozentiger Sicherheit nicht bei Mrs. Ives übernachten. *Sie hat gesagt, daß sie vielleicht heute abend oder morgen anruft.* Wann immer sie anrief, er würde sie nicht erreichen können. Das allein zählte. Er wußte, daß er sein ganzes Leben lang dafür zahlen würde, sollte er zugelassen haben, daß sie eine Stunde in einer anonymen Arztpraxis zubringen mußte. Wenn es das war, was sie vorhatte, und er wußte nicht, was sie sonst vorhaben könnte. Ihr Entschluß mußte festgestanden haben, ehe sie es ihm gesagt hatte. Sie hatte ihn getestet und hatte keine Hilfe bei ihm gefunden. Plötzlich kam ihm der Gedanke, daß irgend etwas schiefgehen könnte, daß alles völlig schiefgehen könnte und daß er es nie erfahren würde.

«Was ist mit Knight und Julie?» Zu spät bemerkte er die Erregung in seiner Stimme.

Martha warf Channing einen Blick zu, der die Achseln zuckte, aufstand und zum Fenster hinüber ging.

«Also, Everett», sagte Martha schließlich. «Knight und Julie schlafen jetzt. China Mary hat mit ihnen gegessen, ich habe ihnen zweimal hintereinander die Geschichte von der kleinen Lokomotive erzählt. Ryder hat auf Knights Bitte hin drei Glas Wasser gebracht, und vielleicht hättest du die Güte – vorausgesetzt, daß dir der Sinn danach steht – darauf zu achten, daß Julie ihren Stoffwaschbär nicht verlegt, der für Julie das zu sein scheint, was Luminal für Julies Mommy ist. Ich würde davon ausgehen, daß wir in dieser Richtung weiter verfahren, bis Mommy *wiederkommt.*»

Everett sah, daß Channing ihn beobachtete, und zwang sich zu einem Lächeln. Er war verärgert über Marthas Ton, wie so oft in letzter Zeit: Er war sicher, daß sie ihn, wenn sie sich hören könnte, ändern würde, aber er wußte nicht, wie er ihr das sagen sollte.

Schließlich sagte er: «Wir haben heute den letzten Hopfen geerntet.»

«Ah», sagte Martha zu Channing. «Wir feiern die Ernte chez McClellan.»

«Das ist doch kein richtiges Erntefest», sagte Channing lächelnd, «wenn der Winzer nicht trinken will.»

«Wir nennen ihn den finsteren Schnitter.» Martha warf Everett eine Kußhand zu.

«Dein Lippenstift ist zu knallig.» Das konnte er ihr wenigstens sagen. Aber als er sah, daß sie sich wegdrehte und versuchte, sich die Farbe von den Lippen zu beißen, tat es ihm leid, daß er überhaupt etwas gesagt hatte.

Er griff nach seinem Drink. Es gab nichts mehr, was er tun konnte, außer auf Lilys Anruf oder ihre Rückkehr zu warten und die nächsten Tage zu überstehen, ohne Martha zu zeigen, daß etwas nicht stimmte, daß überhaupt nichts mehr stimmte. Sie hätte warten sollen. Er hätte ihr geholfen. Er beteuerte sich selbst, daß er ihr geholfen hätte, wenn sie gewartet hätte. Es hätte auch seines sein können, und wenn nicht, wäre es letzten Endes auch nicht schlimm gewesen. Was hätte es für einen Unterschied gemacht: Es wäre Lilys gewesen, und Lily gehörte zu ihm, und was Joe Templeton betraf, so war er ein Cousin um sieben Ecken, ein so entfernter Cousin, daß Everett sich diese Tatsache höchst selten bewußt machte, aber nahe genug, um sich jetzt daran zu erinnern. Sie gingen auf die gleichen Hochzeiten und Beerdigungen, und darauf kam es an.

«Du hättest mit Lily fahren sollen», sagte Channing jetzt zu Martha und goß sich aus der Karaffe nach. «Du siehst fürchterlich aus.»

«Martha leidet unter der Hitze.» Everett fragte sich, wie lange Channing noch in Mather Field stationiert bleiben würde, jetzt, da der Krieg vorbei war.

«Unsere Jungfer Lily leidet jedenfalls nicht darunter», sagte Channing. «Sie hat in diesem Jahr noch nie so gut ausgesehen.»

«Sie ist müde», sagte Everett. «Es interessiert mich nicht, wie sie Ihrer Meinung nach aussieht, sie ist müde und sie braucht Ruhe.»

«Sie ist Ihre Braut, Coop.»

Channing machte sich einen Spaß daraus, Everett mit Gary Cooper aufzuziehen, vor allem aber Lily mit «unsere Jungfer

Lily» zu titulieren. Als sie vor drei Wochen alle vier nach Lake Tahoe gefahren waren, hatte er das Spiel das ganze Wochenende durchgehalten und Lily erst unmerklich und dann ständig gepiesackt, womit er nicht nur Everett bis aufs Blut reizte, sondern auch Martha demütigte: Everett sah, wie sie versuchte, Channings Aufmerksamkeit von Lily abzulenken, und er sah die Qual in ihrem Gesicht, die immer deutlicher wurde, während sie viel zu laut über Sachen redete, zu denen weder Channing noch Lily etwas sagen konnten, sie schloß sie absichtlich aus, als sie Erinnerungen an Sarahs Benehmen vor ihrem ersten Ball erzählte oder von China Marys Angst vor einer Dänischen Dogge, die sie vor Jahren mal drei Wochen lang besessen hatten. Aber Lily hatte gesagt, *was haben wir doch für ein Glück,* und so war es, trotz Channing und trotz Martha: Vor seiner Abreise nach Fort Lewis hatte er mit Lily keine Ausflüge mehr gemacht, und jetzt fuhren sie an die Orte, die sie in dem ersten Jahr ihrer Ehe so oft besucht hatten: nach Reno, Carson, nach Glenwood hinunter. In der leuchtenden Klarheit des Nachmittags in den Bergen, wo die Luft durchsichtig und frisch war und der Horizont unverstellt und fern, hatte Everett für einen Moment das Gefühl, daß sie erreichen könnten, was er für sie beide haben wollte, daß sie im Bett liegen und lachen könnten und sich gegenseitig keine Vorwürfe machten. Ihr beiderseitiger Betrug (denn hatte er sie nicht seinerseits betrogen, als er nicht kommen wollte, weil er seine Ruhe haben wollte, *du scheinst nicht zu begreifen, daß Krieg ist*) kam ihm in den kurzen Stunden am Samstagnachmittag und -abend einfach als Kriegsfolgeschaden vor, als eine Störung, nicht langlebiger als die Kreise, die ein Stein zog, wenn er ins Wasser geworfen wurde. Am Samstag übernachteten sie in einem Haus, das einem von Lilys Cousins gehörte, ein Haus mit braunen Schindeln, das an der Nordseite des Sees lag, und sie spielten bis zwei Uhr morgens in Nevada. Obwohl Lily es ablehnte zu spielen («Frauen werden nie gewinnen, Everett, begreifst du das nicht. Denn Gewinner müssen daran glauben, daß sie den Würfel beeinflussen können»), blieb sie dicht neben ihm am Tisch stehen, sah ihm über die Schulter, griff ab und zu in seine Hosentasche und nahm sich eine Zigarette heraus oder Geld für einen Drink, spielte träge mit dem Stapel Silberdollar, die er ihr gegeben hatte, und nahm dabei nie die Augen vom Spieltisch. Er hatte noch einmal den Versuch unternommen, ihr die Spielregeln zu erklären, aber sie beharrte darauf, daß sie das Spiel nie und nimmer begreifen würde: Sie wollte nur die Bewegungen des Würfels und der Rechen, die die Croupiers benutzten, verfolgen. *Laßt die kleine Lady würfeln,* sagte der Croupier galant (es war ein langweiliger Tisch), und Everett fiel jetzt auch wieder ein, wie sie sich über den Tisch gebeugt, die Augen geschlossen und mit einer Hand geworfen hatte, *die Sieben, Baby,* während sie sich mit der anderen Hand an seinem Arm festgehalten hatte, begeistert, mit den Erwachsenen spielen zu dürfen; sie setzte zwei Dollar auf das Feld, ihr gelber Pullover fiel auf die Erde, und sie wurde wieder zu seiner Kindbraut. Den ganzen Abend warb er um sie, er ließ sich auf ihr Spiel ein, weil er es so wollte, und später schwammen sie in dem See, dessen Wasser, nur vom Mond und einer Handvoll Lichter am Anleger erhellt, so durchsichtig war, daß er die vier Meter unter der Oberfläche liegenden Felsen erkennen konnte, und das Wasser war so kalt, daß das Schwimmen wie ein Kampf mit Trockeneis war. Lily wurde weiß vor Kälte, ihre zarte Bräune verblaßte bei der ersten brennenden Berührung mit dem Wasser; lange nachdem sie vom See zurückgekehrt waren, saß sie zitternd und in ein Handtuch eingewickelt am Kamin. Er fand es unglaublich liebenswert, daß sie ihr Nachthemd am Feuer wärmte, ehe sie es anzog. *Wärme mich, Baby,* schrie sie später im Bett, und er drückte ihren Kopf zur Seite und ihren Mund in die Kissen, als sie sich in seinen Armen bewegte, weil er nicht wollte, daß Channing sie im Nebenzimmer hörte. *Halte mich, Baby, bitte, halt mich fest.* Er hatte versagt. Er hatte sie verloren, und jetzt war sie allein in San Francisco in irgendeinem Hotelzimmer, und vielleicht war es schon passiert, und vielleicht war alles schiefgegangen und sie starb einsam und verlassen (Frauen konnten an einer Abtreibung sterben, das las man immer wieder in den Zeitungen, man hörte davon, und egal wie ihre Chancen standen, sie würde Angst haben), und er war hier und trank mit Martha und Ryder Channing, als ob es egal wäre, was mit Lily passierte. Es war in Ordnung, daß Martha hier saß. Martha konnte es nicht wissen. Hätte sie es gewußt, hätte sie Lily daran gehindert, wegzufahren. Aber er hatte es gewußt, und jetzt saß er hier mit Ryder Channing, und es hatte auf irgendeine Weise noch mit dem Krieg zu tun und damit, daß Sarah nicht zu Hause war, und mit Menschen wie Ryder Channing. Nicht, daß es Channings Schuld gewesen wäre.

Die Zukunft, hörte er Channing irgendwann an diesem Abend sagen, wird genau hier in Kalifornien geschmiedet. Hier und jetzt. Channing war der Meinung, daß sie sich am Anfang des größten Booms befänden, den dieses Land je gesehen habe. Der Goldrausch sei nichts dagegen. Und er sei nicht der einzige, der an Nordkalifornien glaubte. Die Gebrüder Keller, zum Beispiel, glaubten an Nordkalifornien, mit dem Geklimper von fünf Millionen Dollar.

«Die Gebrüder Keller», sagte Everett. «Ich glaube kaum, daß ich die kenne.»

Die Gebrüder Keller, erklärte Channing geduldig, seien Investoren. Investoren aus Los Angeles, die auf Nordkalifornien setzten, besonders auf das Valley, zum Geklimper von fünf Millionen Dollar. Die sie in den Natomas District stecken würden.

«Ich habe noch nie von irgendwelchen Kellers in Natomas gehört», sagte Everett.

Mit demonstrativer Zurückhaltung inspizierte und zerknautschte Channing drei leere Zigarettenpackungen, ehe er antwortete: «Zur Zeit sind sie nicht *in* Natomas. Sie wollen Natomas *erschließen*.»

«Wer zahlt denn für sowas? Wie können sie fünf Millionen für Land locker machen, das ihnen nicht gehört?»

«Das sind Goldjungs, die fünf Millionen Dollar für einen Bebauungsplan zusammenbekommen können, selbst wenn er nur auf eine verfluchte Serviette gezeichnet ist. Jedenfalls», fügte Channing hinzu, der offenbar den Versuch aufgab, die Geschäftemacherei der Kellers vor Everett zu rechtfertigen, «ist das doch lediglich ein Beispiel. Der springende Punkt ist, daß wir hier sehr günstige Ausgangsbedingungen haben, wenn es losgeht.»

«Greifen Sie ruhig zu, Channing. Das ist ein freies Land, mit genug Grund und Boden für jeden.»

Everett merkte, daß er betrunken sein mußte; er wußte zwar nicht, worauf Channing hinauswollte, aber er wehrte sich gegen das «wir». Martha war auf der Couch eingeschlafen, den Kopf in Channings Schoß. Lily hatte nicht angerufen; er hatte gewußt, daß sie nicht anrufen würde. Vor ein paar Stunden hatte er es bei sieben Hotels in San Francisco probiert, bei den sieben, die ihm einfielen, und im Claremont und im Durant in Berkeley. In keinem der neun war der Name McClellan registriert worden. Im Mark Hopkins gab es eine Miss Knight, aber als Everett sie an die Strippe bekam, war es nicht Lily. Es war eine Frau, die wissen wollte, ob sie ihn bei der Vertreterversammlung der Nationalen Registrierkasse kennengelernt hatte, und auflegte, als er verneinte.

Channing schien ihn nicht verstanden zu haben. «Der springende Punkt ist, daß wir hier draußen alles brauchen. Hier ist absolut *tabula rasa*. Herrgott noch mal. In den kommenden zehn, fünfzehn Jahren könnte man ein Vermögen als *Makler* verdienen.»

«Meinen Sie, als Grundstücksmakler? Als Versicherungsagent?» Everett bemühte sich angestrengt, Channing zu folgen. «Oder etwa als Autohändler?»

«Werbung. Werbeagenturen. Wenn Sie glauben, daß Zweigniederlassungen allein noch lange ausreichen, dann haben Sie nicht begriffen, worauf wir hier oben sitzen.»

Everett kannte niemanden, der für eine Werbeagentur arbeitete, und obwohl er von Zeit zu Zeit Artikel in *Fortune* über Bruce Barton und Albert Lasker las, hatte er keine klaren Vorstellungen davon, was Leute, die in Werbeagenturen arbeiteten, eigentlich machten. Wenn er sich überhaupt jemals den Kopf über Werbeagenturen zerbrach, was nicht gerade häufig geschah, stellte er sich Albert Lasker vor, der in einem Büro saß, in herabrieselnde Schneeflocken blickte und über Zahnpasta nachdachte, vielleicht sogar Zahnpasta auf eine Zahnbürste drückte. Als nächstes Phantasiebild erschien über Albert Laskers Kopf eine elektrische Glühbirne, mit einem einzigen Wort: «Irium». Der rieselnde Schnee war aus irgendeinem Grund ein fester Bestandteil des Bildes, das Everett deshalb nie mit Kalifornien in Verbindung gebracht hatte. Albert Lasker und Irium gehörten in eine andere Welt, eine Welt, die von Emigranten wimmelte, von Frauen, die den Tag in Kunstgalerien verbrachten, und von Fahrstuhlführern, die einen mit dem Vornamen anredeten, wenn man ein Spitzenfotoreporter von *Life* war. Es gab eine bestimmte Sorte Filme, die immer so anfingen: Der Fahrstuhlführer begrüßte morgens einen Starfotografen von *Life*. Sie sagten nicht direkt *Life*, aber das gehörte zu genau dieser gottverdammten Welt, und es war immer der gleiche gottverdammte Fahrstuhlführer.

Der Fahrstuhlführer brachte ihn zurück zu Channing, der behauptete, sich in der günstigsten Startposition zu befinden, wenn es losgehen sollte. Da gerade von losgehen die Rede war, fragte er sich jetzt, warum Channing nicht nach Hause ging, nach Mather Field oder wo immer er übernachten mochte, und er fragte sich auch, warum Martha mit dem Kopf in Channings Schoß schlief. Er hob ihren Pullover auf und ging zu ihr, um ihn über ihre nackten Beine zu legen.

Sie bewegte sich im Schlaf, legte einen Arm über Channings Knie. «Ry-der?» flüsterte sie.

«Schlaf weiter», befahl Channing.

Offenbar beruhigt, zog sie ihren Arm zurück. Everett ließ den Pullover wieder fallen und goß sich den Rest Bourbon aus der Flasche ein. Sie tranken offenbar keine Martinis mehr, und im Eiskübel war nur noch eine warme Pfütze.

«Sie klingen wie ein gottverdammter Radiosprecher», sagte er plötzlich zu Channing. «Sie würden einen verdammt guten Radiosprecher abgeben.»

«Vielleicht», sagte Channing liebenswürdig. «Vielleicht werde ich mich bewerben.»

«Charme. Das ist das einzige, was Sie haben, Channing. Charme. C-H-A-R-M-E.»

Er hatte vergessen, warum er Channing eigentlich anbrüllte, denn er brüllte, und aus welchem Grund auch immer, jetzt brüllte er weiter. Er stand auf, wippte auf den Fußsohlen hin und her und sah Channing kampflustig an.

Channing stand auf, weckte Martha, die sich mit einer Hand die Augen rieb und mit der andren versuchte, ihr Haar zu glätten.

«Was ist denn», fragte sie, ohne die Augen zu öffnen.

«Dein Bruder», sagte Channing, «könnte ein Sandwich gebrauchen.»

«Scheiß auf das Sandwich. Ich habe deinem sauberen Freund gerade deutlich gesagt, daß er hier deplaziert ist.»

«*Everett.*» Martha stand auf, zog das Kleid unter dem Gürtel zurecht und sah ihn dabei unverwandt an. «Halt den Mund, hast du mich verstanden?»

«Gut», sagte er. «Es tut mir leid.»

Sie meinte es wirklich ernst: Er merkte, daß das Zittern in ihrer Stimme nicht nur für Channings Ohren bestimmt war. *Sie ist unter Einfluß,* hatte Lily zu Beginn des Sommers gelacht. «Hast du noch nie in einem Buch von Frauen unter Einfluß gelesen? Martha ist ihm hörig.» «Was steht denn in Büchern darüber», wollte er wissen. «Da steht, daß er der erste Mann ist, mit dem Martha geschlafen hat», sagte Lily und lachte nicht mehr, und er gab ihr eine Ohrfeige, er schlug ihr mit dem angesammelten Ekel, den er an jenem Abend gegenüber Francie Templeton verspürt hatte, ins Gesicht. *Er ist ziemlich gut. Jedenfalls war er mal gut. Inzwischen kann ich nicht mehr mitreden.*

Als er nach oben ging, stand Martha immer noch unten, neben Channing. Sie sah Everett unverwandt an, und sie schüttelte kaum merklich den Kopf, als wollte sie Channing davon abhalten, ihr über den Scheitel zu streichen, und merkte nicht, daß er es bereits tat. Für den Bruchteil einer Sekunde wollte Everett wieder hinunter gehen und sie holen, ihr sagen, sie solle ihren Pullover aufheben, eine neue Flasche Bourbon holen und ins Auto steigen, er wollte ihr sagen, daß sie jetzt nach San Francisco fahren und Lily nach Hause holen würden. Aber er wußte nicht, wo er Lily suchen sollte, und er hatte Angst, daß Martha, wenn er auf der Treppe auch nur stehenblieb, losschreien würde. Er hatte diesen Schrei seit ihrer Kindheit nicht mehr gehört, aber es war ein Schrei, den er nie vergessen würde, ein Schrei voller Angst und blindem Haß, ein so durchdringender Schrei, daß er fast wieder süß war, und als er auf Martha hinunterblickte, die steif in Channings lockerer Umarmung lag, konnte er fast sehen, wie der Schrei sich in ihren Augen ankündigte.

Das Bett war übersät mit Sachen, die Lily nicht eingepackt hatte: ihre Haarbürste, ein Satintäschchen, aus dem Strümpfe quollen, ihr Buch mit den Telefonnummern, eine Krokotasche, die er ihr zu ihrem letzten Geburtstag geschenkt hatte. Er sah in der Tasche nach und fand nur Pennies, Tabakkrümel und ein Telefonbüchlein, einige Silberdollar, die sie immer bei sich trug («Das bringt Glück, Everett, Baby»), und einen alten Einkaufszettel: *Arden Handlotion, weiße Söckchen für Knight. E. Geburtstag, zwei Gardinenstangen für das hintere Schlafzimmer, Mutter anrufen, wegen der Servierplatte.*

Er fegte alles auf den Fußboden und schlug das Laken zurück. Da lag ein Zettel aus ihrem Kalender: *Everett, Darling, ich werde alles wieder in Ordnung bringen. Bitte. L.* Da sollte noch mal jemand behaupten, Lily könne sich nicht ausdrücken. Ein Zettel unter der Bettdecke.

Er zerknüllte den Zettel und ließ ihn fallen, dann bückte er sich und hob ihn wieder auf, weil er nicht wollte, daß China Mary ihn fand, wenn sie morgen das Zimmer aufräumte. Er setzte sich auf die Kante des ungemachten Bettes, strich sich zerstreut mit dem Satingürtel von Lilys Nachthemd über das Gesicht und hörte die leisen Klänge des Plattenspielers, die von unten kamen.

Give me land, lots of land
Under starry skies a-bove
Don't fence me in...

Zur Hölle mit Martha. Wie man sich bettet, so liegt man. Mit einem gottverdammten Radiosprecher.

16

Halt mich Baby, halt mich fest, hatte sie in jener Nacht gesagt, als das Feuer heruntergebrannt und ihr Haar noch naß vom See war: Everett hatte das gerührt als Vertrauensbeweis aufgefaßt. Oder er hatte es jedenfalls so sehen wollen, er hatte sich danach gesehnt, glauben zu können, daß sie es so meinte, obwohl er wußte, daß Frauen so was zu sagen pflegten, obwohl er sich erinnerte, daß andere dasselbe gesagt hatten oder fast dasselbe.

Nicht, daß es für Everett viele andere gegeben hätte: Die erste war Doris Jeanne Coe, Doris Jeanne, mit den glasklaren blauen Augen, den glatten blonden Haaren, den schlechten Zähnen und einem Lächeln, das Everett mit sechzehn ungemein verrucht vorgekommen war. Doris Jeanne, zwei Jahre älter als Everett, war in der Schule zwei Klassen zurückgeblieben, nicht weil sie nicht mitkam, was noch niemanden im Schulsystem des Bezirks am Weiterkommen gehindert hätte, sondern einfach deshalb, weil sie zwei Jahre nicht zur Schule gegangen war, als ihre Familie 1933 aus Oklahoma kam. Ihre Mutter hatte Tuberkulose, und Doris Jeanne mußte als ältestes Kind zu Hause bleiben und auf einen Bruder und vier Schwestern aufpassen; ihr Vater, der laut Doris Jeanne früher Farmer gewesen war, reparierte jetzt alles mögliche, und Doris Jeanne fand Kalifornien einfach furchtbar.

Everett lernte sie in der ersten Woche, in der sie wieder die Schule besuchte, kennen, als ihnen die Aufgabe gestellt wurde, über das Thema «John C. Frémont: Opportunist oder Patriot?» zu diskutieren. Sie trug, das würde er nie vergessen, einen fuchsienroten Pullover, der über ihrer linken Brust mit einer goldenen Harfe bestickt war, einen engen schwarzen Gabardinerock und einen Mantel, der Everett für immer und ewig beklommen an Doris Jeanne denken ließ, ein Mantel, den Lily später, als er ihr davon eines Nachts im Bett erzählte, mit den Worten kommentierte: «Hat er dich nicht zu Tränen gerührt? Mußtest du nicht jedesmal, wenn du ihn gesehen hast, über die Ungerechtigkeit der Welt weinen?» Obwohl er Lily ausgelacht hatte, zweifelte er nur wenig an der Tatsache, daß der Mantel seiner gesamten Beziehung zu Doris Jeanne Coe gewisse Aspekte eines gesellschaftlichen Passionsspiels verliehen hatte. Der Mantel, eine Kleiderspende von jemandem, für den ihr Vater gearbeitet hatte, war aus Kamelhaar mit einem Etikett von I. Magnin, und sie zog ihn so selten aus, daß inzwischen zwei Knöpfe fehlten und seit einem Jahr ein Coca-Cola-Fleck auf einer Tasche prangte.

Nach dem Unterricht hatte Everett Doris Jeanne angesprochen und sie gefragt, welche Position ihr am besten gefiele, eine Formulierung, die ihr offensichtlich großes Vergnügen bereitete. Als Everett ihr errötend erklärte, daß er wissen wolle, ob sie John C. Frémont für einen Patrioten hielt oder für einen Opportunisten, sah Doris Jeanne ihn lange an, ließ den Kamelhaarmantel von den Schultern gleiten, nahm aus ihrer großen roten Umhängetasche ein blaues Fläschchen *Evening in Paris Eau de Cologne*, tupfte sich den Stöpsel hinter die Ohren und auf die Innenseite der Ellenbogen. Dann schob sie das Fläschchen wieder in die Tasche, machte sie fest zu und fragte Everett, von welchem John C. Frémont er spreche? Nachdem er es ihr gesagt hatte, lächelte sie verschmitzt, rückte die Umhängetasche auf ihrer Schulter zurecht und sagte: «Honey, ich zerbreche mir nie unnötig den Kopf.»

Weil Everett selbst dem «Patrioten» zuneigte, brachte er Doris Jeanne diese Position bei, und eines Tages stand sie in ihrem Kamelhaarmantel vor versammelter Klasse auf, tupfte sich vor den Augen von vierundzwanzig bezauberten Schülern und Mrs. Nalley, der Englischlehrerin, geziert *Evening in Paris* auf die Handgelenke und bot eine originelle Verteidigungsrede, in der Jessie Benton und John C. Frémont seltsamerweise auf der Flucht vor zeitgenössischen Problemen dargestellt wurden, die den augenblicklichen Entwicklungen in der Staubwüste Oklahomas nicht unähnlich waren. Obwohl sie an den Frémonts offensichtlich einen Narren gefressen hatte, ließ sie sich nicht davon abbringen, daß die beiden mit einem gebrauchten Ford nach Kalifornien gekommen waren, und die Stunde kostete Mrs. Nalley soviel Kraft, daß sie der Klasse für den Rest des Tages freigab.

Davon abgesehen, verlief die Diskussion ohne Zwischenfälle, und Everett redete mit Doris Jeanne erst wieder auf einem Schulpicknick, als ihr Bruder, mit dem Everett in einer Baseballmannschaft spielte, ihn drängte, sich zum Fluß abzusetzen und mit ihm und Doris Jeanne, die nur dabeisein durfte, weil sie den Kauf getätigt hatte, eine zwei-Liter-Flasche Rotwein aus dem Valley zu trinken. Nach kurzer Zeit zog sich Alfred Coe hinter ein Indianergrab zum Schlafen zurück, und Doris Jeanne kümmerte sich mit routinierter Eile um Everett. Ein paar Tage später lauerte sie ihm auf dem Schulkorridor auf, drückte sich an ihn, als er mit dem Rücken zu seinem offenen Schließfach stand, und beschäftigte sich liebevoll mit seinem Hemdkragen; sie wollte es wieder machen, nach der siebten Stunde, hinter dem Zaun, wenn keine Mannschaften auf dem Feld spielten, aber Everett zögerte, und Doris Jeanne sagte, er sei ein Langweiler, und er könne in seinem eigenen Saft schmoren. Gegen Ende des Schuljahrs, nachdem ihr Bruder ihn angehauen hatte, schrieb Everett für Doris Jeanne einen Aufsatz zum Thema: «Will Semple Green: Vater der künstlichen Bewässerung des Northern Valley». Unglücklicherweise ließen sich weder Mrs. Nalley noch der stellvertretende Direktor, der als Schiedsrichter hinzugezogen wurde, davon überzeugen, daß «Will Semple Green: Vater der künstlichen Bewässerung des Northern Valley» ganz allein Doris Jeannes Arbeit war, und unter dem Druck dieser Kontroverse verließ Doris Jeanne die Schule. Daß sie Everett nicht verriet, trug ihr seine Bewunderung und ihm selbst ein dumpfes Schuldgefühl ein, weil er nicht überzeugender für sie gearbeitet hatte. Mehrere Jahre später sah er ihr Bild im *San Francisco Examiner*; sie wurde als kurvenreiches Model und Aushilfskellnerin in einem Dinnerclub am El Camino Real vorgestellt und hatte eine Vaterschaftsklage gegen einen Footballspieler mit einem polnischen Namen eingereicht. Obwohl sie ihren Namen in Dori Lee geändert hatte, erkannte Everett sie auf dem Bild und fragte sich, ob sie sich noch an ihn erinnern würde. Wahrscheinlich nicht.

Nach Doris Jeanne kam erst mal nichts: Petting im Auto, in heißen Sommernächten, mit offenstehenden hinteren Türen, damit man die Beine ausstrecken konnte, und manchmal war er sogar fast nackt und lag schweißgebadet da, aber er tat es nicht; einmal oder zweimal oder vielleicht auch dreimal lag er sogar in einem Bett, wenn ein Junge, dessen Eltern nicht da waren, eine Party gab, er lag nackt bei Mädchen, die Bourbon und Seven-Up getrunken hatten und nur schlafen wollten, er lag stundenlang im Bett und küßte sich mit Mädchen, die es vielleicht gemacht hätten, wenn er sie gedrängt hätte, aber Everett drängte nie; das war, wie Lily gesagt hätte, nicht sein Stil.

In Stanford lernte er dann mehrere Mädchen kennen, die weniger bedrängt werden wollten: Annis McMahon, die von allen mal «Annie» und mal «Pooh» genannt wurde, zu der Everett aber immer Annis sagte und die er wegen ihrer Ausstrahlung anschmachtete: Sie war groß, kühl, blond, sah gut aus. Er sah ihr gern zu, wenn sie Tennis spielte, und lange bevor er sie kennenlernte, hatte er sich angewöhnt, nach der elf-Uhr-Vorlesung auf dem Rückweg zum Deke Haus an den Tennisplätzen vorbeizuschauen, wo sie jeden Mittag spielte. Als er soweit war, daß er glaubte, ihr für den Rest seines Lebens beim Tennisspielen zusehen zu wollen, bat er Clark McCormack, ihn ihr vorzustellen. Als er ihr erst mal vorgestellt worden war, rief er sie dreimal täglich an, spielte jeden Nachmittag mit ihr Tennis, ging mit ihr jeden Sonntagabend ins Kino, und im Mai seines zweiten Jahres in Stanford, als er noch glauben wollte, daß sie das Mädchen seiner Träume war, obwohl die Beweise für das Gegenteil sich häuften, fuhr er mit Annis McMahon an zwei aufeinanderfolgenden Wochenenden nach Santa Cruz. (Am dritten fuhr Clark McCormack mit ihr nach Santa Cruz, wie er später erfuhr.) Sie lagen in einem Motelzimmer, mit einem gekachelten, schmiedeeisernen Tischchen und einem gerahmten Foto des Bridal Veil-Wasserfalls im Yosemite Park, und sie erzählte ihm mit ihrer hohen nasalen Stimme, die ihm die erste Enttäuschung bereitet hatte, von ihren Schwierigkeiten, die Seminare, die sie für ihr Lehrerstudium brauchte, sowie das Sport- und Sporttherapiestudium unter einen Hut zu bringen. Jedesmal stand sie hinterher auf, als ob sie mit Duschen fertig wäre, immer bereit, auf eine übertrieben kameradschaftliche Weise, die er deprimierend fand, darüber zu diskutieren; sie streckte ihre unglaublich goldenen Arme aus, zündete sich eine Zigarette an, riß sämtliche Fensterläden auf und hüllte sich in sein Hemd ein, eine Modenschau, die möglicherweise effektvoller gewesen wäre, wenn ihr sein Hemd nicht fast perfekt gepaßt hätte.

Im nächsten Jahr war es Naomi Kahn, ein jüdisches Mädchen aus Beverly Hills, mit guten Noten, mit Kleidern, die immer dufteten, als kämen sie gerade neugekauft aus Schachteln von Bullock's-Wilshire in Los Angeles (was nicht stimmte: Naomi bestellte ihre Garderobe komplett bei Bergdorf Goodman in New York), und deren Eltern beide in der Filmindustrie, wie sie es formulierte, arbeiteten. Sie erzählte Everett, sie wünsche sich für ihre Mutter und ihren Vater nichts sehnlicher, als daß sie das Drehbuchschreiben zugunsten einer Arbeit an Werken wie *Wintertag* aufgeben würden, und wenn dieser Tag käme, wäre sie überglücklich. Das war ihre Antwort auf Everetts Frage, ob sie unbedingt ihre Garderobe bei Bergdorf Goodman in New York bestellen müsse, obwohl, nur zu Everetts Information, Maxwell Anderson als Autor auch nicht gerade schlecht verdiene. Everett müsse mehr in der Welt herumkommen. Einmal kamen die Kahns nach Stanford, um Naomi zu besuchen, und Mrs. Kahn schrieb später, sie finde Everett göttlich, er wirke schon so gefestigt, wogegen Naomis Leidenschaft für Everett abzukühlen begann. Eines Abends, gegen Ende des Semesters, verkündete sie, daß sie am nächsten Morgen nach Reno fahren werde, um einen Studenten aus Berkeley zu heiraten, der im letzten Semester studierte und aktiv im Bund Junger Kommunisten war; die Kahns schickten Naomi daraufhin, nachdem sie die Ehe hatten annulieren lassen, aufs Sarah Lawrence College. Obwohl Everett danach nichts mehr von Naomi hörte, fiel ihm der Name Kahn hin und wieder im Abspann von Filmkomödien auf, und Jahre später las er in der *Times*, daß sich die Kahns vor der Tenney-Kommission verantworten mußten, weil sie im Oktober 1943 an einem Schriftstellertreffen in der Universität von Kalifornien teilgenommen hatten. Man wies ihnen nach, daß sie Mitglieder verschiedener Organisationen mit seltsamen Namen waren, deren Zielsetzung Everett nicht ganz verstand; sie wurden dann in Washington wegen Mißachtung des Parlaments vor Gericht gestellt, und Everett überlegte, daß Naomi, wo immer sie war, ihren Eltern doch endlich Anerkennung zollen müßte.

Everett hatte Naomi Kahn wirklich sehr gern. Er mochte den Duft ihrer Kleider, und er mochte die leicht verächtliche Art, mit der sie mit ihm ins Bett ging; sie erledigte das genauso, wie sie eine Klausur schrieb oder Auto fuhr: Stilsicher und erfolgreich, so wie er es von den Mädchen, mit denen er aufgewachsen war, nicht gekannt hatte, und er liebte es. Manchmal dachte er, er liebe sogar sie, meistens dann, wenn sie ein Wochenende bei ihren Eltern in Palm Springs verbrachte und er entweder herumsitzen und Bier trinken oder ein Mädchen wie Annis McMahon anrufen konnte. In Palo Alto wimmelte es im Winter 1939 offenbar von Mädchen wie Annis McMahon, und Everetts Anerkennung von Naomis einzigartigen Tugenden wuchs, so daß er, als sie mit dem Studenten vom Bund Junger Kommunisten aus Berkeley durchbrannte, ungefähr vier Tage lang wirklich bedauerte, daß er sie nicht gebeten hatte, ihn zu heiraten.

Trotzdem war Naomi Kahn genausowenig wie Annis McMahon oder auch Doris Jeanne Coe eine Frau, mit der er auf der Ranch hätte wohnen können. In den vier Tagen, in denen er sich wünschte, er hätte Naomi geheiratet, stellte er sich nicht einmal vor, an einem bestimmten Ort mit ihr zu leben: Sie waren immer auf Reisen, oder er brachte sie zum Flugzeug, oder sie stiegen im Fairmont in San Francisco ab, Naomi mit einem schwarzen Schleierhütchen.

Letzten Endes war Naomi, genau wie Annis McMahon und ein gutes Dutzend anderer Mädchen, die er nicht so gut kannte, die Verkörperung eines Lebensstils, den er ausprobierte und verwarf, ehe die Anstrengung zu groß wurde, und das alles hatte nichts mit Lily zu tun. Selbst als er sich vorstellte, mit Naomi Kahn im Fairmont abzusteigen, wußte Everett, ohne darüber nachzudenken, daß er mit Lily Knight auf der Ranch leben würde, er wußte es so vage, daß er ihr viel Glück gewünscht und weiter von Naomi Kahn im Fairmont geträumt hätte, wenn er in jenen Jahren, in denen er sie kaum sah, erfahren hätte, daß sie irgend jemand anderes geheiratet hatte, und nur unterschwellig hätte er sich mit einer ihm unbekannten, bohrenden Verzweiflung gefragt, was er mit dem Rest seines Lebens anfangen sollte. Lily verlangte keine Bekenntnisse: Lily war einfach da.

Es war ihm nie in den Sinn gekommen, daß er sie verlieren könnte (es war ihm noch nicht einmal in den Sinn gekommen, daß sie diejenige war, die er begehrte), bis zu dem Wochenende, als er, nach Abschluß der Universität, wieder zu Hause war und sie in einem verschossenen rosa Kleid und mit einer Sonnenbrille, in der eine Sicherheitsnadel die fehlende Schraube ersetzte, in der Sonne des Spätnachmittags, die auf ihre staubigen nackten Füße fiel, auf der Terrasse ihres Vaters sah. Da spürte er, wenn er riskierte, sie zu verlieren, könnte er genausogut riskieren, Martha, Sarah und auch sich selbst zu verlieren. Nur sie konnte ihm die einundzwanzig Jahre, die er bereits gelebt hatte, wiederbringen und bewahren. Überzeugt, daß er es sich eigentlich nicht mehr erlauben konnte, sie auch nur noch diesen einen Abend allein zu lassen, schlief er endlich in seinen Kleidern ein, während seine Zigarette noch im Aschenbecher auf dem Fensterbrett seines Schlafzimmers brannte. Als er morgens aufwachte, machte er sich sofort daran, den sicheren Hafen ihres verschossenen rosa Kleides, ihrer bloßen Füße und der Sicherheitsnadel in ihrer Sonnenbrille für sich zu erobern.

Was die Sicherheitsnadel betraf, so blieb sie in Lilys Sonnenbrille bis zu dem Sommer, als sie mit Julie schwanger war und er eines Abends gereizt war, weil sie gerade eine Lebensmittelrechnung entdeckte, die sie vor drei Monaten verloren hatte, und weil sie letzte Nacht mit einem Laken in den Wintergarten gezogen und dort bis zehn Uhr morgens geschlafen hatte, vor allem aber, weil seit drei Tagen über vierzig Grad Hitze herrschten und sie ihm vorgeworfen hatte, daß er sie nicht so liebte, wie ihr Vater sie geliebt hatte. Er hielt ihr entgegen, daß die Sicherheitsnadel in ihrer Sonnenbrille die Krönung all ihrer häßlichen Angewohnheiten sei, ihrer Vergeßlichkeit, ihrer Unfähigkeit, mit dem alltäglichen Kleinkram fertig zu werden, den jedes Mädchen, das er in Stanford gekannt hatte, mit links erledigen würde. Sie war ohne ein Wort nach oben gegangen. Als er ins Bett kam, stellte sie sich schlafend, und am nächsten Morgen um sieben Uhr war sie bereits aufgestanden, um nach Sacramento zu fahren. Mittags kam sie zurück, mit einer neuen Schraube in der Sonnenbrille, außerdem mit einem Buch mit dem Titel *Revolution in der Haushaltsführung*, von dem sie später das erste und das letzte Kapitel las (sie tat so, als hätte sie es ganz gelesen, aber er las es auch und sah, daß das nicht stimmte), sowie mit einem Album französischer Sprachplatten, die sie, soweit er wußte, nie hörte, Kleidertüten und Schachteln für insgesamt acht Dollar und einem großen Haushaltsbuch, in das sie zwei Wochen lang penibel alle Summen eintrug, die sie und China Mary für Nahrungsmittel und Haushaltsgegenstände ausgaben. Auf dem Buch stand «Nahrungsmittel- und Haushaltsausgaben», und sie hatte es stolz Martha präsentiert. Die Eintragung des ersten Tages, berichtete Martha mit einer gewissen Bewunderung, begann mit einer detaillierten Auflistung der einzelnen Preise, der eingesparten Summen durch den Einkauf größerer Mengen, von Rabatten, wenn Rabatte gewährt wurden, für vierundzwanzig Flaschen Bier, zwölf Konservendosen mit Erbsen und Karotten, zwölf Dosen Leberpastete, vier Liter Milch, zwei Stangen Lucky Strike, zwei Büchsen mit geräucherten Austern und fünfzehn Dosen Campbell Soup: fünfmal klare Kraftbrühe, fünfmal Gemüseeintopf mit Rind, fünfmal Geflügelcremesuppe. Das ergab einen Betrag von 18.53 Dollar, unter dieser Summe stand die Eintragung: «Diverses: 27 Dollar (ungefähr).» Als Martha wissen wollte, was in den 27 Dollar enthalten sei, zuckte Lily, die ihre ordentliche Aufstellung nachdenklich betrachtete, die Achseln. «Naja. Ein Besenstiel. Sowas eben.» Nachdem Lily ihre «Nahrungsmittel- und Haushaltsausgaben» in die Ecke gefeuert hatte, riß Everett diese Eintragung heraus, trug sie ein paar Wochen lang mit sich herum und legte sie schließlich in eine Schublade, zu seinem Universitätsdiplom, einem Zeitungsausschnitt aus Highschoolzeiten über ein Null-Tore-Spiel, mit ihm als Torwart und einem Brief von Martha, in dem sie das einzige «Treffen junger Hoffnungsträger» beschrieb, an dem sie je teilgenommen hatte.

Die Wahrheit war einfach, daß er nicht gewußt hätte, was er mit einer Ehefrau sollte, die wußte, was man mit einem Buch anfing, auf dem «Nahrungsmittel- und Haushaltsausgaben» stand; das entsprach nicht Everetts Vorstellungen von den Aufgaben einer Ehefrau. Obwohl er nicht wußte, wie seine Vorstellung von den Aufgaben einer Ehefrau aussah, wußte er, daß Lily seiner Vorstellung am meisten entsprach, wenn sie sich am wenigsten darum bemühte. Sie hatte keinen blassen Schimmer. Sie konzentrierte sich regelmäßig auf Nebensächlichkeiten, während ihr die Hauptsache entging; so entging ihr, daß die Anmeldung zu einem Kochkurs noch keine Meisterköchin machte.

Hierbei, wie auch überall sonst, versagte Lily, obwohl sie sich mit rührender Inbrunst darum bemühte zu begreifen, was von ihr erwartet wurde. Die unbedeutendste gesellschaftliche Begegnung war für Lily, wie Martha eines Abends im Frühling bei Tisch bemerkte, angstbeladen und voller Gefahren.

«Lily ist nicht in der Lage, die einfachsten Floskeln zu sagen, wie «Dankeschön» oder «Nein, lieber nicht» oder «Kann ich noch etwas Kaffee haben», fügte Martha hinzu, wandte sich dann direkt an Lily und sagte: «Ich weiß nicht, was mit dir los ist, aber das kannst du einfach nicht.»

«Was soll denn mit ihr los sein», sagte Everett, obwohl er wußte, was Martha meinte. Er hatte erst vor einer Woche gemerkt, daß Lily allergisch gegen Erdbeeren war, obwohl er sie mehrmals, anscheinend mit Genuß, Erdbeeren essen sehen hatte. «Ich dachte, daß dein Vater sie gern ißt», war ihre Erklärung.

«Everett, es *ist* so. Ich bin nicht gemein zu Lily, ich habe nur etwas Interessantes beobachtet. Jemand hält Lily im Eisenwarenladen die Tür auf, und schon denkt sie, daß sie sich in einer äußerst komplizierten Lage befindet.»

Martha leerte den Rest einer Weinflasche in Lilys Glas, lehnte sich zurück und musterte Lily. «Erst sagt Lily ‹danke›. Dann fragt sie sich, ob er sie wohl gehört hat. Wenn nicht, denkt er jetzt, daß sie unhöflich ist? Vorausgesetzt, er hat sie gehört, war ‹danke› genug? Wenn nicht, was hätte sie noch sagen müssen? Andererseits, vielleicht war ‹danke› zuviel. Vielleicht hätte sie einfach lächeln sollen. Vielleicht denkt er, sie sei zu forsch. Überhaupt, vielleicht hat sie sich geirrt, vielleicht hat er nicht *ihr* die Tür aufgehalten. Vielleicht hat er sie für jemanden aufgehalten, der hinter ihr kam, vielleicht seiner Frau oder einer alten Dame. Wenn das der Fall war, dann hat sie sich durch ihr ‹danke› zum *kompletten Narren* gemacht, und jetzt kann sie sich nicht mehr erinnern, was sie überhaupt im Eisenwarenladen wollte, und den ganzen Tag muß sie immer wieder daran denken, wie sie sich am besten hätte verhalten sollen. Das sind die *Krisen*, mit denen Lily Tag für Tag fertig werden muß.»

Lily blies die Kerzen auf dem Tisch aus und verstand Martha absichtlich falsch: «Ich glaube nicht, daß gute Manieren schaden können», sagte sie. Aber später, als sie ihr Haar bürstete und er am Spieltisch saß, auf dem er die Steuerunterlagen ausgebreitet hatte, blickte er auf und sah, daß sie weinte, sie weinte und bürstete ihr Haar, als ob sie sich alle Haare ausbürsten wollte. Er schob die Steuerberechnungstabelle zur Seite und nahm sie samt Haarbürste, die sie noch in der Hand hielt, in die Arme. Sie erklärte mit erstickter Stimme an seiner Schulter, daß sie wie alle Leute sein wolle, sie wolle fähig sein, sich mit anderen Leuten zu unterhalten. «Du bist schüchtern», sagte er. «Es ist doch nichts dabei, wenn man schüchtern ist.» O doch, schluchzte Lily, etwas stimme nicht, wenn man mit fast vierundzwanzig noch schüchtern sei, und außerdem sei sie nicht schüchtern, sie könne einfach nicht gut mit Menschen umgehen, das sei der springende Punkt. Er legte sich mit ihr und der Haarbürste aufs Bett und sagte ihr, sie dürfe nicht so reden, sie sei nicht wie andere Leute. Sie sei, fügte er hinzu und drehte das Licht aus, sein Baby. Später dämmerte Everett, daß er mit dieser kleinen Zärtlichkeit den Finger auf einige Stärken Lilys gelegt hatte, und ebenso auf einige ihrer Schwächen.

17

Lily kam von San Francisco mit dem Greyhound zurück, der mit mexikanischen Pflückern und Matrosen überfüllt war. Von San Francisco bis Vallejo saß sie neben einem Matrosen, der zu seinem Mädchen nach Salt Lake City fuhr. Sie lebte bei seiner Familie in Salt Lake City, aber, erklärte er, Frisco sei ihre Glücksstadt. Er hatte sie 1943, vier Tage bevor er sich einschiffen mußte, in einer Spelunke in der Market Street kennengelernt. Als sie versprach, auf ihn zu warten, war das der größte Tag seines Lebens gewesen, und der zweitgrößte Tag war vor einer Woche gewesen, auf der *U. S. S. Chester*, als er zum erstenmal seit zwei Jahren wieder die Golden Gate Brücke sah. Am Morgen herrschte Nebel, und als sich der Nebel teilte, sah er die Brücke; sie schimmerte in der Ferne und sah aus, als ob sie schwebte. Auf dem Oberdeck stimmte die Band «California Here I Come» an, und sie hatten alle mitgegrölt, und sie würde es vielleicht sentimental finden, aber er hätte sich am liebsten hingesetzt und geheult wie ein Schloßhund. Lily kamen die Tränen, weil ihr auffiel, daß er sich viel besser ausdrücken konnte als sie, und der Matrose sagte, Moment, immer langsam mit den jungen Pferden, es war nicht traurig, eher so wie bei Frauen, wenn sie auf Hochzeiten weinen müssen. Sie sehe aus, als ob sie auf Hochzeiten weine. So war das. Als der Matrose in Vallejo ausstieg, um auf den Expreß nach Salt Lake City zu warten, wünschte Lily ihm viel Glück und beobachtete ihn heimlich durchs Fenster. Er saß auf seinem Seesack, las in einem Comic und aß Milky Way, und sie wollte aussteigen und ihm ihren Granatring für sein Mädchen schenken, wußte aber nicht, wie sie das anstellen sollte. Und erst als der Bus aus dem Busbahnhof rollte, fiel Lily ein, daß der Granatring Everetts Großmutter gehört hatte und sie ihn deshalb, strenggenommen, sowieso nicht hätte verschenken dürfen.

Von Vallejo bis Sacramento saß sie neben einer Frau, die Halbtagskassiererin in einem Drive-in am Highway westlich von Sacramento war, genau gegenüber vom Hotel El Rancho. Die

Frau hatte in Vallejo ihre Tochter besucht, die eine schöne Wohnung hatte, nicht groß, aber süß eingerichtet, in der Tennessee Street, genau über dem Blumenladen. Den Lily bestimmt kannte. Nein? Dabei sei sich die Frau so sicher gewesen, weil sie alle großen Hochzeiten in Vallejo ausstatteten, es sei ein sehr bekannter Laden.

Lily, die bedauerte, daß sie nicht so getan hatte, als würde sie den Namen des Blumengeschäftes kennen, hatte Angst, die Frau könne denken, sie fühlte sich ihr überlegen und beeilte sich, aus dieser vermeintlichen Sackgasse zu kommen, indem sie fragte, ob die Tochter verheiratet sei. Nein, nicht direkt. Sue Anns Mann, ein erstklassiger Seemann, aber ein Schweinehund, sobald er sie erstmal rumgekriegt hatte, war in Okinawa gefallen – Sue Ann wollte ihm sowieso gerade den Laufpaß geben, soviel dazu – und Sue Ann sorgte jetzt für sich und ihren sechs Jahre alten Sohn, Billy Jack, sie war Kassiererin in Stan's Drive-In an der Bundesstraße 40.

Die Frau machte eine Pause, und Lily versicherte ihr schnell, daß sie Stan's kenne. (Zufällig kannte sie es wirklich, weil sie, in der ersten Zeit, als Everett fort war, nachts im Radio *Stan's Private Line* gehört und sich sogar theoretisch manchmal gefragt hatte, ob sie bei der *jeunesse dorée* in Lederjacken, die sich Nacht für Nacht in Stan's Drive-in versammelte, Double-Burgers aß und sich Songs füreinander wünschte, Anklang finden würde.) Die Frau ging nicht darauf ein. Natürlich würde Sue Ann oft angesprochen – sie war ungefähr so alt wie Lily, aber wie eine Puppe, gebaut wie Rita Hayworth. Man könne die beiden kaum voneinander unterscheiden, bis auf die Haare, und sie sei hundertprozentig davon überzeugt, daß Ritas Haare gefärbt seien. Aber davon wolle sie gar nicht erst anfangen. Sue Ann hatte also nichts ausgelassen, aber jetzt hatte sie die einmalige Chance, einen jungen Burschen zu heiraten, der wiederum selber die einmalige Chance hatte, Generalvertreter bei Kirby-Parties für das gesamte Greater Vallejo-Gebiet zu werden. Sie wissen schon. Kirby-Parties. Sie laden Freunde zu sich nach Hause ein, und dann kommt der Vertreter von Kirby und führt die Staubsauger vor und so weiter. Man bekommt Bonuspunkte für die Anzahl der Gäste und ein bißchen Klatsch gratis. Wenn Lily noch nicht bei Kirby-Parties registriert wäre, sollte sie sich Freds Nummer aufschreiben und ihn nächstesmal, wenn sie in der Gegend sei, anrufen, vorausgesetzt er bekomme den Job. Na ja. Der einzige Haken an der Geschichte sei, daß Fred noch nichts von Billy Jack wisse. Besser gesagt, er wisse, daß es ihn gebe, aber er denke, Billy Jack sei Sue Anns kleiner Bruder. Sie habe Sue Ann gewarnt, daß es Wahnsinn sei, Billy Jack als Wechselbalg seiner eigenen Großmutter auszugeben, aber was soll man machen. Sue Ann habe ein Recht auf Glück, wie jeder andere. Was Lily darüber denke.

Lily dachte gar nichts mehr, als der Bus die Küstenregion verließ und in die Hitze des Tals rollte. Sie ließ sich einschläfern vom Rhythmus der Telefonmasten vor den verdorrten gelben Feldern, vom gleichmäßigen Auf und Ab der Stimme der Frau neben ihr, von dem mahlenden Wechsel der Gangschaltung, wenn der Bus vom Highway in die Straßen der Städte abbog, in denen sie ihr ganzes Leben verbracht zu haben schien: Fairfield-Suisun, Vacaville, Dixon. Obwohl sie an den Außenbezirken dieser Städte wahrscheinlich nicht mehr als zwanzigmal vorbeigefahren war, hatte jede einen Eindruck hinterlassen, der sich, einmal gesehen, besonders an einem Nachmittag im August, wenn die Straßen wie ausgestorben und die Fachwerkhäuser morsch und trocken wie Zunder waren, für immer einprägte. Sie konnte die Augen schließen und es wie einen Film abspulen lassen: das Gebäude der Bank of America, der W. T. Grant Markt, das Lincoln-Mercury-Autohaus; die einsame Frau in dem formlosen Kleid mit dem geblümten Strohhut auf der Terrasse des Hotels, die wartet, bis ihr Mann die Stadt abgeklappert hat. Hinter der Hauptstraße ein paar Häuserblocks, zweistöckige Häuser, die gestrichen werden müßten, vor jedem ein Viereck mit vertrocknetem Rasen, vielleicht ein umgekipptes Dreirad auf der zersprungenen Platte des Bürgersteigs. Die Rolladen waren hinuntergezogen, und keine Menschenseele war zu sehen, nirgends. In der gleißenden Nachmittagshitze schienen Häuser und Gebäude immer in Gefahr, sich aufzulösen; daß man, wenn man in einer Stadt des Valleys die Augen schloß, um sie Sekunden später wieder aufzumachen, befürchten mußte, nur noch auf vertrocknete Felder zu blicken, aus denen die Sonne die letzten Spuren der Besiedlung ausgebleicht hatte, der Strohhut mit den Blumen, die Leuchtreklame, die vor einem Moment noch von einer Hauswand geblinkt hatte, waren nicht mehr zu sehen: *Größere Erträge von jedem Morgen mit Samen von Northrup-King*.

Es war irgendwie tröstlich, durch die getönten Scheiben des Greyhound-Busses zu sehen, wie die Städte kamen und gingen. Die Hitze sog die Bedeutung aus den Begriffen – Heirat und Scheidung und neue Vorhänge und überzogene Bankkonten, alles wurde gleich, und Lily konnte sich im Moment kein Ziel vorstellen, das stark genug wäre, dem Sommer zu widerstehen. Jedenfalls kein Ziel, das sie sich setzte; Sue Ann, ja, das war etwas anderes. Es gab nichts Zweideutiges an Sue Anns Reaktionen, nichts Zweideutiges an dem, was sie wollte: Sue Ann hätte Joe Templeton, ohne mit der Wimper zu zucken, den Abschiedskuß gegeben. Sue Anns Probleme hatten, anders als ihre eigenen, etwas von der komprimierten Verkürzung eines Kunstwerks an sich; sie selbst hatte zufällige, bestenfalls zeitweilige Affären, und als sie den Kopf an die Fensterscheibe des Busses legte, wußte sie nicht mehr, warum sie nach San Francisco gefahren war, weshalb sie Everett eine Szene gemacht hatte, und vor allem wußte sie nicht mehr, wie sie von jemandem schwanger werden konnte, den sie noch nicht einmal wirklich gern hatte, und warum sie, und das traf den Kern der Sache, geglaubt hatte, dadurch würde sich irgend etwas ändern.

Doch als der Bus in Sacramento ankam, tauchte sie, wie aus einem dunklen Theatersaal, plötzlich in das grelle Licht, in die unvermittelte Gegenwart von Menschen, und damit kam die Erinnerung daran, warum sich doch etwas geändert hatte. Als sie mit ihrem Regenmantel und der Reisetasche auf dem Bahnsteig des Busbahnhofs stand, wußte sie alles wieder ganz genau, bis auf die Tatsache, warum sie diese vierstündige Busfahrt den zwei klimatisierten Stunden in einem Erster-Klasse-Abteil des Southern Pacific vorgezogen hatte. Aus irgendwelchen Gründen, die ihr jetzt nicht mehr einfielen, war ihr das in San Francisco als einzige Möglichkeit erschienen: als Bußgang.

Ich habe mir Sorgen gemacht, sagte Joe, als sie ihn vom Busbahnhof anrief. Jedes Wort schien vor Mißbilligung zu triefen.

«Das tut mir leid. Ich bin gerade angekommen.» Sie wollte nicht mit Joe reden und wußte nicht, warum sie ihn überhaupt angerufen hatte, außer weil sie es versprochen hatte.

«Ich habe mir Sorgen gemacht», wiederholte er. «Ich konnte nicht schlafen. Ich habe Francie angebrüllt.»

«Du hast Francie angebrüllt.» Sie lehnte sich an die Wand der Telefonzelle und versuchte, mit dem Fuß die Glastür aufzustoßen, mit dem einzigen Erfolg, daß sie sich den Absatz zwischen Tür und Rahmen einklemmte.

«Wie geht es dir?»

«Mir geht es gut.» Sie befreite ihren Fuß, indem sie den Schuh fallen ließ. «Es geht mir sehr gut.»

«Das klingt gut.»

«Hast du etwas anderes erwartet?»

In dem langen Schweigen, das folgte, angelte sie nach ihrem Schuh und sah, daß sie sich am Schloß ihrer Reisetasche eine Laufmasche gerissen hatte.

«*Verdammt.*» Sie rammte den Fuß in den Schuh und strich sich das feuchte Haar aus der Stirn.

«Was ist denn los?»

«Nichts. Ich habe mir gerade den Schuh angezogen.»

«Den Schuh angezogen? Warum hattest du ihn ausgezogen?»

«Nur so, Joe. Einfach nur so. Ich stehe hier einfach barfuß am Busbahnhof, das ist alles.»

«Laß das.»

«Pardon.»

Nach einer Pause fragte Joe zögernd: «Warst du beim Arzt?»

«Ja.»

«Wie war es?»

«Gut. Es war gut.»

«Das habe ich dir ja gesagt.»

Sie sagte nichts.

«Er hat nicht mehr verlangt, oder?»

«Nein. Wie abgemacht.»

«Das habe ich dir ja gesagt. Er wollte also nicht mehr Geld?»

«Ich sagte, nein.» Sie ärgerte sich, weil er nur über das Geld redete; zumal es ihre fünfhundert Dollar gewesen waren. Um an Bargeld zu kommen, hatte sie zehn Aktienanteile einer Ölgesellschaft verkauft, die ihr Vater ihr zur Hochzeit geschenkt hatte, und sie wollte nicht daran erinnert werden. Obwohl sie vorher noch nie darüber nachgedacht hatte, war Joes Unvermögen, an fünfhundert Dollar zu kommen, ohne daß Francie es merkte, die Zusammenfassung aller seiner radikalen Schwächen.

«Ich hätte mir den rechten Arm abgeschnitten, wenn ich dir diesen Gang hätte abnehmen können.»

«Halt den Mund», sagte sie. Gleich darauf verspürte sie Gewissensbisse: Wenn er unaufrichtig war, so war sie es auch. Wenn sie aufrichtig gewesen wäre, hätte sie noch nicht einmal mit ihm telefoniert.

«Du hättest nichts für mich tun können», fügte sie beschämt hinzu.

«Das ist ja das Schlimme. Du weißt, wie schlecht ich mich deshalb fühle.» Er machte eine Pause. «Könnte ich dich morgen sehen?»

«Nein», sagte sie schnell. «Das geht nicht, meine ich. Ich brauche Ruhe.»

«Natürlich.» Er klang erleichtert. «Ich dachte nur, daß du vielleicht mit jemandem reden willst.»

«Um Gottes willen. Nein. Ich will nicht mit jemandem reden. Ich will mit niemandem reden.»

Sie klickte mit dem Finger auf die Gabel und ließ den Hörer in den Schoß fallen. Ihr seidenes Kostüm war feucht vor Schweiß und fleckig, nicht nur von dem Staub, sondern auch von dem Tee, mit dem sie sich am Ausschank des Busbahnhofs in San Francisco bekleckert hatte. Sie hätte der Kellnerin erlauben sollen, mit einem Schwamm daran herumzuwischen, aber der Bus war schon aufgerufen worden, und sie wollte nicht rennen; sie hatte Angst, daß sie wieder bluten würde, wenn sie sich zu schnell bewegte.

Sie hatte keine Lust, mit Joe zu reden, aber sie hatte noch weniger Lust, mit Everett zu reden. Trotzdem mußte sie nach Hause, und sie fühlte sich nicht in der Lage, irgendeinem anderen Menschen zu erklären, was sie mit ihrer Reisetasche am Greyhound-Busbahnhof machte. Sie hatte beabsichtigt, mit dem Linienbus zur Ranch zu fahren, doch die Fahrer streikten. Immer klappte irgend etwas nicht. Sie suchte in ihrer Tasche nach einer Zigarette, warf zwei Münzen ein und wählte die Nummer ihrer Mutter. Als ihre Mutter abnahm, spürte sie, wie ihr die Tränen kamen, sie hängte auf, ohne sich zu melden, und rauchte die Zigarette auf, bis sie sich die Finger verbrannte. *Ich hätte mir den rechten Arm abgeschnitten,* dachte sie boshaft. Er weiß genau, was er sich abschneiden kann. Sie schnaubte sich die Nase, ließ die Tasche zuschnappen und rief auf der Ranch an.

Nach dem ersten Klingeln hob Everett ab. «Gott sei Dank, Lily. Geht es dir gut?»

«Es geht mir gut.»

«Wo zum Teufel bist du?»

Sie zögerte. Wo war sie. Das war die Offenbarung, der Beweis, wie sie sich fühlte, die Bestätigung, daß sie nie zu den Gewinnern gehören würde.

«Am Busbahnhof», sagte sie schließlich.

«Du Dummerchen», sagte er zärtlich. «Du verdammte kleine Idiotin.»

Sie trank warme Cola aus einem klebrigen Pappbecher, trat vor den Busbahnhof und wartete auf Everett. Um sechs Uhr dreißig war alles ruhig. Der Verkehr floß bereits spärlicher, und die dikken Äste der Platanen hingen schwer und bewegungslos über der Straße. Vor der Laderampe des Busbahnhofs versuchte ein Matrose, zwei Mädchen aufzugabeln: Beide Mädchen trugen weiße, schulterfreie Baumwollblusen, und eine hatte ihr Haar unter einem magentaroten Kopftuch versteckt. Als der Matrose es ihr lachend vom Kopf zog, sah Lily, daß das Mädchen den Kopf voller Lockenwickler hatte. Das Mädchen schnappte sich ihr Kopftuch und nahm eine drohende Haltung ein, und alle lachten. Sie schienen sich prächtig zu amüsieren. Müde überlegte Lily, daß sie wahrscheinlich genauso alt waren wie sie selbst.

Niedergeschlagen wandte sie ihre Aufmerksamkeit dem Parkplatz auf der gegenüberliegenden Straßenseite zu, wo ein paar Männer, die verspätet aus ihren Büros kamen und sich augenscheinlich alle kannten, in ihre Autos stiegen. Traurig stellte sie sich vor, daß sie bestimmt alle zu Hause von ihren braven braungebrannten Ehefrauen erwartet wurden, die aus ihren Badeanzügen stiegen und sich zum Abendessen umzogen. Der Abend war zu heiß, um zu kochen; überall in der Stadt bürsteten sich die liebenden Freizeit-Frauen das Chlor aus dem Haar und kleideten sich an, um zum Abendessen auszugehen. Heute abend würden sie im Country Club speisen, in weiten, frisch gewaschenen, leuchtenden Kleidern aus Leinen, und aussehen, als wären sie es nicht gewöhnt, überhaupt angezogen herumzulaufen. Sie würden über ihre Diät reden und über ihre Kinder und über ihre Erfolge beim Golf, sie würden ihre Ausgeglichenheit zur Schau stellen, ihre goldenen Armbänder, und dann würden sie heimkehren, ihre leuchtenden, frisch gewaschenen Kleider ablegen, sich auf die heißen Laken legen und geduldig auf den Anbruch des neuen Tages warten. Niemals würde eine von ihnen in einem teebekleckerten Seidenkostüm verstohlen an einem Greyhound-Busbahnhof stehen und ihren Ehemann nicht sehen wollen. Niemals würde man eine von ihnen auch nur in einem teebekleckerten Seidenkostüm erwischen. Das waren genau die Ehefrauen, die Everett hätte heiraten sollen. Und was hatte er jetzt. Martha hatte es deutlich gesagt: Lily verdiente ihren Bruder nicht. Everett hatte ein Recht auf Glück, wie Sue Ann, wie jeder andere.

Es war fast halbt acht, als Everett erschien. Unrasiert, in einem ungewaschenen Khakihemd, parkte er den Kombi in der zweiten Reihe, sprang über die hintere Stoßstange eines geparkten

Chevrolets und nahm Lilys Arm. Sie hatte ihn erst nicht gesehen und lächelte unsicher, als er sie berührte. Er nahm ihre Reisetasche, führte sie um den Chevrolet herum und öffnete wortlos die Tür des Kombis. Sie waren noch nicht zu Hause, als sie eingeschlafen war, zur Abwechslung ohne Tränen, mit trockenen Augen, ihr Kopf war ihm beim Schalten im Weg.

Später brachte er sie zu Bett, öffnete die Fensterläden, die den ganzen Tag gegen die Hitze geschlossen gewesen waren, und wischte ihr das Gesicht mit einem mit Hamamelis-Gesichtswasser getränkten Waschlappen ab.

«Ist der Hopfen abgeerntet?» flüsterte sie.

«Ja», sagte er. «Es ist alles in Ordnung. Schlaf jetzt.»

«Ich möchte dir was sagen.» Sie nahm ihm den Waschlappen aus der Hand und legte ihn sich über die Augen. «Ich liebe dich.»

Er sah sie lange an.

«Hör auf, dich selbst zu bemitleiden», sagte er schließlich.

Sie nahm den Waschlappen von den Augen und schlang die Arme um seinen Hals. «Everett, Baby, wirklich. Ich liebe dich. Ich kenne dich, und du kennst mich wie niemand sonst. Everett, bitte, Baby, *liebe* mich.»

Sie drückte sich an ihn, er küßte ihren Scheitel, und als er versuchte, ihre Arme von seinem Hals zu lösen, verstärkte sie ihre Umarmung. «Leg dich zu mir», flüsterte sie. «Leg dich zu mir, bis es ganz dunkel ist.»

«Später.» Er stand auf. «Schlaf jetzt, Baby.»

Er setzte sich mit Knight eine halbe Stunde lang in die Diele im dritten Stock, von wo aus sie das Feuerwerk in der Stadt sehen konnten, denn an dem Tag wurde die Landwirtschaftsmesse eröffnet. Zwölf Tage lang würde jeden Abend ein Feuerwerk abgebrannt werden; große, langsam platzende Salven in Weiß und Rosa und Grün, die man von der Ranch kaum sehen konnte. Lange, nachdem der letzte Funkenregen in der Ferne aufgeleuchtet und im Niedersinken verglüht war, schlief Knight in Everetts Armen ein, und er trug ihn nach unten, ohne ihn aufzuwecken, und legte ihn in seiner Spielhose ins Bett.

Dann ging er ins Erdgeschoß, wanderte geistesabwesend von Zimmer zu Zimmer. Im Haus war es still: Julie war bei ihrer Großmutter; Martha war mit Ryder Channing zum Rummel gefahren. Da sie sich nicht davon abbringen ließen, daß Lily und Everett mitkommen müßten, hatten sie noch eine Stunde gewartet, ob Lily nicht doch noch kommen würde; Everett war sie nur losgeworden, nachdem er ihnen versprochen hatte, daß sie am Wochenende alle vier zusammen hingehen würden. Nachdem sie weg waren, hatte sich Everett mit einer Flasche Bier und einem Artikel, den Channing ihm gegeben hatte und in dem ein neues Einkaufszentrum in Kansas City als Pionierleistung beschrieben wurde, in die Küche gesetzt. Die Küchenstühle waren unbequem, und Everett fand es zunehmend schwieriger, sich darauf zu konzentrieren, warum manche Stadtplaner Einkaufszentren mit einem Straßen-Charakter bevorzugten und andere wiederum Einkaufszentren mit einem Waben-Layout, was immer ein Waben-Layout war; die Küche aber war der einzige Ort, an dem ihn kein Telefonapparat bedrängte. Obwohl er wußte, daß es nur zwei Telefone im Haus gab und fünf auf der Ranch insgesamt, kam es ihm, als er auf Lilys Anruf wartete, vor, als hätten sie genügend Telefone, um als Telefonvermittlung fungieren zu können.

Jetzt setzte er sich wieder in die Küche und versuchte, den Artikel zu Ende zu lesen, den Channing ihm gegeben hatte, aber nach drei oder vier weiteren Absätzen schob er ihn beiseite. Fünfzehn Minuten lang saß er da und studierte die Etiketten auf der Bierflasche, die er auf dem Tisch stehen gelassen hatte, als Lily anrief, und schließlich ging er nach draußen und stellte den Rasensprenger an, der während der ganzen Nacht den Rasen auf der Südseite sprengen sollte. Eine Verschwendung, die sich nur damit rechtfertigen ließ, daß es dann vielleicht in den Zimmern von Lily und den Kindern etwas kühler würde. Er dachte jetzt automatisch *Lilys Zimmer*, und als er um elf Uhr schlafen ging, legte er sich für die erste von vielen Nächten ins Bett seines Vaters. Obwohl er nachts einmal das Gefühl hatte, wach zu sein und Stimmen in der Einfahrt zu hören – erst Channings *Halt den*

Mund, schrei nicht so, dann Marthas *Wenn du findest, daß sie so interessant aussieht, dann solltest du sie das nächstemal vielleicht selber schwängern* –, fand er es morgens bequemer zu glauben, er habe das nur geträumt.

18

Alle Untugenden Ryder Channings, bemerkte Martha, ließen sich aus seiner Angewohnheit herleiten, jede Gastgeberin, bei der er im Umkreis von fünfzig Meilen von San Francisco eingeladen war, zu fragen, ob sie eine Ausgabe des *Gesellschaftsverzeichnisses* von 1948 von San Francisco zur Hand habe, weil er eine neue Telefonnummer nachschlagen wolle.

Allerdings, fügte Martha hinzu, nehme Ryder sie so selten zu Einladungen in San Francisco mit, daß sie erst einmal dabei gewesen sei, als er nach dem *Gesellschaftsverzeichnis* von 1948 fragte, um eine Telefonnummer nachzuschlagen, aber sie sei sicher, daß es kein Zufall gewesen war. Es passe genau zu seiner Angewohnheit, Leute aus Cleveland routinemäßig zu fragen, ob sie in Shaker Heights wohnten.

«Das ist gemein von mir», setzte Martha dann sofort in einem Anfall von Reue hinzu, was eine Zeitlang ziemlich erfolgreich den feindseligen Unterton in ihrer Stimme kaschierte; ihre Standardtechnik der Unterhaltung glich der eines Strafverteidigers, der eine tendenziöse Frage stellt und dann großzügig zuläßt, daß sie abgelehnt wird.

«Ich meine, das mit Ryder und dem *Gesellschaftsverzeichnis* ist tatsächlich wahr, aber es ist trotzdem gemein von mir. Es charakterisiert nicht den *ganzen* Ryder. Ich meine, Ryder erzählt überall von großen Geschäften, aus denen nie etwas wird, aber das heißt noch lange nicht, daß Ryder ein Schwindler ist. Ryder will etwas erreichen. Ist das so schlecht, daß er etwas erreichen will?»

«Ganz und gar nicht», sagte Lily tugendhaft und verknotete

einen Faden an dem Kleid, das sie für Julies Einschulung mit der Hand nähte. Das Kleid war eine Sparmaßnahme: Everett hatte gesagt, daß ihre Steuern 1949 doppelt so hoch sein würden wie in diesem Jahr – sowohl das Land am Fluß als auch die Cosumnes-Ländereien waren zum erstenmal seit dem Krieg neu geschätzt worden –, und Lily hatte, ohne mit Everett darüber zu reden, beschlossen, Geld zu sparen. Als erste Sparmaßnahme hatte sie die sechs oder sieben Dollar gespart, die sie normalerweise für Julies Kleid bezahlt hätte, und statt dessen für vier Dollar französischen Batist gekauft und ein Schnittmuster für 60 Cent. Nachdem sie seit drei Wochen immer wieder mal daran genäht hatte, sah der Batist inzwischen nicht nur angeschmutzt aus, sondern wurde auch hier und da von einem Blutfleck geziert, weil sie sich in den Finger gestochen hatte, aber das würde sich alles wieder problemlos auswaschen lassen. Guter Stoff, gute Seife, gute Hüte sind kein Luxus, hatte ihre Mutter ihr immer gepredigt.

Beeindruckt von dem Ergebnis ihrer Sparsamkeit, fügte Lily hinzu: «Wer etwas erreichen will, muß dafür arbeiten. Das ist die Grundlage der amerikanischen Gesellschaft.»

«*Du gehst mir auf den Sack*. Du hast mir überhaupt nicht zugehört.»

«*Wirklich*, Martha.» Obwohl Lily nie genau wußte, was Martha ihr mit diesem Ausdruck zu verstehen geben wollte, fand sie ihn unpassend. Sie hatte ihn nämlich zum erstenmal von Martha an dem Nachmittag gehört, als Mr. McClellan im Sutter Krankenhaus starb. Weil Martha mit einem der Ärzte eine Zigarette rauchte, befand Lily sich allein im Krankenzimmer und hielt Mr. McClellans Hand, als er aus dem Koma erwachte. «Du bist ein gutes Mädchen, Miss Lily Knight», sagte er, öffnete die Augen und drückte schwach ihre Hand. «Du siehst elend aus, aber du bist ein gutes Mädchen.» – «*Du gehst mir auf den Sack*», hatte Martha von der Türschwelle gesagt, als sie sah, daß die Augen ihres Vaters wieder geschlossen waren und seine Hand aus Lilys gefallen war. Lily hatte unwillkürlich die Hand ausgestreckt, wie um Mr. McClellan vor Marthas Stimme zu schützen, aber zehn

Minuten später war er tot, und vielleicht hatte er weder Marthas Ungezogenheit noch, gleich darauf, ihr Schluchzen gehört.

«Tut mir leid», sagte Martha jetzt. «Es ist nur, weil du es schon wieder gemacht hast.»

«Was denn?»

«Ach...» Martha antwortete nicht. «Dein Kleid wird hübsch. Das Blau wird Julie sehr gut stehen.»

Lily lächelte und hob das Kleid hoch, damit Martha es richtig bewundern konnte.

«Wenn sie nur nicht diese Lücke zwischen den Zähnen hätte.»

Lily legte das Kleid zur Seite und fädelte die Nadel ein. Martha hatte Julie erzählt, daß sie, wenn sie sich nicht sofort die Zähne richten ließe, später ein sehr unattraktives kleines Mädchen sein würde. Mehrere Tage war Julie untröstlich, immer wieder kletterte sie auf das Waschbecken, um ihre Zähne im Badezimmerspiegel prüfend zu betrachten.

«Ich habe dir schon einmal gesagt, daß sie noch nicht mal ihre zweiten Zähne hat.» Lily beendete das Einfädeln der Nadel und rammte sie sich versehentlich in den Zeigefinger.

Martha zuckte die Achseln, ihr Interesse an kieferorthopädischen Problemen flaute offenbar ab.

«Ryder will etwas erreichen», wiederholte sie nachdenklich. «Genau das will Ryder.»

«Was will Ryder denn jetzt?» Martha sah sie lange an. «Lily, wir leben in einer mo-bi-len Gesellschaft, wie man so sagt. Ryder ist das, was man einen so-zialen Auf-stei-ger nennen würde. Er wartet in den Start-lö-chern. Hast du keine Vorlesungen besucht? Hast du keine Bücher von Lloyd Warner gelesen?»

«Es ist –», Lily biß sich auf die Lippen. Sie hatte gerade sagen wollen, daß es keine Schande sei, nach oben zu streben. Sie wußte nicht, woran es lag, daß Martha ihr unweigerlich die Sprüche von Mr. McClellan und ihrer Mutter entlockte.

«Es ist *was*?» wollte Martha wissen.

«Nichts.»

«*Es ist keine Schande, nach oben zu streben*», äffte Martha sie nach. «Ich kenne dich. Nun, das stimmt. Aber du kennst Ryder nicht. Er will die Menschen *benutzen*.»

«Martha. Reg dich nicht auf.»

«Mich kann er nicht benutzen. Ich will nichts von ihm. Deshalb kann er mich nicht benutzen.»

«Martha», wiederholte Lily.

«Ich will seine *Jobs* nicht. Ich will seine *Gefälligkeiten* nicht. Ich will *gar nichts* von ihm.»

Was Martha an diesem Vormittag von Ryder Channing nicht wollte, war der Job, den er ihr vor drei Wochen bei einem Fernsehsender in Sacramento besorgt hatte. Es war der vierte oder fünfte Job dieser Art, für den er einen Vorstellungstermin vereinbart hatte; es war nicht nur der erste, den Martha angenommen hatte, sondern es war auch der erste, soweit Lily wußte, bei dem sie zu dem vereinbarten Vorstellungstermin erschienen war. In diesem speziellen Fall bestand der Job darin, daß Martha, nachdem sie einen Monat lang Zuschauerbriefe beantwortet und andere kleinere Arbeiten für die Fernsehstation erledigt haben würde, irgendwann einmal die Interviewsendung am Vormittag und die Werbespots während des Nachmittagsfilms übernehmen sollte, eine Arbeit, die in dem einen Jahr seit Bestehen des Senders die Frau des Managers erledigt hatte, die jetzt schwanger war. Das sei die unwiederbringliche Gelegenheit, den Fuß in einen Industriezweig zu setzen, mit dem es nur aufwärts gehen könne, hatte Ryder erklärt und einen geliehenen Fernseher im Wintergarten aufgestellt, so daß Martha sich die Interview- und Werbespot-Techniken ansehen konnte, die Maribeth Sidell, die Frau des Managers, entwickelt hatte. Um die Zukunft in diesem Job richtig einschätzen zu können, betonte Ryder, solle Martha sich einmal klarmachen, daß Maribeth Sidell das Tagesgespräch in jedem Haushalt des Sacramento Valley sei.

Lily und Martha sahen sich gemeinsam mehrere Programme von Maribeth Sidell an, darunter eines, in dem sie gleichzeitig einen pensionierten Diskjockey, die Miss Sacramento und zwei japanische Geschäftsleute, die in den USA eine Handelsmesse organisierten, interviewte. Als das Gespräch sich den Unterschieden zwischen Sacramento und Yokohama zuwandte, schaltete Martha den Fernseher aus und erklärte, daß der Job wie geschaffen für sie sei. Nachdem sie begierig ein paar der Produkte aus Maribeths Werbung ausprobiert hatte, um, wie sie sagte, «neueste Einblicke» zu gewinnen, fuhr Martha in die Stadt, traf sich mit Mr. Sidell und berichtete beim Abendessen, daß er gesagt habe, sie solle ihn «Buzz» nennen, daß er mit ihr in die Bar des Sacramento Hotels gegangen sei und daß er nach zwei Manhattans (für ihn) und zwei Sherries (für sie) verkündet habe, daß sie zwar keine Jinx Falkenburg sei, aber trotzdem große Klasse, und mit seinem Geld (75 Dollar die Woche) sei sie jetzt am Ball. «Ich wußte, daß der Sherry ihn überzeugen würde», sagte Martha enthusiastisch. «Dieser Sülzkopf.»

Obwohl Lily nie genau herausbekam, wie sie den Ball verschossen hatte, arbeitete Martha dort nur eine ganze Woche und drei Tage. Am vierten verließ sie das Haus wie üblich um sieben Uhr dreißig, aber um elf, als Sidell auf der Ranch anrief, war sie noch nicht an ihrem Arbeitsplatz aufgetaucht.

Gegen fünf Uhr kam sie durch die Hintertür in die Küche, mit Laufmaschen in beiden Strümpfen. Im Saum ihres weißen Leinenkleides hatten sich Dornen verfangen. «Mir war schlecht», erklärte sie knapp. «Ich bin nach Yuba City gefahren, bin in den Felsen herumgeklettert und habe einige Zeit lang die Strudel im Feather beobachtet.»

«Sidell hat angerufen», sagte Lily. «Und Ryder.»

«So, so.» Martha drehte den Wasserhahn über dem Waschbecken auf und spritzte sich Wasser über das Gesicht und die Arme. «Ich habe eine tote Klapperschlange in einem Tümpel gesehen», sagte sie schließlich und griff nach einem Papiertuch. «Sie war völlig aufgedunsen.»

Als Ryder Channing um sieben Uhr wieder anrief, sagte Martha erst, daß sie nicht da sei, dann, als Lily zögerte, stellte sie ihr Glas ab, griff über den Tisch, fischte sich eine Zigarette aus Lilys Tasche und nahm ihr den Hörer aus der Hand.

«Das stimmt, war ich nicht», sagte sie. «Es ging mir nicht gut.»

Sie klemmte sich den Hörer zwischen Kopf und Schulter, zündete sich eine Zigarette an und schnitt eine Grimasse in Julies Richtung, die mit roter und blauer Ölkreide eine an Everett adressierte Standard-Oil-Broschüre bemalte. «Ich habe einfach nicht angerufen, das ist alles.»

«Ich versuche nicht, dir etwas anzutun, Ryder», fügte sie nach einer Pause hinzu. «Das ist Teil deiner *Egozentrik*, daß du denkst, alles was ich tue, ist absichtlich darauf angelegt, dir auf die Nerven zu gehen. Ich bin nicht hingegangen, ich habe nicht angerufen, und das ist alles. Es hat nichts mit dir zu tun.» Sie machte eine Pause, drehte ihr Gesicht zur Wand. «Ryder, ich hatte Angst. Ich *weiß* nicht warum. Ich hatte einfach Angst.»

«Na schön», sagte sie schließlich. «Ich habe dich nie darum gebeten, mir einen Job zu besorgen. Ich habe dich nie um irgend etwas gebeten, außer um ein kleines bißchen Verständnis, und mir ist völlig klar, daß du unfähig bist, irgend jemandem irgend etwas zu geben. Alles, was du kannst, ist Leute *benutzen*.» Sie drückte ihre Zigarette aus, nahm Julies Hand und drückte sie fest. Julie sah Lily an, und Lily schüttelte den Kopf. «Ich weiß, daß ich *nicht* weiß, was du davon hast, wenn ich einen Job habe. Ich weiß nicht, was in deinem Kopf vorgeht. Ich weiß nur, daß du etwas davon hast, sonst hättest du mich nicht dazu gedrängt. Dauernd drängst du mich zu etwas und benutzt mich, und ich bin fertig mit dir.»

«Fertig», wiederholte sie.

«Diese Tour zieht bei mir nicht mehr, Ryder Channing. Die habe ich schon mal gehört. Du wirst mir nicht fehlen, nichts von dir wird mir fehlen, und ganz oben auf der Liste der Dinge, die mir nicht fehlen werden, steht genau das.»

Sie legte auf, nahm ihren Drink und ging nach draußen.

Obwohl das Thema beim Abendessen nicht angesprochen wurde, erklärte Martha Everett später, daß der Job in der ersten Woche in Ordnung war, ihr dann aber zu kompliziert wurde. Die Telefone lenkten sie ab, und es gab eine riesengroße Uhr mit einem Sekundenzeiger, der niemals anhielt. Sidell bestand darauf, daß die Zuschauerpost am Tag ihres Eingangs erledigt werden mußte, und oft hatte sie keine Ahnung, wie sie die Fragen der Zuschauer beantworten sollte. Vorige Woche hatte sie Sidell auf dem Flur angesprochen und ihn etwas gefragt, weil sie beantworten sollte, warum der Sender nicht Kukla, Fran und Ollie bringe. Sidell habe sie von oben bis unten gemustert und dann gefragt, ob sie noch nie etwas von Programmen und Programmaustausch gehört habe. Sie versuchte, ihm zu erklären, daß sie natürlich schon davon gehört habe, daß ihr diese einfache Antwort nur leider nicht eingefallen sei – aber er war schon weitergegangen, und natürlich wollte sie ihn nie mehr etwas fragen. Statt dessen ging sie dazu über, komplizierte Anfragen auszusortieren und in eine Schublade ihres Schreibtischs zu legen, mit der Absicht, die Antworten später herauszufinden, aber die Tage vergingen, und die Briefe waren immer noch nicht beantwortet, und jetzt würde Sidell sie finden, und sie konnte einfach nicht wieder hingehen. Es wäre gegangen, wenn sie die Briefe hätte nehmen und irgendwo anders beantworten können, aber im Büro gebe es kein Entkommen vor diesen Uhren. Unsinn, natürlich wisse sie, daß Uhren gehen müssen, sie wisse, daß sie eine Uhr brauchten. Aber sie könne nicht arbeiten, wenn sie jede Sekunde sehe. Wenn jede Sekunde angezeigt werde, müsse sie einfach hinsehen, und da die Sekunden lautlos tickten, ertappe sie sich dabei, daß sie das Geräusch in Gedanken nachmache. Everett, der Marthas Job für eine gute Idee gehalten hatte, weil er fand, daß Marthas Tagesablauf ziellos war, schlug Martha vor zu verreisen. Martha wollte nicht.

Für den Rest der Woche weigerte Martha sich, ans Telefon zu gehen, ihre Post zu öffnen oder die Ranch zu verlassen, noch nicht einmal für die Hochzeit am Flußdelta, bei der sie als Brautjungfer eingeladen worden war. Sie sei sich sicher, erklärte sie Everett und Lily, daß die vierhundert geladenen Gäste, zwei Blumenmädchen und sieben übrigen Brautjungfern es auch ohne ihren Einsatz schaffen würden, Molly Bee zur Aufgabe ihrer Jungfernschaft zu treiben. Daraufhin verließ Everett das Haus, er sprach weder mit Martha, noch zog er sich für die Hochzeit um, und schließlich war Lily allein und zu spät zu Molly Bees Empfang gegangen, wo sie versuchte, Martha und Everett zu entschuldigen, neun Gläser Champagner in einer Stunde und fünfzehn Minuten trank, von ihrer Mutter gewarnt wurde, daß sie zu Recht Kopfschmerzen bekommen werde, und zwei Brautführer küßte. Einer von beiden, Molly Bees Cousin aus Tulare, bestand darauf, daß sie in ihrem Zustand nicht mehr fahren könne und daß er sie, später, nach Hause fahren würde. Daß er morgen wieder nach Tulare zurückfahren würde, verlieh ihm, als sie ihn im Auto küßte, etwas sehr Vielversprechendes: Sie konnte ihn dazu bringen, sie zu wollen, und ihn dann nie wiedersehen, alle Möglichkeiten blieben unverändert, weder seine Fehler noch ihre würden je offenbart werden. *Du tust mir gut,* flüsterte sie und meinte es genau so.

Als sie, nach zwei Uhr morgens, nach Hause kam, saß Everett in ihrem Schlafzimmer im Sessel, trank ein Bier und blätterte in einer alten Nummer von *Life*. Obwohl sie versuchte, ihm zu erzählen, wer alles auf Molly Bees Hochzeit gewesen war, schien es ihn nicht zu interessieren, und als er das rosa Kleid hochnahm, das sie aufs Bett geworfen hatte, und erst die unübersehbaren Falten in dem Rock und dann sie ansah und dann das Kleid auf die Erde fallen ließ und nach unten ging, legte sie sich im Slip auf die Bettdecke und machte das Licht aus: Sie war hingegangen und hatte ihn wieder einmal verloren, ohne Grund, ohne jeden Grund. Da sie Kopfschmerzen hatte, weil sie Champagner und, im Auto, mit Molly Bees Cousin, Gin getrunken hatte, und weil sie dachte, daß Everett doch kommen würde, wenn sie ihm sagte, daß ihr schlecht sei, ging sie nach einer Weile auf die Treppe und rief nach ihm. «Geh schlafen», sagte er, ohne sich zu rühren.

Am nächsten Morgen kam für Martha ein Brief von dem Fernsehsender, aber Martha schob ihn ungeöffnet in eine Schublade, wo Lily ihn nach ihrem Tod fand. Er enthielt nur einen kurzen Brief von Sidell, in dem er sein Bedauern über ihre Krankheit ausdrückte, und einen Scheck für die acht Tage, die sie gearbeitet hatte.

19

Am 18. Dezember 1948, um zehn Uhr dreißig, als Martha eine vierte Tasse Kaffee trank und wünschte, sie hätte das Kreuzworträtsel noch nicht gelöst, entdeckte sie auf der Gesellschaftsseite des *San Francisco Chronicle* die Verlobungsanzeige von Ryder Channing mit einer Miss Nancy Dupree aus Piedmont. Nachdem sie die Anzeige aus dem *Chronicle* herausgerissen und in der Tasche ihres Pullovers verwahrt hatte, packte Martha – zusammen mit ihrer Visitenkarte, *Miss Martha Currier McClellan, McClellan's Landing*, sollte Miss Nancy Dupree ruhig raten, wer das war – eine Silberschale ein, die Channing einmal bewundert hatte. Es war eine kleine Schale von ihrer Mutter, nach Mildred McClellans Angaben bei Shreve's in San Francisco angefertigt, mit dem Monogramm M. C. McC. In eine kleinere Schachtel legte sie eine weitere Visitenkarte, zusammen mit ihrem Schlüssel zu Channings Apartment in Sacramento, den sie mit Tesafilm über ihren Namen klebte.

Gegen Mittag hatte sie beide Päckchen fertig und fuhr zur Hauptpost nach Sacramento. Auf dem Weg dorthin hielt sie bei der Bibliothek und schlug die Adresse in Piedmont im Telefonbuch von Oakland nach. Außerdem fand sie in der Bibliothek, im Jahrbuch der Universität von Kalifornien, mehrere Fotografien von Nancy Dupree, Abschlußjahrgang 1947, sie war nicht nur zum «Goldkind» ihrer akademischen Vereinigung gekürt worden, sondern auch zum «Herzblatt der Ehemaligen». Als Hauptfach war Studium Generale angegeben. Sie kam Martha etwas weniger blond als sie selbst vor, aber dafür etwas hübscher, und als Martha die Fotos betrachtete, fiel ihr ein, daß sie das Mädchen auf einer Party in Piedmont kennengelernt hatte, auf die Ryder sie mitgenommen hatte. Ihr war lediglich der Name entfallen. Es war wieder eine Party, auf der sie zuviel getrunken hatte, eine Party, auf der sie keinen Menschen kannte. Ryder schien alle zu kennen; Ryders wahre Berufung sei es, hatte sie einmal Everett erklärt, sich namentlich an alle Menschen, die er kennenlernte, zu erinnern und von allen wiedererkannt zu werden. An jenem Abend hatte sie sich irgendwann auf der Toilette eingeschlossen, lange ihr Spiegelbild angestarrt und war sich selbst fremd gewesen (*Du bist Martha McClellan*, versicherte sie ihrem Spiegelbild mehrmals hintereinander, und weinte dann, weil sie nicht die Martha McClellan sah, die sie sehen wollte), und als sie wieder hinunterging, hatte sie zwei Fremden, einem hübschen Mädchen und deren Mann, die beide höflich versuchten, sie in ein Streitgespräch einzubeziehen, in dem es darum ging, ob Ernie Heckscher beim Debüt der Gastgeberin gespielt habe oder nicht, gesagt, daß ihr schlecht sei. «Komm, setz dich eine Minute hin», sagte das hübsche Mädchen und sah erst Martha an und dann ihren Mann, aber dann sah Martha Ryder, der neben dem Klavier stand, einen Arm um ein Mädchen in einer Liberty-Batistbluse gelegt hatte und «As Time Goes By» sang, und sie rannte ins Schlafzimmer, zerrte ihren Pullover unter einem Berg marineblauer, roter und tannengrüner Blazer hervor und verließ das Haus. *Nur zu,* schrie sie Ryder an, der ihr hinterherkam, als sie zum Auto ging. *Geh ruhig wieder rein und spiel die Spielchen, die du spielen willst. Denk ja nicht, daß ich es nicht sehe.* Jetzt konnte sie sich nicht mehr daran erinnern, was sie damals gesehen zu haben glaubte, nur daß sie zufällig einmal richtig gelegen hatte; denn das Mädchen am Klavier, das «As Time Goes By» gesungen hatte, das Mädchen in der Batistbluse von Liberty, das Ryder früher am Abend gefragt hatte, ob sie mit ihm am Sonntag für eine Runde Scotch, zu viert, im Claremont Country Club rechnen könne, war Nancy Dupree gewesen. *Denk ja nicht, daß ich es nicht merke,* hatte Martha damals noch in der Einfahrt geschrien, als Ryder ihr die Autoschlüssel wegnahm. Obwohl sie nicht laut geschrien hatte, schubste er sie ins Auto und gab ihr eine Ohrfeige. Ihr erster

Gedanke war, daß das Auto Everett gehörte und daß Ryder kein Recht hatte, sie in Everetts Auto zu schlagen, aber ihr zweiter Gedanke war, daß Everett sie mit Sicherheit genausowenig liebte wie Ryder, und während der zweistündigen Fahrt nach Sacramento drückte sie sich steif an die Tür und versuchte zu überlegen, wie sie beide am meisten verletzen könnte. Am Ende entschied sie sich dafür, die Nacht in Ryders Apartment zu verbringen; eine Kränkung Everetts, die ihm entging, weil er sowieso angenommen hatte, daß sie in Piedmont übernachten würde.

Je mehr sie sich an den Abend erinnerte («Du bist die beste Freundin von Ryder im Valley», hatte das Mädchen zu Martha gesagt und dabei Ryder angelächelt, «ich habe schon viel von dir gehört»), um so unsympathischer wurde ihr jetzt Ryder, und sie hatte vor Haß Bauchschmerzen, gab der Bibliothekarin das Jahrbuch zurück, ging über die Straße zum Postamt, wartete zehn Minuten in der Schlange und gab den Schlüssel für Ryder und die silberne Schale für Nancy Dupree am Schalter auf.

Von den Päckchen befreit, wollte sie über die Plaza zurück zum Auto gehen, aber weil ihr etwas schwindlig war und sie sich ein bißchen dumm vorkam, blieb sie stehen, setzte sich auf den Rand des Springbrunnens, rauchte zwei Zigaretten und kaute, weil ein alter betrunkener Mann fast unter der Fontäne lag, eine von den Phenobarbital-Tabletten, die der Arzt ihr dreimal täglich verordnet hatte. Über die J-Street waren beleuchtete Weihnachtsgirlanden gespannt, und als das Phenobarbital zu wirken begann, vergaß sie Ryder und wünschte sich plötzlich, ihr Vater würde noch leben und Sarah zu Weihnachten nach Hause kommen. So wie Lily Weihnachten handhabte, fehlte etwas an Weihnachten, obwohl sich alle große Mühe gaben, es nicht zu zeigen, und obwohl Edith Knight für ein paar Tage zu Besuch kam, alles in Sichtweite festlich schmückte, Strümpfe für Knight und Julie aufhängte und China Mary bei der Zubereitung riesiger Mengen von Eggnog half, auch wenn nie jemand zu Besuch kam, der ihn trank.

Sie war erst ein paar Minuten wieder auf der Ranch, als Ryder sie aus einer Bar anrief. Sie wußte, daß er in einer Bar war, weil sie eine Musikbox hörte.

Was für eine Überraschung. Herzlichen Glückwunsch.

Oh, sagte er. Er rufe an, um zu hören, ob sie zu Hause sei. Er habe vorgehabt herauszukommen, um es ihr persönlich zu erzählen. Er habe nicht damit gerechnet, daß sie die San Franciscoer Zeitungen lesen würde.

Nein, natürlich habe er nicht damit gerechnet, daß sie die San Franciscoer Zeitungen las. In den vergangenen viereinhalb Jahren sei er ja auch nur eintausendeinhundertvierzigmal auf der Ranch gewesen, und da könne man nicht erwarten, daß er von ihrem Abonnement der San Franciscoer Zeitungen wisse. Es sei ja auch nicht bequem, einen Gedanken daran zu verschwenden, wie das Leben weiterging – zum Beispiel, daß Zeitungen geliefert wurden, daß Zeitungen gelesen wurden –, wenn man damit so gar nicht rechne, nicht wahr? Aber keine Sorge. Es sei alles sehr, sehr gut so, und sie habe gerade vor einer Stunde ihre guten Wünsche an Miss Nancy Dupree abgeschickt, dieses vom Schicksal so äußerst begünstigte junge Mädchen. Das sei doch wahrscheinlich dieselbe Miss Nancy Dupree, die von ihren Freundinnen von der East Bay Junior Assistance League «Bugsy» genannt wurde? Na ja. Spitznamen. Niedlich wie ein Käfer. Jedes Mädchen, das sich Bugsy nennen ließ, müsse einfach Sinn für Humor haben. Eine *Kleinigkeit* noch. Sie könne nicht anders, sie müsse immer daran denken, warum er ihr seine Überraschung nicht gestern abend mitgeteilt habe, da seine Pläne doch mehr oder weniger festgestanden haben mußten. Natürlich waren sie gestern abend mit dem Sortieren seiner Wäsche sehr beschäftigt gewesen, sie mußten die Rasierklingen suchen, die sie vorgestern mitgebracht und verlegt hatte, und den Bittbrief für die Verlängerung seines Kredits bei der Wells Fargo Bank tippen. Da sei keine Minute für seine große Überraschung übriggewesen, oder? Oder vielleicht hatte er es zu dem Zeitpunkt noch gar nicht gewußt. Vielleicht hatten er und Bugsy sich erst später am Abend bei einem Ferngespräch entschieden, und Bugsy hatte sich dann ihren tannengrünen Blazer übergeworfen und war mit der Nachricht gleich zum *Chronicle* geeilt. Was für ein Zufall, daß sie sich noch rechtzeitig genug entschieden hatten, um in die Valley-Ausgabe zu kommen.

Er wisse nicht, warum er sie überhaupt angerufen habe. Er hätte wissen müssen, daß sie sich unweigerlich albern aufführen würde, so wie jetzt. Sie benehme sich zuverlässig wie eine taktlose, mißgünstige kleine Göre.

Oh. Er hatte also getrunken. Er müsse ja sehr stolz auf sich sein. Sie wisse, daß er getrunken hatte, sonst hätte er nicht den Mut gehabt, sie überhaupt anzurufen. Egal, ob betrunken oder nicht, es lohne sich nicht, sich über seinen Charakter bei ihrer Familie zu beschweren. Und bei seiner Familie auch nicht, wo immer die sein mochte. Und was sein Talent betreffe, auf das er so stolz sei, sie könne aus dem Haus gehen und es sich von dem erstbesten Pflücker, der ihr über den Weg laufe, besser besorgen lassen. Ohne seine Spielchen.

Du kannst mich mal.

Aber, mein Gott, Baby. Eine, die sich Bugsy nennen läßt.

Obwohl sie die Anzeige aus der Zeitung herausgerissen hatte, damit Everett und Lily sie nicht sahen, würden sie bis Sonnenuntergang sowieso davon erfahren haben. Jeder am Fluß las die San Franciscoer Zeitungen. Sie wollte nicht, daß sie es wußten, weil sie nicht wollte, daß über Ryder schlecht gesprochen wurde. Objektiv betrachtet, und Martha bildete sich auf ihre Betrachtungsweise etwas ein, hatte sich Ryder nicht das mindeste zuschulden kommen lassen. Ryder war einfach so, wie er war, und sie hatte gewußt, wie er war. Daß sie trotzdem, obwohl sie es wußte, mit ihm gegangen war, bedeutete, daß sie die Verantwortung dafür übernehmen mußte. *Ich bin alt und intelligent genug, um zu wissen, worauf ich mich einlasse,* hatte sie vor drei Jahren zu Everett gesagt, wie davor schon zu Lily und sogar zu ihrem Vater, wenn auch nicht in genau diesen Worten. Dieses Wissen war ihr in den vergangenen zwei Jahren so in Fleisch und Blut übergegangen, daß sie noch nicht einmal überlegt hatte, Ryder zu heiraten, es sei denn in Form eines düsteren Vertrags, den sie miteinander schließen könnten, wenn alles andere fehlschlagen sollte, ein Ritual ohne Trauzeugen, bei dem sie die Augen abwenden würden, eine standesamtliche Zeremonie, die eher etwas von den unheimlichen Ritualen einer Schwarzen Messe hätte. Doch wider besseres Wissen hatte sie, jedesmal wenn er lächelte, seine Hand auf ihren Nacken legte und sagte: *Wessen Mädchen?*, zurückgelächelt: *Dein Mädchen.*

Da sie Lily und Everett aus dem Weg gehen wollte, blieb sie den Nachmittag über in ihrem Zimmer und versuchte, eine Liste von Ryders Tugenden aufzustellen, um auf die Wahrscheinlichkeit, daß ihm irgend jemand sämtliche Tugenden absprechen würde, vorbereitet zu sein. Ryder liebte kleine Kinder, zumindest dann, wenn sie sauber und hübsch waren. Er machte gern Geschenke. Einmal war er in einem Rutsch von Los Angeles zur Ranch gefahren, um rechtzeitig zu ihrem Geburtstag da zu sein. Manchmal, wenn er dachte, sie schlafe, küßte er ihr Ohr und flüsterte, daß er sie liebe, obwohl beides sehr selten vorkam, wenn er dachte, daß sie wach sei. (Das war jedoch ein Argument, das sich nicht groß anführen ließ, ebensowenig wie die Tatsache, daß er auf einer Party einmal einen Betrunkenen k. o. geschlagen hatte, einen Mann, den sie nicht kannten, weil der mit dem Finger auf Lily gezeigt und gesagt hatte: *Die da ist hier am schnellsten flachzulegen, ich erkenne sie immer, sie haben so etwas Verängstigtes in den Augen.* Sie hatte Ryder erklärt, daß ihr das um Everetts willen gefallen hätte.) Er fragte sie immer, ob seine Krawatte auch zu seinem Jackett paßte, äußerte seine Bedenken über die korrekte Länge ihrer Röcke und war einmal um vier Uhr morgens aufgestanden, um in Sacramento bis zum Mittag jedes Flugzeug abzuwarten in der Hoffnung, sie werde an jenem Vormittag von Carmel nach Hause zurückfliegen.

Wieder objektiv betrachtet, hatte sie nichts gefunden, was sich als echte Tugend beschreiben ließe, aber bis sechs Uhr abends waren ihr so viele Dinge eingefallen, die ihr einmal gefallen oder Spaß gemacht hatten, daß sie den Kopf auf die Knie legte und über den Verlust von Ryder Channing weinte, auch wenn sie ihn noch so oft angeschrien hatte, er solle endlich abhauen.

Als sie sah, daß die Kerzen im Eßzimmer brannten, wußte sie, daß Lily sie gehört hatte. Natürlich hatte Lily sie gehört, die Kerzen angezündet, eine Flasche Wein aus dem Keller geholt und China Mary gebeten, ein paar Artischocken auf den Tisch zu bringen, da Martha sie gern aß. Lily und ihre Mutter waren beide sehr gut im Anzünden von Kerzen. Der Fluß konnte über die Ufer treten, die Scheune in Flammen stehen, ein entflohener Sträfling sie alle als Geiseln halten: Lily und Edith Knight würden unweigerlich im Eßzimmer sitzen, über Silberbesteckmuster plaudern und fragen, ob der Sträfling auch einen trockenen Weißwein statt eines Rotweins zum Braten nehmen würde. Dieses Verhalten war derart ausgeprägt, daß einen die Vorahnung einer bevorstehenden Katastrophe beschlich, sobald Lily betont häuslich und zuvorkommend wurde.

Sie vermied Lilys Blick und erklärte Lily und Everett, noch bevor die Artischocken serviert wurden, daß sie es seit Monaten gewußt habe. Sie habe es nicht nur seit Monaten gewußt, sondern sie sei auch sehr froh darüber. Wirklich. Genau das, was Ryder brauche. Natürlich habe sie sie kennengelernt. Sie habe sie vor einem Jahr kennengelernt und damals gleich gehofft, daß Ryder sie heiraten werde. Lily müsse sie unbedingt kennenlernen. Sie werde Ryder bitten, mit ihr herzukommen.

Lily war sich nicht ganz sicher, aber sie glaubte, daß sie die ältere Schwester in ihrem Jahr in Berkeley kennengelernt hätte. Sally Dupree. Mitglied einer sehr angesehenen akademischen Vereinigung, wohnte in der Gegend von Piedmont. Ob das die Familie sein könnte, überlegte sie.

Das sei die Familie.

Also Geld.

Geld aus dem Baugewerbe, mutmaßte Everett. Kriegsgewinnler. Er verwechselte die Familie mit dem Spekulanten Henry Kaiser.

Sie hätten, korrigierte Lily ihn, nichts mit Henry Kaiser zu tun. Baugewerbe sei richtig, aber nicht Henry Kaiser. Keine *Schiffe*. Und obwohl ihr vollkommen klar sei, daß die Dupree Development Inc. im und seit dem Krieg groß geworden sei, seien die

Duprees 1940, als sie Sally kannte, noch nicht im Straßenbau gewesen.

Ob Schiffe oder Straßen, Martha schätzte, daß Nancy Dupree im Fairmont wahrscheinlich in einem weißen Kleid von Elizabeth Arden aufgetreten war.

Da war Lily nicht sicher. Diese Bautypen seien ein bißchen anders, besonders die von der East Bay. Sie hießen schließlich nicht Crocker oder Spreckels.

Nein, bestätigte Martha, das nicht. Sie hießen in der Tat weder Crocker noch Spreckels, noch so ähnlich. Was für eine Offenbarung, Lilys plötzliche Kenntnis der San Franciscoer Gesellschaft. War es möglich, daß Lily zufällig eine Ausgabe des San Franciscoer Gesellschaftsverzeichnisses von 1948 hatte?

Zerbrich dir darüber nicht den Kopf, sagte Lily. Denk nicht darüber nach. Wie auch immer. Sally Dupree, die Schwester, sei jedenfalls der gleiche Typ Mädchen wie diese Freundin von Everett, die Tennis spielte. Alice Soundso.

Annis, sagte Everett. Annis McMahon.

Sie habe doch gewußt, daß es so ähnlich wie Alice war.

Vielleicht, schlug Everett vor, würde Martha gern eine Reise machen.

Eine Reise. Immer wenn Everett nicht wußte, was er mit ihr machen sollte, drängte er sie, eine Reise zu machen. Eine Reise ist immer das Beste.

Sie könnte doch, drängte Everett trotzdem, Sarah in Philadelphia besuchen. Sarah könnte mit ihr nach New York fahren, und sie könnte sich neue Kleider kaufen und ins Theater gehen.

Philadelphia sei nicht gerade ein weltweit anerkannt idealer Winterferienort, gab Martha zu bedenken. Die smarte San Franciscoer Gesellschaft – die Crockers, die Spreckels' und solche Leute – überwinterten ihres Wissens dort schon seit Jahren nicht mehr.

Vielleicht die Inseln, sprang Lily ein. Auf Honolulu seien im Moment alle möglichen Leute, die Martha kannte, und amüsierten sich prächtig. Vielleicht könnte sie zusammen mit Francie Templeton im Januar die *Lurline* nehmen.

Für sie sei das alles, sagte Martha, wie Del Paso Heights.

Ein Witz, erklärte Lily Everett. Ein komischer Witz, den sein Vater mal gemacht habe.

Da gerade von komischen Sachen, die Leute so sagen, die Rede war, wollte Martha etwas Komisches erzählen, was Nancy Dupree an dem Abend gesagt hatte, als sie sie zum erstenmal gesehen hatte. Auf einer Party in Piedmont. Nancy (die, wie Lily und Everett wissen müßten, «Bugsy» gerufen wurde, genau, Käfer, Bugsy Dupree) hatte ihr gesagt, die einzige Linie, mit deren Flotte man den Pazifik überqueren könne, seien die *American President Ships*, weil sie proppevoll mit faszinierenden Menschen seien – japanische Ingenieure und solche Leute.

Habe sie doch gewußt, erklärte Lily. Sie sei genau wie ihre Schwester, und beide seien genau wie diese Alice McMahon.

Annis. Annis McMahon.

Na schön. Sei auch egal. Sie würde genau so etwas sagen. Sie würde auch von den japanischen Ingenieuren schwärmen, die man auf den Schiffen der American President Line kennenlernen konnte.

Was denn an japanischen Ingenieuren so schlimm sei, wollte Everett wissen. Wenn man mit dem Schiff nach Japan fahre, gefielen einem doch wahrscheinlich Japaner.

Everett verstehe nicht, worum es gerade gehe, sagte Lily. An japanischen Ingenieuren sei überhaupt nichts auszusetzen. Es gehe nur darum, daß ein bestimmter Typ Mädchen solche Sätze sage. Sally Dupree. Die Tennisspielerin.

Everett konnte sich nicht erinnern, daß Lily Annis McMahon überhaupt kennengelernt hatte.

Doch, sie kenne sie. Und Martha auch, wenn sie sich nicht irrte. Hatte Martha nicht Annis McMahon kennengelernt?

Martha wußte es nicht. Vielleicht.

Sie blickte nicht auf, sie sah auf ihre Hände, die auf dem Tisch lagen, als wäre sie so gelangweilt, daß ihr keine Antwort einfiel.

Als Lily aufstand, um Knight und Julie ins Bett zu bringen, zündete Martha sich eine Zigarette an einer Kerze an und blies dann eine nach der anderen aus.

«Ein Brandy wäre jetzt nicht schlecht.»

«Wir haben zu dritt zwei Flaschen Wein getrunken.»

«Das ist nicht das gleiche, Everett. Hol die Flasche.»

«Du trinkst zuviel.»

«Also, hör mal, Everett. Manchmal trinke ich zuviel. Manchmal trinkst du zuviel. Francie Templeton ist praktisch der einzige Mensch, den du kennst, der immer zuviel trinkt.»

«Im Moment bist du ziemlich blau.»

«Stimmt», sagte Martha leidenschaftslos und kratzte mit dem Fingernagel Wachs vom Tischtuch.

«Ich habe Channing nie gemocht», sagte Everett plötzlich. «Ich fand es nie richtig, daß du mit ihm zusammen warst.»

«Everett. Ryder Channing ist und bleibt mein bester Freund.» Sie schob ihren Stuhl zurück und stand auf. «Jetzt laß uns zusammen ein paar Weihnachtslieder singen.»

Everett stand hinter ihr am Klavier und sang den Refrain von «Es kommt ein Schiff, geladen», während sie mit der rechten Hand auf die Tasten tippte.

Sie spielte weiter, als sie unvermittelt sagte: «Weißt du noch, daß wir vor Sarahs Heirat Weihnachten immer nach Carmel gefahren sind?»

«Ja», sagte er. «Ich weiß.»

«Erinnerst du dich, daß wir erst zum Friedhof gefahren sind und einen Stechpalmenzweig auf Mutters Grab gelegt haben, und dann weiter nach Carmel?»

«Ich weiß», wiederholte er. «Warum?»

«Es war schön damals, mehr nicht.»

Martha spielte immer wieder dieselbe Melodie: *Es kommt ein Schiff, geladen bis an sein höchsten Bord, trägt Gottes Sohn voll Gnaden, des Vaters ewigs Wort.* Da sie das Licht nicht angeknipst hatte, flackerte das Zimmer im Schein des Kaminfeuers und der bunten Weihnachtsbaumkerzen.

«Ich muß immer daran denken, wie schön es Weihnachten

war, mehr nicht.» Sie hörte auf zu spielen. «Ich habe immer gedacht, wir beide, du und ich, würden gegen Sarah und Daddy zusammenhalten. Weil sie sich an Mutter erinnern konnten und du eigentlich nicht. Ich habe mir immer vorgestellt, daß sie denken, sie wäre nicht gestorben, wenn ich nicht gewesen wäre.»

«Das hättest du nicht denken dürfen», sagte Everett gedankenverloren und legte seine Hand auf ihren Scheitel.

«Trotzdem habe ich es gedacht. Und wir haben immer in dem Haus auf dem Kliff gewohnt?»

«Das Haus gehörte Aunt Grace.»

«Ich dachte, es hätte uns gehört. Ich habe es gesucht, als ich im vergangenen Jahr dort war, aber ich konnte es nicht finden. Und du hast mich immer nach oben ins Bett getragen?»

«Das hatte ich vergessen.»

«Aber das hast du gemacht.» Als sie sich umdrehte und ihn ansah, fiel seine Hand von ihrem Scheitel auf ihre Schulter. *«Wirklich, das hast du gemacht.»*

«Ich erinnere mich jetzt, Baby.» Sie drehte sich wieder zu den Tasten und schlug erneut die Noten an. *Zu Bethlehem geboren im Stall ein Kindelein.*

«Und weiter?» sagte er.

«Nichts weiter.» Sie schüttelte seine Hand ab. «Das Klavier muß *gestimmt* werden.»

Weil Everett gesagt hatte, sie solle unter Menschen gehen und sich ein paar neue Kleider kaufen, tat sie das. Zwischen Weihnachten und Silvester ging sie jeden Abend auf Parties, und am ersten Arbeitstag des Jahres 1949 fuhr sie nach San Francisco und belastete bei Magnin's Lilys und ihr Konto mit 758,90 Dollar. Sie kaufte nicht im sechsten Stock ein, wo sie und Lily sonst einkauften, da sie nicht den Eindruck hatte, daß sie es mit der Kleidung, die die Lautsprecherstimme im Lift als ‹Marima Junge Mode› anpries, bis jetzt weit gebracht hatte, sondern im dritten Stock, wo es nichts von der Stange gab und die Etiketten mit ihren Designernamen so übergroß und beeindruckend waren, daß sie für sich allein ausgestellt werden konnten, bestickt wie sie waren, mit eindrucksvoll teuren Namen wie *Traina-Norell für I. Magnin*. «Etwas Ausgefallenes», sagte sie der Verkäuferin und kehrte am Abend mit einem roten Mantel, einem kleinen Abendkleid aus weißem Chiffon, zwei Slips aus schwarzer Spitze und einem weißen Abendkleid aus Seide mit applizierten Seidenschmetterlingen, das genau die helle Farbe ihres Haars hatte, nach Hause zurück. Das Kleid mit den Schmetterlingen hatte 250 Dollar gekostet und war explizit für den zweiundzwanzigsten Januar gedacht, den Tag, an dem Ryder Channing Nancy Dupree heiraten würde. Obwohl Everett 250 Dollar für ein kleines Kleid mit ein paar aufgenähten Schmetterlingen reichlich viel fand, mußte er zugeben, daß es wirklich ausgefallen war, und als sie das Kleid am Tag der Hochzeit zum erstenmal anzog, versicherte er ihr, sie habe noch nie so hübsch ausgesehen. Da Lily und die Kinder Grippe hatten und Everett bei ihnen bleiben wollte, fuhr Martha allein zur Hochzeit, im Auto probte sie laut die Sätze, die sie sagen würde. *Ryder ist ein Glückspilz. Sie ist sehr schön. Ich bin beschäftigter denn je.* Doch als sie in Piedmont ankam, hatte sie alles vergessen; ihre Hände auf dem Steuer zitterten, und als sie an der Kirche vorbeifuhr, fühlte sie sich außerstande hineinzugehen. Da sie noch keinen Parkplatz hatte, würde sie ohnehin zu spät kommen, außerdem bekam man in der Kirche sowieso nie mit, wer alles da war. Sie würde durch die Gegend fahren, sich sammeln, und wenn sie dann zum Empfang ging, würde sie sich wieder gefaßt haben. Daraufhin ging es ihr gleich besser, aber als sie zum Empfang fuhr, zitterten ihre Hände wieder, und sie blieb zehn Minuten auf dem Parkplatz des Claremont Country Clubs sitzen, legte Lippenstift auf, wischte ihn wieder ab, versuchte, sich eine Haarsträhne zurückzuschieben, die ihr immer wieder ins Gesicht fiel, und rauchte eine Zigarette nach der anderen. Doch als sie erst einmal drinnen war, ging es. Alle sagten, wie fabelhaft sie aussehe, und sie küßte Ryder auf die Wange und sagte, sie finde seine Braut und seine Schwester (die sie gerade kennengelernt hatte und deren ziemlich armseliges Kleid sie mit Genugtuung registrierte) bezaubernd; sie trank viel Champagner und tanzte mit allen – das Kleid war dafür wie geschaffen, die Schmetterlinge schienen zu flattern, und sie verabschiedete sich mit einem Mann, der um die Vierzig war und eine Suite im Claremont-Hotel gemietet hatte. Dort blieb sie bis vier Uhr morgens; als sie aufwachte, sagte sie ihm, sein Anblick ekle sie an, seine Art zu sprechen ebenfalls, sie ekle sich selbst an, und sie sei keinen Deut besser als Lily. Wer ist Lily, wollte er wissen; *meine Schwester*, sagte Martha, *und du darfst noch nicht mal ihren Namen in den Mund nehmen.*

Ich bin beschäftigter denn je, hatte sie auf der Hochzeit erzählt, und so war es. Obwohl weder sie noch Lily jemals Mitglied der Debütantinnenliga gewesen waren, gehörte Martha jetzt vorübergehend dazu, verbrachte jeden Abend und die meisten Nachmittage in der Stadt und hatte im Februar zwei Heiratsanträge von zwei Jungen bekommen, mit denen sie aufgewachsen war. Mit drei anderen war sie im Bett, darunter ein verheirateter Mann, aber nicht der Mann, den sie bei Nancy Duprees Hochzeit kennengelernt hatte und dessen Nachname ihr nicht mehr einfiel. (Sie glaubte, daß er etwas mit Einkaufszentren zu tun hatte, aber sie bekam es nicht mehr zusammen, es ging ihr mit ihm so wie Everett mit Henry Kaiser.) Da die meisten Männer im Moment verheiratet waren, war die Situation klar, und wenn sie ihre Vorzüge und ihre Nachteile gegeneinander aufrechnete, war die Bilanz genauso, wie sie es gehofft hatte – *nada*. Null.

Für diesen einsamen Sieg zerriß sie sämtliche Verbindungen und verbrannte sämtliche Brücken meilenweit in ihrem Umkreis. Sie schloß sogar Ryder in ihre universelle Verachtung ein: Er konnte sie nicht länger berühren. Na bitte, das Glück der Schlacht hatte sich gewendet. Alle anderen waren zivile Opfer gewesen, die irgendwo in Übersee gefallen waren: Doch Channing war ihre Möhnetalsperre, ihr Guadalcanal, ihr Stalingrad. Sie sah sich als Siegerin und verachtete all die Verwundeten; all jene, die liebten oder haßten, begehrten oder nicht begehrten, schadeten sich selbst mit ihrer Liebe, ihrem Haß und ihrer Migräne. Sie bildete sich ein, sie triumphiere und auf dem Banner, das sie vor sich hertrug, stehe: *Noli Me Tangere*.

20

Es war die Zeit der Verheißung für all die, die ein bißchen Land besaßen oder ein bißchen Geld oder wenigstens ein Gespür dafür; es war die Zeit der Verheißung für Ryder Channing, der mit seiner Braut wieder in der Stadt war, nach seiner dreiwöchigen Hochzeitsreise nach Acapulco, und es sollte, dachte Martha, wenn sie abends einschlief, auch für sie eine Zeit der Verheißung werden. Morgens war es am schwersten: Manchmal wollte sie morgens überhaupt nicht aufstehen. Manchmal konnte sie morgens nur aufstehen, wenn sie bereits jede Minute des Tages genau verplant hatte, was sie sehr schnell lernte. Sie ging überall hin, lernte viele Menschen kennen: Architekten, Promoter, Leute, die geeignetes Land für Fabriken suchten, von schiffbaren Kanälen redeten und sich für die staatliche Finanzierung von Stauseen stark machten; Menschen, von deren Existenz weder Everett noch Lily je erfahren hätten, wenn sie nicht von ihnen erzählt hätte. Sie besuchte große Parties in neuen Country Clubs, kleine Parties in neuen Apartmenthäusern und besichtigte fast jeden Nachmittag neues Bauland, das dieser oder jener junge Mann, den sie kannte und der ins Makler- und Grundstücksgeschäft eingestiegen war, zum Verkauf anbot. Obwohl Lily und Everett behaupteten, keine Unterschiede zwischen den vielen kleinen pastellfarbenen Stuckhäusern zu erkennen, belehrte Martha sie eines Besseren. Es komme, erklärte sie, auf die Details an. Manche Architekten verkleideten die Paneele mit Redwoodholz; andere nahmen imitierte Granitverkleidungen für die Türen. In einer Siedlung («Für gehobene Angestellte») gehörte zu jedem Garten ein kleiner nierenförmiger Swimmingpool, ein Badehäuschen und ein säuberlich eingerahmtes Schild mit den «Pool-Regeln»; in den meisten Neubaugebieten wurde allerdings nur ein Gemeinschaftspool, in einigen Fällen als Schwimmclub deklariert, angeboten, der aber immer von einer Sichtblende umgeben war. Robles de la Sierra, ein nördlich der Stadt gelegenes Gebiet, offerierte den Kaufinteressenten die «ROMANTISCHE UMGEBUNG EINER TRADITONEL-

LEN SPANISCHEN LÄNDEREI und KEINE ABWASSERGEBÜHREN und GEHSTEIGE INKLUSIVE»; zur Grundausstattung von Rancho Valley gehörten Bleiglasfenster an der Front der für drei Autos gebauten Garage, bei «gleichbleibender gediegener Qualität FÜR KRIEGSVETERANEN OHNE ANZAHLUNG». Und wenn Lily und Everett auf Unterschiede Wert legten, brauchten sie nur an Riverside City zu denken, dessen besonderes Merkmal in der Konzentration auf die «Planung für den Lebensabend» bestand. Eine weitere Besonderheit von Riverside City sei, daß es von Dupree Developments Inc. angekurbelt wurde, und noch bemerkenswerter sei, daß Ryder Channing seit Februar die Verantwortung für die Ausführung übertragen worden war. Es sei ein viel, viel größeres Projekt, als Ryders Verantwortlichkeit vermuten lasse. Obwohl noch kein einziges der 37000 Häuser, die in Riverside City geplant waren, stand, wurden die 1000 m² großen Parzellen bereits von Grundstücksmaklern überall in den Staaten verkauft, ein künstlicher See befand sich im Bau, und eine vier Seiten starke Zeitschrift, die *Riverside City Sun*, die vom Dupree Building in Oakland verschickt wurde, möbelte allwöchentlich *Esprit & Elan* der zukünftigen Bürger auf. «FRAGE: Obwohl wir zur Zeit in Chicago leben, freuen wir uns an unserem Abonnement der *Sun*, weil wir in naher Zukunft beabsichtigen, uns auf unserem Grundstück ein Haus zu bauen. Meine Frage bezieht sich auf den Plastikuntergrund, der gerade in den Riversidesee eingezogen wird. Wird unser See dadurch nicht künstlich wirken? ANTWORT: *Sie können beruhigt sein. Der Boden wird mit einer 20 cm dicken Sandschicht bedeckt, wenn Sie also nicht gleich kommen, um ihn sich anzuschauen, werden sie ihn nie sehen.* FRAGE: Welche Pflanzen wachsen in Riverside am besten? ANTWORT: *Wir empfehlen Ihnen die Korrespondenz mit den Damen Ada Travers und Bertha King, zwei künftigen Einwohnerinnen und Gründerinnen des Riverside City Gartenclubs. Sie haben bereits eine eindrucksvolle Sammlung von Broschüren der Regierung zur Gartenplanung in dieser Region angelegt. Bei den Damen hat Unkraut keine Chance.*»

Manchmal verkündete Martha beim Abendessen, sie werde auch ein Stück Land erschließen und sie alle miteinander reich machen; an anderen Abenden saß sie bei Tisch, ohne zu essen, und nahm Everett immer wieder das Versprechen ab, daß er und Sarah niemals versuchen würden, ohne sie die Ranch zu verkaufen. Und es gab Abende, an denen sie überhaupt nicht zum Essen kam, sondern in ihr Zimmer ging, im Dunkeln im Bett lag, die Decke über den Kopf zog und tat, als schliefe sie, wenn Everett oder Lily die Tür aufmachten.

Am Abend des sechzehnten März saß Martha um sechs Uhr in der Bar des Country Clubs von Del Paso und überlegte gerade, wie es wäre, im Regen auf dem Golfplatz zu vögeln, während sie Sam Bradley zuhörte, einem der jungen Männer vom Fluß, die ins Makler- und Grundstücksgeschäft eingestiegen waren. Er erklärte ihr gerade, warum er sich Del Paso dafür ausgesucht hatte: Abzugsfähig und eine hohe Gewinnspanne. Obwohl sie seit zwei Stunden in der Bar saßen, hatte Martha kein bekanntes Gesicht gesehen, mit zwei Ausnahmen: das des Barkeepers und das der Frau eines Gynäkologen, deren Foto häufig, oft in Verbindung mit Wohltätigkeitskonzerten für die Oper, in der Presse erschien. «Lernen Sie eine Präsidentin kennen», hieß es immer in den Unterschriften. «Bestens vertraut mit den Tätigkeiten einer Vorsitzenden.» Egal, wie sehr man sich bemühte, es war schwer, im Who Is Who auf dem laufenden zu bleiben, und im großen und ganzen wäre Martha lieber auf dem Golfplatz gewesen, aber es gab immer zu viele Menschen, überall.

Ob Sam hier jemanden kenne, wollte sie wissen.

Das sei doch, verdammt noch mal, egal. Er sei, wie er ihr seit zwanzig Minuten immer wieder versichert habe, einzig und allein daran interessiert, von hier abzuhauen und zum Dinner in das mexikanische Lokal nach Jackson zu fahren.

Sie *liebe* das mexikanische Lokal. Sie habe ihm schon dreimal bestätigt, daß sie das Lokal liebe. Aber Jackson sei fünfzig Meilen entfernt, es habe in den vergangenen drei Tagen ununterbrochen geregnet, und sie habe wirklich keine Lust, in seinem Austin-Healey fünfzig Meilen hin und fünfzig Meilen zurückzufahren.

Sie könnten ein anderes Auto nehmen. Sie könnten das Auto seines Bruders nehmen. Oder ihr Auto. Er habe nicht gesagt, daß sie mit dem verfluchten Austin-Healey fahren müßten.

Da sowohl das Auto seines Bruders als auch ihres fast fünfunddreißig Meilen von Del Paso entfernt abgestellt waren, und zwar in der entgegengesetzten Richtung von Jackson, würde das eine Fahrt von zweimal fünfundachtzig Meilen bedeuten. Überdies wisse sie nicht genau, ob der Mexikaner wochentags geöffnet sei. Zudem werde dort illegal gespielt, und er wolle doch sicher nicht riskieren, bei einer Razzia erwischt zu werden. Das wäre doch nicht gut fürs Geschäft, nicht wahr?

Fahr doch zur Hölle, sagte er. Er werde sich jetzt telefonisch erkundigen.

Gut, sagte sie, tu das, und als Sam den Tisch verlassen hatte, bemerkte sie Ryder Channing, der mit einem dicken Mann mit beginnender Glatze vom Golfplatz kam. Es war das erstemal seit Dezember, daß sie Ryder ohne Nancy Dupree sah, und sie spürte ein leises Unbehagen, daß sie ihn immer noch nicht so betrachten konnte, wie sie andere Menschen betrachtete. *Ryder*, dachte sie, als sie ihn durch die Tür kommen sah, so wie immer, ohne sich sofort eine Meinung zu bilden wie bei anderen Menschen, auf die ihr Blick fiel. Sie hatte sich über Sam Bradley in dem Moment, in dem sie sich von ihm aufgabeln ließ, ein Urteil gebildet, sie hatte sich bereits zwanzig kleine Urteile über den Mann an Ryders Seite gebildet. Aber als sie Ryder sah, dachte sie nur, *Ryder*.

Der andere Mann war, wie sie erfuhr, als Ryder mit ihm an ihren Tisch kam, ein Cadillac-Händler aus dem Valley, der fabelhaft Golf spielte, obwohl Ryder ihn gerade mit 79 zu 88 Punkten geschlagen hatte. Ein großartiges Spiel.

«Der Regen hat Ihr Spiel sicher beeinträchtigt», sagte Martha zu dem Cadillac-Händler.

Er zuckte die Achseln.

«Sie müssen Marthas Vater gekannt haben», sagte Ryder, der Martha nicht ansah.

«Wie heißt Ihr Vater, Marty?»

«John McClellan.»

Der Cadillac-Händler starrte Ryder ausdruckslos an. «Sicher. Klar kenne ich ihn. Ich bin ihm wahrscheinlich im Rotary Club in Sacramento begegnet.»

«Das kann ich mir nicht vorstellen», sagte Martha. «Er lebt nämlich seit 1944 nicht mehr.»

«Tja», sagte der Händler, «1944 war ich noch nicht hier.»

«Wie geht es dir?» fragte Martha Ryder.

«Sehr gut. Du siehst wirklich gut aus.»

«Ich habe viel geschlafen und gut gegessen. Ich habe gehört, daß ihr in dem alten Carmelo-Haus wohnt.»

«Ein Freund von Nancys Familie hat es gekauft und uns überlassen, bis er sich entschieden hat, was er damit machen will. Wir werden selber bauen, sobald Bugsy Baupläne sieht, mit denen sie einverstanden ist.»

«Ein großartiges Mädchen», sagte der Autohändler. «Ein Schatz.»

«Ich habe das Carmelo-Haus immer sehr gemocht.» Martha strich die Handschuhe auf ihrem Schoß glatt. «Einmal haben sie im dritten Stock einen Ball gegeben und die Treppen mit Azaleenblüten geschmückt. Es war einer meiner ersten Bälle.»

«Termiten», sagte der Händler. «Von Termiten zerfressen.»

«Bugsy will einen Flachbau», sagte Ryder.

«Wo ist sie überhaupt?» nörgelte der Cadillac-Händler. «Wo bleiben sie denn?» Und zu Martha gewandt: «Sie ist mit meiner Frau einkaufen gegangen. Mitzi hat gesagt, daß sie uns hier um sechs Uhr dreißig treffen wollen.»

«Es ist noch nicht ganz sechs Uhr dreißig», sagte Ryder. «Ich habe dich letzte Woche bei Nancy Slaughter gesehen. Du warst gerade im Aufbruch.»

«Richtig», sagte sie. «Wir sind nur kurz geblieben.»

«Hör mal, Marth.» Gedankenverloren schob er das Kleingeld von einer Tasche in die andere. «Ich bin froh, daß ich dich hier zufällig treffe. Ich habe morgen an der Uferstraße etwas zu tun. Vielleicht komme ich vorbei.»

«Ich werde nicht da sein. Aber ich bin sicher, daß Lily und Everett sich freuen werden, dich zu sehen.»

«Bis dann.» Er stand auf, als Sam zurückkam.

«Grüßen Sie Ihren Vater von mir, Marty», sagte der Cadillac-Händler. «*Hasta luego*, fürs erste.»

Als Ryder am nächsten Nachmittag um zwei Uhr kam, war Martha allein zu Hause. Lily war mit China Mary und den Kindern zur Röntgenuntersuchung gegangen; Everett arbeitete auf den Deichen. Der Regen war in die Berge abgezogen, und jetzt schmolz der Schnee zu schnell. Obwohl Lily Martha drängte, sich auch die Lunge röntgen zu lassen («Da wir schon von Krankheiten reden, du siehst zur Zeit richtig tuberkulös aus»), hatte Martha sich geweigert: Sie wollte sich hinlegen. Sie war erst um drei Uhr morgens zu Hause gewesen, und Sam Bradley war, obwohl sie ihm sagte, das sei kein seriöses Gewerbe, fast bis fünf geblieben. *Ich kann Typen wie dich nicht ausstehen*, hatte sie ihn zum Schluß angeschrien; sie wußte nicht mehr, weshalb, aber es passierte ihr immer wieder. Sie brauchte nur etwas zu trinken oder einfach nur sehr müde zu sein, manchmal reichte es, wenn sie morgens aufwachte, und schon haßte sie einen bestimmten Menschen, und schließlich alle Menschen. Wenn es morgens passierte, blieb sie mit ihrem Haß im Bett liegen, bis er verebbt war, aber wenn sie nicht allein war, endete es immer damit, daß sie herumbrüllte. Allein schon Sam Bradleys Anwesenheit empfand sie als persönliche Beleidigung: seine Fliege eine Bestätigung seiner Dummheit und ihrer abgrundtiefen Geschmacklosigkeit; seine Begeisterung für das mexikanische Lokal in Jackson eine so durchsichtige Leidenschaft, daß es ihr peinlich war, mitgemacht zu haben (er hatte die Köchin freudig mit «Mamacita» begrüßt, und Martha hatte zustimmend genickt), seine Zigarettenmarke (nicht die ihre) ein niederschmetternder Beweis seiner Mittelmäßigkeit, seiner aufdringlichen Art, seines Mangels an männlichen Prinzipien. Es hatte damit angefangen, daß Sam sagte, egal, was Everett dazu meine, Earl Warren sei ein intelligenter und vernünftiger Mann; es hätte auch damit anfangen können, daß er einfach nur ihr Kleid lobte oder sagte, daß ihm das Buch, das er gerade las, nicht gefalle. Sie war einmal boshaft über Ryder hergefallen, als er sich zum Abendessen ein frisches Hemd anzog. Seine Eitelkeit. Seine Oberflächlichkeit. Seine Unaufmerksamkeit. Seine Gedankenlosigkeit, sein Egoismus. Ob er glaube, daß die ganze Welt nur dazu da sei, ihn mit frisch gewaschenen Hemden zu versorgen. Ihr wurde sogar jetzt noch schwindlig vor Zorn auf Ryder, wenn sie nur daran dachte.

«Ich habe mir gedacht, daß du vielleicht zu Hause bist», sagte Ryder, als sie die Tür öffnete.

«Ich habe versucht zu schlafen.» Sie fragte nicht, ob er seinen Regenmantel ablegen wolle, sondern stand nur da und versuchte, ihn einmal genau zu betrachten, um zu einem letzten, vernichtenden Urteil zu kommen. Ihr fiel ein, daß sie einmal, in seinem Apartment, eine Postkarte von einem Mädchen gelesen hatte, vielleicht sogar von dieser Nancy Dupree, sie war mit «XXXX und Du weißt schon, was noch, Deine B.» unterzeichnet.

Der Text lautete: «Es war schön mit Dir, Samstag nacht, Du hast in der weißen Hose so sexy ausgesehen.» Obwohl «sexy» kein Wort war, mit dem sie jemals irgend jemanden beschreiben würde, hatte sie mehrere Tage lang versucht, Ryder so zu sehen. Aber damals wie heute hatte sie nur *Ryder* gesehen, und als er wieder die Hose trug und sie sagte: «Ryder, du hast einen dicken Arsch in dieser Hose, sie steht dir nicht», war das kein Geschmacksurteil, sondern nur eine Retourkutsche gewesen.

«Warum starrst du mich so an?» fragte er.

«Ich habe versucht zu schlafen», wiederholte sie kleinlaut. «Ich starre dich überhaupt nicht an.»

Fünfzehn Minuten später hatte er sie auf dem Fußboden; sie weigerte sich, mit ihm auch nur in die Nähe der Couch zu gehen.

«Du willst es doch», sagte er. Sie verschränkte die Beine und drehte den Kopf weg.

«Ich will es nicht.»

«Wo ist denn jetzt der Unterschied?» Er schob ihr den Rock

über die Taille. «Nachdem ich dich in den letzten fünf Jahren vielleicht vier-, fünfmal in der Woche gevögelt habe.»

«Viereinhalb Jahre», sagte sie schwach: Seine Logik blieb unwidersprochen.

«Viereinhalb Jahre.»

«Ich hab es nie gewollt.» Sofort merkte sie, daß diese offensichtliche Unwahrheit nur ihre Position schwächte. «Oft habe ich nur so getan, als ob ich wollte.»

«Jetzt willst du es aber. Du brauchst mir nicht das ahnungslose Dummchen vorzuspielen.»

Als er weg war *(Wessen Mädchen? Dein Mädchen)*, ging Martha nach oben und blieb auf ihrem Bett liegen, bis sie von unten, kurz vor Einbruch der Dunkelheit, Kinderstimmen hörte.

Sie entdeckte Lily in der Küche, wo sie Julie die Gummischuhe auszog. «Wo ist Everett?» fragte sie.

«Noch bei den Deichen. Ich weiß es nicht.»

«Ich werde mal sehen, ob ich ihn finden kann.» Martha zog einen Regenmantel über, knöpfte ihn schnell zu. Dann setzte sie sich, als hätte sie vergessen, warum sie ihn überhaupt angezogen hatte, und knöpfte ihn langsam wieder auf.

«Du knöpfst deinen Mantel auf», sagte Julie und legte den Kopf in Marthas Schoß. «Wo gehst du hin?»

Martha strich Julie über den Scheitel. «Ich glaube, ich gehe nirgendwo hin. Ich glaube, ich würde ihn nicht finden.»

«Das glaube ich auch nicht», stimmte Julie ihr zu. Sie war ein Kind, das Erwachsenen immer zustimmen würde. «Kommst du mit auf die Parade?»

«Auf welche Parade denn?»

«Die Saint Patrick's-Day-Parade. In der Stadt wird doch heute der Saint Patrick's Day gefeiert.»

«Wer kommt denn noch mit?»

«Ich und Mommy und Knight. Aber Knight darf nicht mit, wenn er sich nicht dafür entschuldigt, daß er meinen Pedometer kaputtgemacht hat.»

«Knight hat deinen Pedometer kaputtgemacht? Wie willst du denn dann deine Kilometerzahl ausrechnen?»

«Das ist es ja. Jedenfalls, zwei Cousins von mir marschieren mit.»

«Wo?»

«In der *Parade*», sagte Lily. «Du hörst nicht sehr aufmerksam zu. Die Kinder von Sally Randall marschieren mit, und ich dachte, wir sollten hingehen und ihnen zuwinken. Erst gehen wir Hamburger essen. Warum ziehst du dich nicht an und kommst mit?»

«Ich finde, ich bin bereits *angezogen*. Ich finde nicht, daß ich mich für den Saint Patrick's Day besonders feinmachen muß. Jeder weiß, wie es ablaufen wird: Die Dudelsackpfeifer werden ‹The Campbells Are Coming› spielen. Die Air-Force-Band wird ‹Loch Lomond› spielen. Und eine Kompanie kleiner Mädchen in gestreiften zweiteiligen Badeanzügen und weißen Stetsonhüten wird zur Melodie von ‹Temptation› exerzieren. *Du-uh bist gekoh-ho-mmen, ah-a, ich wa-har a-llein, ah-a, ich hätte es wi-ssen mü-hüssen, ah-a, du-hu, mei-ne Versu-hu-huchung.*»

«Martha», kreischte Julie und warf sich gegen Marthas Knie. «Hör auf mit dem Quatsch.»

«Das ist kein Quatsch.» Martha hob Julie hoch und schwenkte sie durch die Luft. «Ich erzähle dir die reine Wahrheit. Denn, Baby, ich habe schon mal einen Saint Patrick's Day erlebt – *ich weiß alles.* ‹Temptation› wird – über eine Lautsprecheranlage auf einem Laster hinter den kleinen Mädchen verstärkt – von einer Mutter gesungen werden, die ein rosa Kreppkleid mit Glasperlen, einen kurzen roten Staubmantel und eine runde Harlekinbrille tragen wird. Soviel dazu. Dann gibt's noch die Sheriff-Nummer: fünfzehn Zahnärzte auf fünfzehn großen hellbraunen Pferden. Und, Julie-Baby, wir sind hier draußen so weltoffen, daß vielleicht sogar die Masons kommen.»

«Die Masons sind aber nicht mit uns verwandt.»

«Das stimmt, Baby. Die Randalls sind mit uns verwandt.»

Lily stand auf und nahm einen Lippenstift aus dem Regal neben dem Ausguß. «Kommst du nun mit oder nicht?»

Martha, die auf einmal teilnahmslos wirkte, gab keine Antwort.

«Wenn du mitkommen willst, solltest du dir vielleicht Schuhe anziehen.»

«Wie spät ist es?»

«Sechs. Noch nicht ganz.»

«Ich wollte irgendwo hingehen. Sam Bradley und sein Bruder wollten mich um sechs Uhr dreißig abholen.»

Lily tupfte sich mit einem Papiertuch den Lippenstift ab und sah Martha an. «Dann kannst du nicht mitkommen.»

«Doch, ich kann. Ich kann schon mitkommen.» Martha stand auf und nahm aus der Tasche ihres Regenmantels eine dunkle Brille, die sie jetzt fast ständig trug.

«Willst du Sam anrufen, ehe wir gehen?»

«Wenn ich Sam anrufen wollte, *würde* ich ihn *anrufen*, das kannst du mir glauben.»

Als sie endlich in der Stadt waren («Knight kann nach Nummernschildern aus Nevada gucken und Julie nach Nummernschildern aus Arizona. Das stimmt, in Arizona *leben* mehr Menschen, aber Nevada ist näher. Gut, ihr sucht *beide* nach Nummernschildern aus Arizona) und in einem Drive-In anhielten, wegen der Hamburger («Knight, ich sagte Hamburger, ich habe nicht Steak-Sandwich gesagt, und ich habe auch nicht Hühnchen in Brotteig gesagt. Gut. Also Chiliburger. Du *magst* Chili doch gar nicht»), war die Parade bereits in vollem Gang. Sie hätten die Kavalkade des Bürgermeisters verpaßt, sagte ein Polizist, als Lily den Kombi abschloß, «die Kavalkade und die Ritter des Columbus. Kopf hoch, Sweetie», sagte er zu Julie. «Es kommen noch mehr.»

«Darauf kannst du wetten, Süße», flüsterte Martha und kicherte mit Julie, als die fünfzehn hellbraunen Pferde in ihr Gesichtsfeld tänzelten, und dann schrie Knight: *Hey, Pferd, warum sind die Küken über die Straße gerannt?* Und das Pferd war, wie sich herausstellte, kein Pferd, sondern der Spitzname, mit dem Sally Randalls Sohn von seinen engsten Freunden gerufen wurde; nicht lange, nachdem Pferd Randall und die fünf Mann der Elk Grove Feuerwehr vorbeigezogen waren, gefolgt von einer fröstelnden blonden Tambourmajorette und einer ungeordneten Reihe pfeifender und johlender Schüler, begann es wieder zu regnen, und als sie sich nach Martha umdrehten, war sie verschwunden. Sie sahen sie an der Ecke vor dem Rexall Drugstore wieder. Die Menge stob auseinander, stellte sich unter, verteilte sich auf Hauseingänge und Automobile.

«Wir treffen uns am Auto», schrie Lily über das Tuckern der Motoren und das Einlegen der Gänge hinweg.

Doch Martha rannte zurück zu Lily und den Kindern. Der Regen strömte über ihr Gesicht, über ihre Sonnenbrille und den Hals hinunter, in den offenen Kragen des Regenmantels.

«Ich habe bei Sarah angerufen. Es hat niemand abgehoben.»

«Sarah? In Philadelphia?»

Martha nahm Julies Hand und folgte Lily und Knight zum Kombi. «Ich wollte ihr von der Parade erzählen», sagte sie und hob Julie auf den mittleren Sitz.

«Von der Parade», wiederholte Lily und suchte unter dem Bremspedal nach den Schlüsseln, die sie gerade in der Hand gehalten und fallengelassen hatte.

«Ehrlich», sagte Martha. «Ich hätte nicht gedacht, daß *niemand* da ist.»

«Du kannst es noch mal versuchen, wenn wir zu Hause sind.» Lily steckte nachdenklich den Schlüssel ins Zündschloß und versuchte, die Parade, den Regen und Sarah in eine logische Abfolge zu bringen. «Dann wird es in Philadelphia nach Mitternacht sein. Vielleicht sind sie dann zu Hause.»

«Oh, nein», sagte Martha. «Jetzt ist es dort erst halb sechs. Hat der Mann im Rexall gesagt.»

«Jetzt ist es dort fast halb neun. Du *weißt*, daß es dort später als bei uns ist.»

«Warum sollte der Mann im Rexall mich bewußt *anlügen*?»

«Wenn er es dir gesagt hat, dann hat er es eben nicht besser *gewußt*. Aber wir *wissen* es doch.»

Martha zuckte die Achseln. «Ich weiß es nicht. Ich weiß nicht, was ich glauben soll.»

Lily stellte die Scheibenwischer an, aber nicht den Motor.

«Es ist sowieso zu spät», sagte Martha. «Wenn es dort Mitternacht ist, wie du behauptest, dann ist es zu spät.»

«Zu spät wofür?»

Martha lehnte sich an die Scheibe und nahm ihre Sonnenbrille ab. Ihre Augen waren geschlossen. «Ich weiß es nicht», sagte sie. «Ich wollte nicht nach Hause, und ich dachte, ich könnte vielleicht zu ihr, aber es ist zu spät.»

«Ich weiß nicht, wovon du überhaupt *redest.*»

«Von Sarah. Ich rede von meiner Schwester Sarah. Ich möchte mit Sarah reden. Wenn du nichts dagegen hast.»

21

Am Morgen des 21. März begruben sie Martha unter dem Kirschbaum am Deich. Everett und Henry Sears (der eine Grippe und einen viertägigen Rausch ausschlief, als Everett letzte Nacht an die Tür des Verwalterhauses gehämmert und gebrüllt hatte: Sears, du Hund, Sears, mach endlich auf) trugen den Sarg: Eine lange Seemannstruhe mit Griffen aus Tauen, in der dreißig Jahre lang Mildred McClellans Leinen, Spitzenreste, ein Kästchen mit Jettperlen von einem Kleid und der Elfenbeinfächer von Marthas Ur-Urgroßmutter Currier, den sie 1862 auf dem Inaugurationsball von Gouverneur Leland Stanford getragen hatte, aufbewahrt und in der vergangenen Nacht ausgeräumt worden waren, als Everett beharrte: *Ich sage es dir zum letzten Mal, Lily, schaff McGrath hier raus, und schaff seinen Deputy hier raus, und schaff diesen verfluchten Quacksalber von Doktor hier raus, sie ist meine Schwester, und ich werde sie begraben, und ich werde sie hier auf der Ranch begraben.*

Lily ging hinter ihnen, mit einem Armvoll Blumen. Everett war vor dem Morgengrauen draußen gewesen, hatte jedes Stiefmütterchen, das der Regen übriggelassen hatte, gepflückt und ganze Kamelienzweige abgebrochen. Als sie die Stelle erreichten, die Everett ausgesucht hatte, stellten sie die Seemannstruhe auf die nasse Erde, und Everett befahl Sears, das Grab auszuheben. Starr vor Kälte blieb Lily mit den Blumen im Arm stehen und horchte auf das Rauschen des Wassers. Die Schneeschmelze in den Bergen ließ es stündlich reißender werden und ansteigen: Es unterspülte die Böschungen, preßte Äste und Geröll zusammen und bahnte sich dann tosend einen Weg hindurch.

Als sie zusah, wie Sears schaufelte, schoß ihr durch den Kopf, daß Marthas Leichnam am Abend vielleicht schon wieder hochgespült sein würde, der unvernagelte Deckel der Truhe aufgerissen wäre und Martha wieder frei im Wasser liegen würde, in dem weißen Seidenkleid mit den Schmetterlingen. *(250 Dollar, ich müßte es jeden Tag anziehen, jeden Abend und jede Nacht im Bett*, hatte sie gestern abend gesagt, als sie sich für die Party umzog, und Lily hatte sie gewarnt, daß der Regen das Seidenkleid ruinieren könnte. *Frag doch Everett, ob ich es anziehen soll.)* Es war nicht richtig, sie so zu begraben: McGrath hatte es gesagt *(Everett, ich sage dir, es verstößt gegen das Gesetz des Staates Kalifornien)*, Edith Knight hatte es heute morgen gesagt, als sie, noch im Morgenrock, kam, um die Kinder abzuholen *(ich spreche nicht von den Bestimmungen, die die Lobby der Bestattungsunternehmer durchgedrückt hat. Ich spreche davon, was richtig ist und was falsch ist)*; der Doktor hatte es gesagt; sie selbst hatte es gesagt. *Everett, Baby, du weißt nicht, was du tust.* Jeder hatte andere Gründe angeführt, aber Everett hörte auf keinen.

«Hörst du, wie es steigt?» sagte Everett und blickte hoch, zum Deich.

Sears hörte auf zu graben und knöpfte die Jacke gegen den Wind zu. «Wird den Höchstwert bei achtunddreißig erreichen.»

«Wann wird das sein?»

«Gegen Mittag. Bei Thiel's Landing.» Sears hustete jetzt. Er fuhr sich mit dem Handrücken über den Mund und nahm die Schaufel wieder zur Hand.

Everett legte die Hand auf Lilys Schulter.

«Möchtest du vorübergehend in die Stadt ziehen?»

Sie schüttelte den Kopf. «Dazu sehe ich keinen Grund.»

Sears hob den Blick. «Hier oben gibt's keine Probleme. Flußabwärts möglicherweise.»

«Die Ingenieure sprengen vielleicht heute abend. Flußaufwärts. Dann bekommen wir viel Wasser.»

«Sie würden den Deich nicht sprengen, bevor sie evakuiert haben», sagte Lily. «Das würden wir erfahren.»

Everett zuckte die Achseln und nahm Sears die Schaufel aus der Hand.

Lily wollte nicht, daß Everett ihre Tränen sah, und hielt sich die Blumen vors Gesicht. Sie würde die nächsten Stunden überstehen, wenn es ihr gelang, sich nur auf das Wasser zu konzentrieren. Wo und wann der Deich brechen würde, ob er überhaupt brechen würde: darum ging es jetzt. Irgendwo in ihrem Kopf existierte ein Ordner, voll von gesammelten und einsortierten Informationen aus all den Jahren, in denen es Hochwasser gegeben hatte, und auf diese Fakten mußte sie jetzt ihre Aufmerksamkeit richten. Wann hatten sie das Colusa Wehr geöffnet. Wie viele Tore wurden am Sacramento Wehr geöffnet. Wann war die Aufnahmekapazität des Nebenkanals erschöpft. Wann erreichte die Flutwelle die Wilkins Bucht. Den Knick bei Rough and Ready. Das Fremont Wehr. Rio Vista.

Merkwürdig getröstet durch ihre Fähigkeit, sich an Wasserstände erinnern zu können, die mit dem diesjährigen Hochwasser nicht zu vergleichen waren, so nutzlos das auch sein mochte, stand sie mit geschlossenen Augen da und dachte für eine halbe Stunde nicht an Martha.

«Gut», sagte Everett und lehnte die Schaufel an den Baum. «Das reicht.»

Er nahm das eine Ende der Truhe am Seilgriff und Sears das andere; zusammen senkten sie die Truhe in das Grab, das sich bereits mit Sickerwasser füllte. Lily kniete sich in den Matsch, um die Blumen auf die Truhe zu werfen, aber Everett zog sie hoch.

«Noch nicht.» Er bedeutete Sears, vom Grab zurückzutreten.

O Gott, dachte Lily. Er wird ein Gebet aufsagen, und dann werden sie sie mit Erde bedecken, und das war es dann. *Gott im Himmel.* Wie viele Menschen mußtest du begraben, bevor du aufgehört hast, innerlich zu schreien bei der Erinnerung an jene erste Nacht im Dunkeln.

«Lieber Gott, ich bin klein, mein Herz ist rein.», wiederholte Everett tonlos. Es war das Kindergebet, das Martha und er zusammen gebetet hatten. *«Mach mich fromm, daß ich in den Himmel komm.»*

«Gott segne Martha, Amen», flüsterte Lily.

Everett sah sie nicht an. «Jetzt», sagte er.

Sie ließ die Kamelien in das Grab fallen und trat zurück.

«Henry geht mit dir ins Haus.» Everett griff nach der Schaufel. «Mach ihm was zum Frühstück.»

China Mary war nicht in der Küche. Sie war gestern abend zu ihrer Schwester nach Courtland gefahren. Sie hätten sie anrufen müssen, als es passiert war. Sie hätten sie anrufen und nach Hause holen müssen, ehe sie Martha beerdigten; sie hatte Martha großgezogen. Aber gestern nacht waren so viele Menschen dagewesen: der Sheriff, der Deputy, die Rettungsmannschaft, der Doktor, Sears, sogar die Kinder, die von den Sirenen wachgeworden waren; und als sie endlich allein im Haus zurückblieben, war es sinnlos, irgend jemanden zu benachrichtigen, denn Everett wollte niemanden sehen. Sie hätten Sarah anrufen müssen. Sie hätten an die fünfzig Leute anrufen müssen, aber vor allem hätten sie China Mary anrufen müssen. Und sie hätten Sarah anrufen müssen. *Sarah kann nicht kommen. Es ist sinnlos, sie anzurufen*, hatte Everett gesagt. *Es ist zu spät. Sie ist aus freien Stücken hier weggegangen, und außerdem ist es jetzt zu spät.* Sie sagte: *Du bist schlimmer als dein Vater je gewesen ist*, sie wußte, daß Sarah es von ihr erfahren würde, irgendwann in der nächsten Woche, vormittags, würde sie lesen, daß ihre Schwester ertrunken war, wenn der Brief in dem efeubewachsenen Backsteinhaus in Bryn Mawr, Pennsylvania, ankam, denn Lily würde es nicht fertigbringen, sie anzurufen und es ihr zu sagen. Sie hatte versucht, Everett anzurufen, als sein Vater gestorben war, aber sie hatte keinen Ton herausgebracht. Martha hatte schließlich den Hörer genommen und es ihm gesagt.

Lily warf ihren Regenmantel auf den Tisch und streckte die Hand nach Sears Jacke aus.

«Setzen Sie sich. Ich werde Eier und Schinken und Brötchen machen. Ich hatte den Brötchenteig für Everett angerührt, aber er hat nichts gegessen.»

«Keinen Schinken.» Sears schwieg wieder. Dann sagte er: «Er ist ziemlich fertig.»

«Er ist durcheinander. Das ist alles. Er hat jetzt keine Familie mehr.» In dem Moment hatte sie Sarah vergessen, und als ihr Sarah wieder einfiel, änderte es nicht viel an dem, was sie zu Sears gesagt hatte.

«Er hat Sie und die Kinder, das ist doch Familie.»

Lily schwieg.

«Ich habe sie nicht so eingeschätzt», sagte Sears nach einer Weile.

«In welcher Hinsicht?»

«Ich wäre nie auf die Idee gekommen, daß sie so was macht. Sie ist am Fluß aufgewachsen, sie hätte wissen müssen, daß man nicht mit einem solchen Boot bei steigendem Hochwasser hinausfährt.»

«Ich weiß es nicht.»

«Haben Sie eine Ahnung, wo sie überhaupt hin wollte?»

«Ich weiß es nicht», wiederholte Lily.

Sie hat es genau gewußt, sie war doch nicht dumm: Das hatte Everett gesagt, er hatte es fast herausgeschrien, als er Marthas triefenden Körper vom Landungssteg nach oben trug. Am Steg unten, auf dem Steg, hatte er kaum gesprochen, mit niemandem. Zu Lily hatte er kein Wort mehr gesagt, seit er ihr in der Einfahrt zugerufen hatte: *McGrath soll sofort herkommen, mit einem Beatmungsgerät*, bis zu dem Moment, als er, fast eineinhalb Stunden später, Marthas Leichnam oben auf ihr Bett legte. Als sie McGrath zu Hause angerufen hatte und dann zum Steg hinunterrannte, war Everett bereits im Wasser, er hing an einem Seil, dessen Ende Sears gerade um einen Pfahl festzurrte. *Was ist passiert*, fragte sie immer wieder, und schließlich sagte Sears, *Martha. Sie hat sich am Boot festgeklammert, aber ich weiß nicht, wie lange schon*. In der Dunkelheit (sie hatten keine Scheinwerfer, bis McGrath nach wenigen Minuten eintraf) konnte sie nichts erkennen, weder Everett, noch Martha, noch nicht einmal das Boot, das umgeschlagen war und sich an einem Baumstumpf weit hinter der letzten Böschung verfangen hatte. Wenn Sears ihr nicht von dem Boot erzählt hätte, würde sie nicht mal das wissen, weil Everett, seit er Martha an dem Seil herausgezogen hatte, verstummt war. In dem gleißend hellen Licht der Scheinwerfer sahen sie dann eine Stunde lang zu, wie die Männer mit dem Beatmungsgerät sich über Martha beugten, aber es dauerte sehr viel weniger als eine Stunde, bis alle Bescheid wußten, alle, bis auf Everett, und vielleicht hatte Everett es auch gewußt. «Gott sei Dank hat er nicht den Kopf verloren und ist ohne Seil ins Wasser gegangen», sagte McGrath zu Lily nach der ersten Viertelstunde. «Dann hättest du beide verloren.» – «Wir haben niemanden verloren», sagte Everett mit tonloser Stimme, er kauerte neben Marthas Kopf, hob den Blick von ihrem Gesicht und starrte McGrath verwirrt und böse an; McGrath warf dem Deputy einen Blick zu, beide vermieden es, Lily anzusehen. Als fünf oder sechs Minuten später der Doktor erschien, vergingen noch zwei bis drei Minuten, bis er Marthas Tod feststellte. «Sie lebt», sagte Everett. «Sie kennen sie nicht.» Dreißig Minuten später gestand er sich ein, was alle wußten. «Ja», sagte er. «Ja.»

Sie war doch nicht dumm, sagte Edith Knight, als Lily sie anrief, damit sie die Kinder holen kam. «Dieses kleine Mädchen, dieser kleine Kindskopf», wiederholte sie immer wieder. «Sie war doch nicht dumm.» Für Edith Knight war es ein äußerst seltenes Ereignis, es war ein Vorfall, in dem sie nicht sofort das Muster der Vorsehung erkennen konnte, einen Sinn, einen offensichtlichen, wenn auch schwer zu begreifenden Segen. Meistens gelang es ihr, einen Todesfall als äußerst glücklichen Umstand erscheinen zu lassen, als eine zu wenig beachtete Vereitelung weiterer Mühsal für den Verstorbenen; ein plötzlicher Tod war in ihren Augen höchst ökonomisch. «Was für ein Segen, daß er nicht lange dahinsiechen mußte», war ihr regelmäßiger Kommentar zu Walter Knight. «Eins muß man ihr lassen, sie hat ihre Haut wirklich teuer verkauft», meinte sie mit nachdenklicher Genugtuung, als sie erfuhr, daß eine Cousine von ihr mit einer

Piper Apache über dem Pyramid Lake abgestürzt war. Über Marthas und Everetts Mutter hatte sie oft zu Lily gesagt: «Mildred hatte den schönsten Tod, den man sich nur wünschen kann, alles war geordnet, und ich hoffe nur, daß mir das auch so gut gelingt.» Diese Bemerkung machte sie für gewöhnlich, wenn sie einen Schrank aufräumte oder eine Verpflichtung abhaken konnte; denn was sie unter «Ordnung» verstand, war, daß Mildred McClellan, kurz vor ihrem Tod im Kindbett, zwei nach hinten gelegene Zimmer des McClellanschen Hauses aufgeräumt und diverse Kartons mit Schnappschüssen, Ballprogrammen, Zeitungsausschnitten, einzelnen Handschuhen, die zu gut waren, um gleich weggeworfen zu werden, Skizzen vom Yosemite Valley, die sie auf ihrer Hochzeitsreise angefertigt hatte, und Souvenirs von einer Reise, vor ihrer Ehe, nach Chicago, auf den Müll geworfen hatte. Daß man seine Sachen in Ordnung gebracht haben mußte, das fiel Edith Knight immer ein, wenn sie über den Tod nachdachte: Ein ideales Leben bestand in ihren Augen aus einem kontinuierlichen Über-Bord-Werfen von Ballast, der sich angehäuft hatte. Wenn man es einzurichten verstand, konnte man diese Welt genau so verlassen, wie man darauf gekommen war. Vielleicht fühlte Edith Knight sich bemüßigt, gerade weil Martha so wenig in dieser Richtung geschafft und sie ihre Sachen nicht in Ordnung gebracht hatte, nach einer Logik in ihrem Tod zu suchen. Immerhin gelang es ihr nach ein paar Minuten, wenigstens in der Tatsache, daß Martha weder einen Ehemann noch kleine Kinder hinterließ, einen winzigen Silberstreif zu erkennen. «Ein Segen», hatte Lily ihr am Telefon erschöpft zugestimmt und dann gesagt: «Ich weiß es nicht. Ich weiß es nicht.»

Sie hat es gewußt, sie war doch nicht dumm: Everett hatte es gesagt, Henry Sears, ihre Mutter. Und alles, was ihr dazu einfiel, war, *ich weiß es nicht*. Es schien unmöglich, daß sie nicht erkennen konnten, was passiert war, aber hatte sie selbst es nicht auch übersehen, bis sie gestern nacht in das Notizbuch gesehen hatte? Nicht, daß sie irgendwelche Geheimnisse von Martha gelesen hätte. Es war nur so, daß sie ein ganz bestimmtes Muster nicht erkannt hatte, und vielleicht hätte sie das Muster selbst gestern nacht nicht gesehen, wenn Martha nicht tot auf dem Bett gelegen hätte. Sie hatte das Notizbuch in Marthas Frisierkommode gefunden, als sie nach einer Bürste suchte, um Marthas nasses Haar zu entwirren. Die gelegentlichen Eintragungen reichten drei Jahre zurück, manche waren mit Bleistift, andere mit Kugelschreiber geschrieben und schwer zu entziffern, weil Marthas Handschrift immer unleserlicher wurde. Die letzte Eintragung trug das Datum *20. März 1949*, ging über sieben Seiten und war ganz und gar unleserlich. Zusätzlich zu den Eintragungen unter dem Datum des jeweiligen Tages gab es Extraseiten mit den Überschriften, «GRÜNDE, RYDER NICHT ZU LIEBEN», «GRÜNDE, EVERETT NICHT ZU LIEBEN, «GRÜNDE, DADDY NICHT LIEBEVOLL IM GEDÄCHTNIS ZU BEHALTEN». Als sie Everett in der Diele hörte, hatte Lily das Notizbuch in ihrer Schürzentasche verschwinden lassen, und heute, am frühen Morgen, hatte sie es verbrannt. Sie wollte, daß Everett es nie zu Gesicht bekommen konnte, selbst wenn er weiterhin die Gedanken denken sollte, die er jetzt dachte. (Er habe Martha getötet, sagte er letzte Nacht zu ihr. Sie habe unter seiner Obhut gestanden, und er habe sie getötet. Er habe sie aus den Augen gelassen, er habe sie nicht beschützt. Martha sei, erinnerte Lily ihn, sechsundzwanzig Jahre alt gewesen. Everett hätte sie nicht unter einer Käseglocke einsperren können. Er hätte sie beschützen müssen, beharrte er. Das wenigstens hätte er tun müssen. Martha ging es nicht gut, sagte Lily und wurde so deutlich wie nie wieder; Martha sei es schon eine Zeitlang nicht gut gegangen. Sie war doch nicht dumm, sagte er abermals. *Großer Gott, sie sah wie ein Katzenjunges aus, das man ins Wasser geworfen hat, man konnte nur noch ihre zarten Knochen erkennen. Du hast sie gesehen, Lily. Du hast gesehen, wie sie aussah.)*

Das Notizbuch hätte nichts geändert. Everett hätte sich nur noch mehr Vorwürfe gemacht, daß er nicht eher gesehen hatte, was sie jetzt mit unausweichlicher Klarheit sah: Das Muster, das immer dagewesen war, das kaum erkennbar und unauffällig alles strukturierte, wie in den Zeichnungen, die sie als Kind geliebt hatte, das Gesicht des Tigers, das in die Baumkrone hineingearbeitet war. Wenn man das Tigergesicht einmal erkannt hatte, konnte man nie wieder einfach eine Baumkrone sehen.

Zehn Minuten nach eins rief Ryder Channing an und wollte Martha sprechen.

«Sie ist nicht da. Sie ist gestern nacht gestorben.»

Channing schwieg.

«Sie ist im Fluß ertrunken», fügte Lily mit ausdrucksloser Stimme hinzu, anders konnte sie nicht sprechen. «Sie ist mit dem Boot hinausgefahren und ertrunken.»

«Ich habe sie gestern abend gesehen. Ich habe sie bei Cassie Waugh gesehen.»

«Es ist später passiert. Nach der Party. Ich habe sie nicht gesehen, aber es ist danach passiert. Sie ist in die Einfahrt gefahren, und dann ist Everett hinausgegangen, und sie war unten beim Boot. Ich weiß nicht, wie es passiert ist.»

«Ich habe *sie gesehen*. Ich habe nicht mit ihr gesprochen, aber ich habe sie gesehen.»

«Ja», sagte Lily, «ich habe sie nicht gesehen, aber sie ist tot.»

«Wo ist sie?»

«Sie ist *tot.*»

«Ich meine, ihre Leiche.»

Sie hatte gewußt, was er meinte. «Wir haben sie heute morgen bestattet», sagte sie schließlich.

«Wo?»

«Hier, auf der Ranch.»

Channing sagte nichts.

«Es tut mir leid», sagte Lily, ehe sie auflegte. «Es tut mir leid, daß wir dich nicht benachrichtigt haben.»

Es tut mir leid. Es tat ihr leid. Egal, was sie oder Everett oder sogar Martha von Ryder Channing hielten. Ihn traf keine Schuld. 18. November 1947: Den ganzen Tag im Bett. E. und L. gesagt, mit Grippe. Ryder hat Maiglöckchen geschickt, zweifellos für L. Feldmaus im Badezimmerschrank gesehen. Nicht E.

sagen, weil L. ihn veranlassen wird, sie zu töten. 27. April 1948: Dinner bei R. Was ich nicht vergessen will: (1) Mußte Gin mitbringen. (2) Er schlief, während ich das Essen machte. (3) Fragte, ob ich beabsichtigte, in Unterhosen zu essen. (4) Fand mich schlampig. (5) Wollte wissen, ob ich vergessen hätte, wie man Spare ribs samt Beilage zubereitet. (6) Tat so, als würde er lesen, als ich erst mein Essen und dann seins aufaß. (7) Schwierigkeiten, Spare ribs und Artischocken zu essen, wenn einem jemand dabei zusieht. (8) Mir wurde schlecht, und ich habe ihm gesagt, er sei impotent. Ich weiß, daß ihn das getroffen hat, weil er mir eine knallte. 4. Juli 1948: R. auf dem Picknick gesagt, daß er ein Hinterwäldler ist, weißer Abschaum, nicht gut genug, von Everetts Tellern zu essen. Damit kriege ich ihn immer. Die Möglichkeit dazu war von jeher deutlich, aber ich war zu sehr in der Defensive, um sie zu sehen. Jetzt ist er in der Defensive und schlägt blind um sich: «Du Okie-Schlampe», hat er zu mir gesagt. 20. Februar 1949: E. könnte vor meinen Augen tot umfallen, und ich würde denken, was für ein Glück, daß er nicht alt werden mußte. Ich bin von ihnen sehr weit entfernt, das ist unglaublich, wenn man darüber nachdenkt.

Um drei Uhr nachmittags klingelte es an der Tür. Es war Joe Templeton, der Regen strömte über seinen unbedeckten Kopf und seinen Regenumhang. Er habe mit Ed McGrath auf den Deichen gearbeitet. Er wolle sein Beileid wegen Martha ausdrücken. Er habe Everett mittags gesehen, aber Everett habe nichts gesagt.

«Komm einen Moment herein.» Sie wollte nicht mit ihm reden, aber sie wußte nicht, was sie sonst hätte sagen sollen. «Ich bin oben und nähe.»

Er folgte ihr nach oben, ins Wohnzimmer, und blieb hinter ihrem Stuhl am Fenster stehen. Sie hatte ihn seit drei Wochen nicht gesehen und hatte den Winter über versucht, nicht mit ihm allein zu sein.

«Leg noch etwas Holz auf», sagte sie. «Es ist alles so naß, daß es nicht brennt.»

«Ich habe angenommen, daß deine Mutter bei dir ist.»

«Sie hat heute morgen die Kinder abgeholt. Everett hat gesagt, ich solle sie zur Schule schicken, aber sie waren zu aufgeregt. Ich habe versucht, sie fernzuhalten, aber Julie sah, wie sie sie hereingetragen haben, und schrie und schrie, und schließlich habe ich ihr etwas warme Milch mit Bourbon gegeben, und sie hat sich beruhigt.»

«Ich erinnere mich, daß ich sie beide vor ein paar Wochen in der Stadt gesehen habe, Julie klammerte sich an Marthas Hand, sie sahen aus wie Mutter und Tochter. Sie sahen sich sehr ähnlich.»

«Eigentlich nicht besonders.» Lily wußte, daß sie zu viel und zu schnell redete, aber sie konnte nicht aufhören, denn mit Everett konnte sie nicht reden. «Martha ist oft mit ihr irgendwohin gegangen, hat mit ihr gespielt. Jedenfalls hat Julie immer wieder ‹meine Martha, meine Martha› geschrien, und Knight hat versucht, vor seinem Vater zu verbergen, daß er weinen mußte, aber trotzdem.» Ihre Stimme verlor sich, und sie schloß verzagt: «Sie haben sie beide geliebt.»

«Wir haben sie gestern abend gesehen.»

Lily betrachtete lange ihre Hände. «Wie ging es ihr?» fragte sie schließlich.

«Sie sah hübsch aus. Sie hatte ein hübsches Kleid an.»

«Ja.»

«Wir haben sie eingeladen, mit uns zum Dinner zu gehen. Sie willigte ein, und dann haben wir alle noch etwas getrunken, und sie fiel über Francie her. Sie sagte, Francie sei betrunken und ich sei betrunken, und sie hätte keine Lust, mit zwei Alkoholikern zu Abend zu essen.»

Er hielt inne, als erwartete er eine Erklärung.

«Tja», sagte Lily. «Das kann ich mir vorstellen.»

«Sie war sehr unhöflich.»

«Tja, also. Dann war das ihre Strafe, was? *Du lieber Gott.*»

Joe sagte nichts. Statt dessen ging er durch das Zimmer und betrachtete die Fotos über dem Kamin: Martha an dem Abend, als sie auf der Landespferdeschau sämtliche Springwettbewerbe gewonnen hatte; Everett mit sechzehn, im Baseballdress der American Legion; Walter Knight, mit Lily auf dem Schoß, am

Steuer des Hispano-Suiza, den er gekauft hatte, als sie noch sehr klein war.

Sie stand auf, um die Tür zum Schlafzimmer zu schließen. Sie wollte nicht, daß Joe ihr ungemachtes Bett sah, die Laken und Decken, ihr Nachthemd und Everetts Turnschuhe, alles in einem Knäuel am Fußende.

«Wie geht es Francie und den Zwillingen?» Sie setzte sich wieder.

«Francie will sich immer noch scheiden lassen», sagte er nach einer Weile. «Sie hat gestern abend wieder davon angefangen.»

«Sie war betrunken. Du hast gesagt, daß sie betrunken war.»

«Ich sagte, daß Martha gesagt hat, daß sie betrunken war. Und selbst wenn. Sie redet auch davon, wenn sie stocknüchtern ist.»

«Ich habe dir gesagt, daß ich nicht darüber sprechen will.»

Es war einen Monat her, daß Joe mit ihr zum erstenmal darüber geredet hatte, daß Francie wieder entschlossen war, sich scheiden zu lassen. Sie würde Lilys Namen nicht erwähnen, wenn er ihr das alleinige Sorgerecht für die Zwillinge überlassen würde. Obwohl sie diesen letzten Entschluß auf Hawaii gefaßt hatte und deshalb nach Hause geflogen war, statt auf die *Lurline* zu warten, hatte sie noch nichts Konkretes unternommen. Das tat sie nie. Francie wollte sich, soweit Lily wußte, seit fünfzehn Jahren von Joe scheiden lassen; es war ihre Art, obwohl ihnen das selbst nicht bewußt zu sein schien, ihr Interesse aneinander in periodischen Abständen wiederzubeleben.

«Ich habe dir gesagt», fügte Lily hinzu, «sollte Francie die Scheidung einreichen und solltest du das Sorgerecht wollen, dann beantrage es. Mir macht es nichts aus.»

«Es würde dir nichts ausmachen?»

«Ich habe dir bereits gesagt, daß es mir nichts ausmachen würde.» Die Frage war so hypothetisch, daß sie schon absurd war.

Joe stocherte im Feuer herum. «Würdest du ihn verlassen und mich heiraten, wenn Francie es durchzieht?»

Lily erhob sich und schwieg.

«Ich glaube nicht, daß du ihn jemals verläßt.»

«Was würdest du dafür geben, wenn doch? Ich meine, *falls Francie es durchzieht.*»

«Was meinst du damit, was ich dafür geben würde?»

«Würdest du dir den rechten Arm abschneiden?»

«Ja, ich würde mir den rechten Arm abschneiden. Was hast du denn?»

«Also gut. Du würdest dir den rechten Arm abschneiden.» Lily hielt inne. «Das würdet ihr alle. Hör zu. Verschwinde jetzt, aber erst, wenn du mir zugehört hast: Glaubst du, daß du ein Anrecht auf mich hast? Glaubst du, daß es etwas Besonderes wär, daß es für mich irgendeinen Unterschied gemacht hat? Hör zu. Nichts von dem, was wir beide gemacht haben, ist wichtig gewesen. Nichts von dem hat Everett berührt, und nichts hat mich berührt.»

Sie folgte Joe nach unten und machte die Tür hinter ihm zu, und als Everett nach Hause kam, hatte sie die Betten gemacht und zweimal mit Ed McGrath telefoniert (Ja, das hat er getan. Ich kann dir nur sagen, daß es so ist. Wir werden versuchen, es später richtig zu machen) und hatte aus Kartoffeln, Zwiebeln und Sahne eine Suppe gekocht, die Art von Suppe, die sie als Kind getröstet hatte, aber ehe sie Everett davon zu essen gab, ging sie mit ihm ins Bett und hielt ihn fest und schützte ihn vor der Nacht und dem Regen und vor Martha, die dort draußen vor dem Haus begraben lag. Als sie schließlich nach unten ging, barfuß, um die Suppe zu holen, läutete das Telefon.

«Du lügst mich an», sagte Ryder Channing.

«Ryder. Schrei nicht so.»

«Du hast mich angelogen. Hol sie ans Telefon.»

«Du hast getrunken. Geh schlafen.»

«Ich habe gesagt, du sollst mir Martha geben.»

«Ryder. Bitte.»

«Du lügst. Hol sie ans Telefon.»

«Ich habe es dir gesagt. Sie ist tot.»

«Fick dich doch selbst», sagte er. «Fickt euch doch alle selbst.»

Everett saß am Schlafzimmerfenster, der Regen spritzte von dem abblätternden Fensterbrett auf seine Knie.

«Wer hat angerufen?» fragte er, ohne aufzublicken.

Sie stellte das Tablett vor ihn hin und schloß das Fenster. «Meine Mutter», sagte sie.

22

Im dritten Frühling nach Marthas Tod (es war 1952, aber das entsprach nicht der Zeitrechnung auf der Ranch) fragte Lily Everett, ob er sich nicht von ihr scheiden lassen wolle.

Das wolle er nicht. Natürlich wolle er das nicht.

Was wollte er dann.

Er wolle, sagte er, gar nichts.

Das war das Jahr, in dem sie selten miteinander redeten. Wenn sie redeten, dann redeten sie immer über dieselbe Sache, auch wenn sie sie niemals beim Namen nannten, sich noch nicht einmal offen darauf bezogen, außer spät nachts oder wenn sie sehr müde waren: *Du hast mich dazu getrieben*, sagte sie dann. In den vergangenen sieben Jahren hatte sich jener Tag im August, an dem sie allein nach San Francisco gefahren war, als offenkundiger Beweis ihrer mannigfachen wechselseitigen Versäumnisse, zum schwersten Geschütz in ihren jeweiligen Waffenarsenalen entwickelt, zu einer massiven Vergeltungsmaßnahme, die jeder zurückhielt, bis alle anderen sich erschöpft hatten. In jenem Jahr war sie nicht nur überzeugt davon, daß sie *für Everett* nach San Francisco gefahren war (was in gewisser Weise stimmte, und das wußte er, und das war das Druckmittel), sondern daß Everett sie unwiderlegbar ihrer Weiblichkeit beraubt hatte: Sie hatte Geschichten von Frauen gehört, die nach Abtreibungen nie wieder schwanger wurden, und obwohl sie kein Kind mehr wollte, wollte Everett eins. *Du hast mich dazu getrieben.* In solchen Zeiten packte sie für Knight und Julie eine Tasche und ging mit ihnen zu ihrer Mutter zurück. Dort, in ihrem Mädchenzimmer, mit der Ebenholztruhe, die aus dem Orient stammte, den Stapeln ungelesener Ausgaben der Zeitschrift ehemaliger Schülerinnen der Dominikanerinnen und den geblümten Batistvorhängen, die sie in dem Sommer, als sie dreizehn wurde, auf der Tretnähmaschine ihrer Mutter genäht hatte, legte sich die Bitterkeit in ihrem Herzen, und sie sah Everett nicht mehr als Zerstörer ihrer Weiblichkeit, sondern, im Gegenteil, als den Retter, der sie vor dem Verrücktwerden bewahrte. *Martha hatte er nicht retten können, aber sie würde er retten.* Dann stellte sie sich vor, daß Everett tot war, und weinte untröstlich eine halbe Stunde lang, oder fünfundvierzig Minuten. *Keiner der anderen würde ihr helfen können. Joe konnte ihr nicht helfen, und keiner der anderen konnte ihr helfen, keiner von denen für eine Nacht oder für zwei Nächte, keines der vielen Male, wenn sie einfach nicht gewußt hatte, was sie tun sollte, auf welche andere Weise sie mit jemandem reden konnte, nichts und niemand konnte ihr helfen, außer Everett, und sie würde Everett dazu bringen, sie zu lieben.* Nachdem sie aufgehört hatte zu weinen, setzte sie sich resolut die Sonnenbrille auf, gab ihrer Mutter, die vor dem Fernseher saß (wenn es ein Nachmittag war, an dem ein Spiel der Dodger übertragen wurde, schien ihre Mutter ihre Anwesenheit im Haus noch nicht einmal zu bemerken), zum Abschied einen Kuß und fuhr zur Ranch zurück. Manchmal war sie nur ein paar Stunden fort, dann erzählte sie Everett nicht, daß sie ihn wieder einmal verlassen hatte.

Im vierten Frühling nach Marthas Tod beschloß Lily, daß alles gut werden würde, wenn sie manchmal zusammen wegfahren könnten, weg von der Ranch. Immer wieder bat sie Everett, mit ihr irgendwohin zu fahren, und schließlich fuhren sie an einem Wochenende im Juni nach San Francisco, zu einer Party von Leuten, die Everett aus Stanford kannte. Es gab zwei Aussichten auf die Bay Bridge, eine auf die California Street und vier Avocadobäume in Kübeln (die Mädchen, mit denen er in Stanford gewesen war, erklärte Everett, seien jetzt alle unerklärlich versessen darauf, den Calavo Trust zu knacken; wiederholt wurde beteuert, daß Herb Caen oder Barnaby Conrad oder Dolly Fritz später noch hereinschauen würden; und Ryder Channing war auch da.

Sie hatte Ryder Channing das letzte Mal vor Marthas Tod gesehen; sie hatte, abgesehen von den ersten Monaten danach, als er sie manchmal betrunken zu Hause anrief und dreißig oder vierzig Minuten mit ihr über nichts Besonderes redete, noch nicht mal mehr mit ihm telefoniert. Als er noch tagsüber anrief, hatte sie mit ihm geredet, aber als er dazu überging, spät abends anzurufen, achtete sie darauf, ohne Everett etwas davon zu erzählen, das Telefon leiser zu stellen, damit sie das Klingeln nicht hörten. Danach erfuhr sie von ihm nur sporadisch etwas, auf dem Umweg über die paar Menschen, mit denen sie noch Kontakt hatten: Kein Bericht paßte so richtig zum anderen, und keiner klang gut. Erst hörte sie, daß er mit immer wechselnden unbekannten Mädchen in Bars auftauchte, die von sehr jungen Leuten besucht wurden; dann, daß er faktisch wie ein Einsiedler lebte. Daß er überall in der Stadt nach Mitleid heischte. Daß er unhöflich sei, ausfallend, alle Brücken hinter sich abbreche. Daß Nancy ihn verlassen habe, daß er Nancy verlassen habe. Daß er vom Riverside-City-Projekt geschaßt worden sei, weil er Larry Dupree übers Ohr hauen wollte; daß er gehen mußte, weil er nie zur Arbeit erschien und kein Interesse zeigte. Schließlich: daß er nach San Francisco gezogen sei, zu Nancy, daß sie zusammen nach San Francisco gezogen seien, weil ihr Vater es ihnen befohlen habe. Als sie ihn bemerkte, er stand an der Bar und lachte, schien ihr nichts von alledem wahrscheinlich. Ryder hatte noch nie besser ausgesehen. Braungebrannt, in einem blauen Blazer, hatte er die Ausstrahlung jener Männer, die man in den Anzeigen für Alkohol sah, eine Ausstrahlung, die Gedanken an unbekümmerte Nachmittage wachrief, die man beim Segeln, von Belvedere aus, verbrachte, bei teuren Steaks in guten Restaurants, und er gab sich so angenehm lässig, wie es nur die Neureichen schaffen. Erst als sie sich ein paar Minuten mit ihm unterhalten hatte, sah sie, daß in seinem Gesicht irgend etwas war, das die Sonnenbräune Lügen strafte, den blauen Blazer zur Kostümierung werden ließ. Sein

Blick flackerte unstet und blieb nicht einmal ruhig an ihr hängen; sein Lächeln war weniger ein Lächeln als eine Grimasse.

Er hatte, versicherte er ihr, die Welt am Schwanz gepackt. Oder fast jedenfalls.

«Das freut mich, Ryder.»

Er habe es bald geschafft, versicherte er. Er schätze, sie habe gehört, daß es eine Zeitlang hart gewesen sei, aber sie könne beruhigt sein, von jetzt an komme er in ruhigeres Fahrwasser.

«Das freut mich», wiederholte sie. Sie hatte gehört, daß er manchmal, betrunken, andeute, daß Marthas Tod das Durcheinander in seinem Leben verursacht hätte, und sie hatte sich gefragt, ob er sich selbst so betrügen konnte. Das Durcheinander war immer dagewesen. Selbst Martha hatte es gesehen: *Er gehört zu der Sorte Mann*, hatte sie einmal gesagt, *der nicht da ist, wenn dein Vater im Sterben liegt oder wenn du eine Fehlgeburt hast oder ein Wechsel bei der Bank fällig ist.*

«Wie geht es Nancy?» fügte sie hinzu.

Nancy, erklärte er, könne es gar nicht besser gehen. Ihm auch nicht. Und sie hätten sowieso vorgehabt, mit ihr Kontakt aufzunehmen – was für ein Zufall, daß er sie heute abend hier getroffen habe –, weil sie zurück ins Tal zögen. Er werde eine eigene Firma aufmachen, im Moment habe er ein paar Geschäfte angeleiert, nichts, worüber er schon sprechen könne, aber sehr dicke Fische. Er habe sich den Arsch abgearbeitet, aber das werde sich auszahlen.

«Wie schön für dich, Ryder», sagte sie und fragte sich, wo Nancy war.

Obwohl sie im Juli hörten, daß Ryder und Nancy Channing zurück in Sacramento waren, sprach sie erst im September wieder mit ihm, als er eines Nachmittags anrief und sie bat, sich mit ihm in der Stadt zu treffen. Das sei unmöglich, sagte sie; *bitte*, sagte er, jede Prahlerei war aus seiner Stimme verschwunden. *Ich brauche dich. Du bist der einzige Mensch, den ich habe.*

Als sie bei der Adresse, die er ihr angegeben hatte, ankam, einem Flachbau in einer neuen Siedlung im Süden der Stadt, sah sie, daß er seit Tagen allein hauste, vielleicht seit Wochen: Bücher waren auf die Erde geworfen (er war immer unordentlich gewesen, und sie erinnerte sich, daß Martha gesagt hatte, er schlafe nicht gut), ungewaschene Shorts und Socken und Hemden lagen auf den Stühlen, und jede freie Fläche war mit Essensresten übersät – Selleriestangen, trockene Brotkanten, aufgerissene Käseverpackungen aus Plastik. Auf dem Fußboden im Badezimmer lagen dunkle Haarnadeln, bestimmt nicht Nancys, und die Laken auf dem Bett, auf dem sie mit ihm saß und schließlich mit ihm lag, hatten den Zeitpunkt, wo Nancy sie gewechselt hätte, überschritten. Er sah so verwahrlost aus wie das Haus und redete unzusammenhängend: Offensichtlich hatte er getrunken. Nancy war in Piedmont, er wußte nicht, für wie lange. Das Geschäft, um das er sich bemühte, sei noch nicht ganz unter Dach und Fach, aber keine Sorge. Das komme noch. Solche Sachen müsse man aussitzen, Stonestown hätten sie auch nicht an einem Tag erbaut.

Ehe sie ging, gab sie ihm noch alles Bargeld, das sie bei sich hatte, etwa 20 Dollar, und räumte das Schlafzimmer auf, damit er wenigstens schlafen konnte.

«Mach dir keine Sorgen», sagte sie.

Er saß zusammengesunken in einem Sessel.

«Ich habe gesagt, daß du dir keine Sorgen machen sollst», wiederholte sie und drückte ihn an sich.

Es war offensichtlich, daß er jemanden brauchte, und als sie zur Ranch fuhr, stellte sie sich vor, daß er nicht irgend jemanden brauchte, sondern sie. Ob das wahr war oder nicht, schien nicht so wichtig: Sie fühlte sich bereits verpflichtet.

23

«Du kannst überhaupt nicht tanzen», sagte Everett zu ihr. «Du konntest noch nie gut tanzen.»

Das stellte er in einem Motelzimmer außerhalb von Salinas fest, an einem Frühlingsabend 1957; sie waren dorthin gefahren, um sich eine Viehranch anzusehen, 840 Morgen für 225 000 Dollar, was, wie Everett fand, für eine Viehranch eher hoch angesetzt war, aber noch 85 000 Dollar weniger, als der spätere Käufer, ein Stocktoner Syndikat, ein Jahr später für acht Morgen davon verlangte, für die kleeblattförmige Auffahrt zu einem geplanten Freeway Richtung Süden. (Letzten Endes war aber Everett doch nicht der Dumme, weil der Verlauf des Freeways fünfzehn Meilen nach Osten verlegt wurde.) Glastüren gingen auf den beleuchteten Swimmingpool des Motels hinaus, aus den Wänden dudelte seichte Musik, und das Zimmer war von einer Wand zur anderen mit einem Teppichboden aus Wolltweed ausgelegt, auf dem sie, nach drei Drinks vor dem Abendessen, zu tanzen versuchten.

«Niemand kann auf einem Teppich tanzen», sagte sie.

«Du könntest auch nicht im Palladium tanzen.»

Auch wenn sie sich selbst noch nicht mal für eine mittelmäßige Tänzerin hielt, war sie verletzt; im Nebel von drei Drinks schmückte sie erbittert frühere Verletzungen aus. Vor einem Monat hatte sie sich ein rotes Chiffonkleid gekauft, das er, wie er behauptete, an ihr nicht leiden konnte, obwohl er wußte (in der Tat, *weil* er es wußte, natürlich sagte er es, weil er es wußte), daß sie sich, seit sie ein Schulmädchen war, ein kleines rotes Abendkleid aus Chiffon wünschte, wie sie es einmal an einem Mädchen auf einem Ball gesehen hatte. Und an dem Tag vor Weihnachten, als sie nach zwei Wochen in Carmel auf die Ranch zurückkehrte, war Everett nicht zu Hause gewesen, sondern (absichtlich, wie sie jetzt sicher war) in Reno.

«Eine so schlechte Tänzerin bin ich nun auch nicht», sagte sie und überlegte, was wohl aus dem Mädchen in dem roten Chiffonkleid geworden sein mochte, welch strahlend glückliche Ehe sie geschlossen, welch liebevoller Ehemann sie schon damals über das gebohnerte Parkett eines eleganten Hotels geführt hatte (*führen:* Das war der Schlüssel zu einem guten Tanzstil).

«Ich sage dir, du kannst überhaupt nicht tanzen. Du hörst den Takt gar nicht. Ich weiß nicht, was du hörst, jedenfalls nicht den Takt.»

«Dann tanzen wir eben nicht.» Sie setzte sich aufs Bett und bürstete sich das Haar.

Er setzte sich wortlos hin und tat, als würde er sich für eine Anzeigenbeilage mit der Fotografie eines Mannes interessieren, der als «Salina Valleys Gastwirt mit dem Gütesiegel» bezeichnet wurde. «Gutes Fleisch ist seine Berufung.» Daneben die Zeichnung eines Stiers, der eine Krone mit der Inschrift trug: «Wo prämiertes Fleisch König ist.»

«Du fängst absichtlich wieder damit an», sagte sie. «Du fängst absichtlich wieder an.»

Everett schwieg.

«Das machst du», fuhr sie fort, «weil du unsicher bist.»

«Hör auf, Lily.» Er stand auf und rückte sich vor dem Spiegel die Krawatte zurecht. «Bist du fertig?»

Sie nahm ihren Pullover, und sie redeten kein Wort mehr miteinander (wenn man die Rückfragen für den Kellner nicht mitrechnete, was sie nicht tat), bis Everett während des Essens vom Tisch aufstand, um einen Viehzüchter zu begrüßen, den er an der Bar gesehen hatte.

«Fang an zu essen», sagte er, als er sich wieder setzte. «Oder stimmt etwas nicht damit?»

«Ich habe auf dich gewartet.»

«Tatsächlich.»

Sie schwieg.

«Das wäre das erste Mal.» Er nahm seinen Drink. «Das wäre das gottverdammt erste Mal.»

«Wann hätte dich das je interessiert?»

«Richtig. Wann hätte mich das je interessiert? Und dich?»

«Mich interessiert es jetzt.»

«Das wäre das gottverdammt erste Mal», wiederholte er. Sie sah, daß die Ader auf seiner Stirn anschwoll, und versuchte, einen Happen von dem Muschelfleisch zu essen. Everett hatte sein Abendessen noch nicht angerührt und trank seinen sechsten oder siebten Martini, der wievielte es genau war, wußte sie nicht. *Das wäre das gottverdammt erste Mal.* Was auf keinen Fall zum ersten Mal passierte, war eine Szene wie diese: Wahrscheinlich sagten sie jedes Mal andere Worte, aber es war immer die gleiche Szene, und obwohl sie sich nicht erinnern konnte, wann oder wie es angefangen hatte, jetzt schien es so, daß sie beide dazu verdammt waren, sie jeden Tag, bis zum Ende ihrer Tage, zu spielen, ihre Erinnerungen nach frischem Ärger zu durchforsten, altvertrauten Ärger zu hegen, die bereits unzerstörbaren Sprossen ihres Hasses mit Alkohol und dem schier unerschöpflichen Adrenalin zu nähren, zu dem, wie sie glaubte, ihre Liebe (ihr fiel kein anderes Wort dafür ein) verkommen war. Es schien nicht mehr von Bedeutung zu sein, wer zuerst wen gehaßt hatte und wofür. Es schien nicht mehr von Bedeutung zu sein, was einer von ihnen tat: Es konnte aus dem Nichts heraus anfangen. Es konnte anfangen, wenn sie sich besonders bemühten, es zu bannen, es konnte alle ihre stillschweigenden Versprechen zerstören, konnte sogar in die geschickt gewählte Anonymität eines mit Teppichboden aus Wolltweed ausgelegten Motelzimmers eindringen, Zimmer, in denen sie dachten, vielleicht von vorn anfangen zu können; Zimmer, in denen sie in der ersten Glut des ersten Drinks spüren konnte, daß Everett jemand war, den sie gar nicht kannte, jemand, dem sie vielleicht als die begabte, anmutige, charmante Frau erschien, die sie sein wollte.

«Hör auf», sagte sie und legte die Gabel hin.

Er winkte dem Kellner. «Aufhören, womit.»

Um Mitternacht war Everett dann in seinen Kleidern auf einem der beiden Doppelbetten eingeschlafen. Lily saß steif auf einem harten Stuhl in der hintersten Ecke des Zimmers; sich auch nur in das andere Bett zu legen hätte eine Häuslichkeit signalisiert, einen Waffenstillstand. Als er aufwachte und sagte, sie solle zu Bett gehen, wandte sie sich ab, sie wandte ihr Gesicht zum Fenster, das auf nichts blickte als die Lincoln-Schafe. Sie könne mit ihm nicht in einem Zimmer schlafen. Mit vielen anderen habe sie in einem Zimmer schlafen können oder etwa nicht? Nein, habe sie nicht. Und selbst, wenn schon. Wann hätte ihn das je interessiert. Daraufhin gab er ihr eine Ohrfeige, sie zuckte zurück, er nahm sie in die Arme, und eine Zeitlang war alles gut. *Es wird alles gut, Baby*, sagte er, *jetzt ist alles gut*, und sie sagte immer wieder, *lieber Gott, bitte, Everett, halte uns, und er sagte, Lily, Baby, wir werden es schaffen, gut durch die nächsten paar Monate zu kommen, und dann machst du eine Reise, du gehst mit den Kindern auf Reisen, du fährst hin, wo du hinfahren willst, und, Baby, wenn du wiederkommst, wird alles gut sein, das wirst du sehen.*

Später hatte sie Everett angefleht, mit ihnen zusammen wegzufahren, damals, in jenem Sommer, aber das wollte er nicht. Knight gefiel alles, ihm gefiel Paris und London und Rom und New York, aber Julie hatte Heimweh und wollte zu ihrem Vater, und Lily hatte auch Heimweh. Obwohl sie fast täglich an Everett und an ihre Mutter eine Postkarte schrieb, bekam sie von beiden nur selten Post: Ihre Mutter schrieb ihr zweimal, einmal, um mitzuteilen, daß Duke Snider seit einer Woche mäßig spielte, einmal, um sich zu beschweren, daß die Wells Fargo Bank ihr nicht gestattete, dreihundert statt hundert Morgen für die neue Siedlung der Paradise Valley All Electric Homes zur Verfügung zu stellen; Everett schrieb dreimal, jeder Brief eine Stilübung in dem steifen, undurchdringlichen Optimismus, den er in allen seinen Briefen anschlug. In Paris erhielt sie ein Telegramm von Ryder, der fragte, ob sie ihm fünftausend Dollar leihen könne; sie telegrafierte zurück, daß sie das nicht könne, und dann fragte sie sich schuldbewußt, woher er das Geld bekommen würde.

Als sie wieder zu Hause war, konnte sie sich an keine Reiseeindrücke mehr erinnern, mit Ausnahme des dicken Italieners auf dem Flug von New York nach San Francisco, ein Italiener, nicht aus Italien, sondern aus New Jersey; sie erinnerte sich an ihn mit einer Klarheit, auf die sie lieber verzichtet hätte. Er lebte in New Jersey, war mit einer Frau verheiratet, die über zwei Zentner wog, und hatte geschäftlich in San Francisco zu tun: Das waren die einzigen drei Dinge, die sie je von ihm wissen würde.

An jenem Abend war es in Idlewild heiß, und warme Regenschauer waren über den Flugplatz hinweggefegt, alles roch nach dem süßlichen Moder, der für sie immer gleichbedeutend mit New York war. Das Flugzeug hatte Verspätung, und Lily saß, (sie war allein, weil Knight und Julie eine Woche länger blieben, um Sarah in Bryn Mawr zu besuchen) in dem kalten Licht der Wartehalle und las die Grundstücksanzeigen in einer Nummer von *Town and Country*, die jemand liegengelassen hatte. Sie trug ein weißes Seidenkostüm, das sie am Vortag herabgesetzt bei Hattie Carnegie gekauft hatte, und fand, daß sie einen recht erfreulichen Kontrast zu den anderen Fluggästen darstellte, von denen eine, eine alternde Blondine, Caprihosen trug; ein anderer, ein außerordentlich schmuddeliger Geistlicher, hatte sich bis auf Hose, Unterhemd und Bäffchen ausgezogen. Er fächelte sich mit dem *New York Daily Mirror* Luft zu, und Lily hoffte, daß er im Flugzeug nicht neben ihr sitzen würde, weil sie ziemlich sicher war, daß sie ihm bis San Francisco, in ihrem hilflosen Zwang, seine Anerkennung zu gewinnen, erzählen würde, was ihr Glaube und die Arbeit ihr bedeuteten.

Sie lächelte distanziert einem Mann zu, der sie angelächelt hatte. Der Mann, offensichtlich Italiener, etwa so alt wie sie, trug einen Anzug, der so gekonnt undefinierbar in Schnitt und Farbe war, daß er wie eine Parodie auf einen Anzug von Brooks Brothers wirkte. Sein Anzug wurde von einem dünnen schwarzen Schnurschlips – wie man wohl dazu sagte – mit einem schweren goldenen Verschluß vervollständigt sowie einem lächerlich kleinen Hut und einem rot-weiß gestreiftem Hemd mit Manschettenknöpfen, die er aufblitzen ließ, als er wiederholt den Diplomatenkoffer, in dem er aus unerfindlichen Gründen sein Flugticket verwahrte, öffnete und schloß. Erst als er neben ihr im Flugzeug Platz genommen hatte, fielen ihr die Manschettenknöpfe auf, Nachbildungen der Köpfe zweier römischer Kaiser, und erst als seine Hand versehentlich ihr Knie berührte und sofort weggezogen wurde, bemerkte sie den Ring, einen großen Diamanten, an seinem kleinen Finger.

Etwa zur gleichen Zeit bemerkte sie auch, daß er getrunken hatte und immer noch trank. *Sie sind mager, aber Sie sehen gut aus*, lauteten die ersten Worte, die er mit schwerer Zunge an sie richtete. Sie war verblüfft, aber sie lächelte, senkte den Kopf, blickte zu ihm auf und lächelte. So lächelte sie immer Männer an, die sie nicht kannte, sie wußte nicht, was sie sonst hätte tun sollen, wenn sie wollte, daß sie sie wollten und sie als die Prinzessin im Turm, die es zu retten galt, erkannten. In diesem besonderen Fall jedoch lächelte sie auch, weil die Stewardeß den Mann mißbilligend ansah, der sich keine Mühe gab, seine Absicht zu verbergen, die nächsten dreitausend Meilen betrunken zu bleiben. Die Mißbilligung der Stewardeß bewirkte zwischen Lily und ihrem Sitznachbarn eine Art Einverständnis, und sie besiegelte es, indem sie einen Schluck von dem offenbar sehr guten Scotch aus seinem Flachmann annahm, obwohl sie Scotch nicht mochte.

Vielleicht zehn Minuten, nachdem sie Idlewild verlassen hatten, das Licht gelöscht war und die Motoren in ein tiefes Brummen übergegangen waren, geschah das Unglaubliche, nur daß es erst später unglaublich schien, auf der Erde, bei Licht besehen: Der Mann setzte zu einem leisen, zärtlichen, brutal obszönen Monolog an. Ob sie wisse, was er mit ihr machen würde, sobald sie in San Francisco waren. Ob ihr das gefallen würde. Er schätze, das würde ihr sehr gefallen. *Schweigen Sie*, flüsterte sie von Zeit zu Zeit, sie war schläfrig, fast bewußtlos, von der Dunkelheit, dem Brummen der Motoren, dem leichten Vibrieren des kalten Fensters an ihrer Wange, der Leere hinter dem Fenster; *hören Sie auf damit*. Doch etwas in der Höhe von achttausend Metern entzog ihrer Stimme die Überzeugungskraft. Manchmal schlief sie ein und wachte jedesmal wieder mit seinem leisen, unerhörten monotonen Singsang auf; er faßte sie nicht an und machte nur einmal eine Pause, für eine Stunde etwa, zwischen den Lichtern von Denver und den Lichtern von Salt Lake, als er in einen tiefen Schlaf versank. Sie vermißte den Klang seiner Stimme. Er wachte wieder auf, nicht nur im Vollbesitz seiner imaginativen Kräfte, sondern, zum ersten Mal, mit einem festen Programm: *Es wird dir sehr gefallen, Baby, du schenkst mir einfach drei Stunden, und es wird dir sehr gefallen, und dann wirst du das Zimmer verlassen und mich nie wiedersehen*. Für ihn fand die Verabredung im Airport Hotel in San Francisco statt. Offenbar mußte er erst um zwei Uhr mittags in der Stadt sein. *Nur drei Stunden, Baby. Ich kann nicht,* hörte sie sich immer wieder sagen, und als er wissen wollte, warum nicht, hörte sie, wie sie, absurderweise, Gründe anführte: Sie müsse dieses und jenes tun, ihre Zeit sei verplant. Drei Stunden würden keinen Unterschied machen, erklärte er, sie brauche es nur zu wollen: *Willst du, oder willst du nicht. Ich will nicht,* sagte sie schließlich fast unhörbar, versuchte, sich vollständig mit der Decke zu bedecken, die die Stewardeß ihr gegeben hatte.

Du willst es doch, Baby, du willst es. Für drei Stunden willst du es doch.

Sie schwieg. Was sie in Trance versetzte, war sein völliger Mangel an Interesse an irgend etwas anderem an ihr, sein Versprechen, das zu sein, wonach sie immer und immer wieder suchte: der Punkt, den sie nicht überschreiten konnte, die unzweideutige, unverfälschte Nummer, der Kampf, der nach ihren Bedingungen geführt werden würde. Es konnte nicht um die Frage gehen, ob er sie mochte oder nicht mochte, ob er sie anerkannte oder nicht anerkannte, das spielte alles keine Rolle; drei Stunden, sagte er, und drei Stunden meinte er.

Und wenn er nicht kurz vor der Landung in San Francisco ohnmächtig geworden wäre und wenn Everett nicht unerwartet gekommen wäre, um sie abzuholen (angesichts dieser zweiten Tatsache mußte sie Gott für die erste danken), wäre es wahrscheinlich, wie sie mit einem Beigeschmack von Abscheu und Neugier wußte, zu diesen drei Stunden gekommen. Ein paar Tage später kam ihr diese Begebenheit so unwahrscheinlich vor, daß sie davon wie besessen war, und sie erwähnte vorsichtig, daß sie im Flugzeug neben einem Betrunkenen gesessen habe. Sie hätte sich, nahm Everett an, doch wohl umgesetzt. Natürlich habe ich mich umgesetzt. Sie verstand nicht, warum sie das nicht getan hatte, und setzte ein paar Wochen später an, Ryder den Flug in allen Einzelheiten zu beschreiben. Ryder, deutlich ungehalten über ihre Unempfänglichkeit für die Details eines Geschäfts, das er kürzlich abgeschlossen hatte *(eine Kette von Espressoläden, verstehst du, Lily, das ist ein Selbstläufer)*, sagte nur, daß das jedem hätte passieren können. («Ich bin mir nicht sicher, ob eine Kette von Espressoläden gehen wird, Ryder», mehr sagte sie nicht, aber ihr kam der Gedanke, daß Ryder sie manchmal genauso ermüdend finden mußte wie sie ihn, und bewundernd dachte sie an die Menschen in Filmen – und nicht nur in Filmen –, die sich, wenn sie nicht mehr miteinander reden konnten, voneinander verabschiedeten, wieder zusammenkamen, Entscheidungen fällten, von neuem anfingen, offenbar wie nach einer Gehirnwäsche. Wenn es etwas gab, was sie und Everett und Ryder gemeinsam hatten, dann das: Keine ihrer jeweiligen Entscheidungen führte je zu irgend etwas. Sie waren offenbar zerfressen von der Erinnerung.

24

Lily wußte, daß sie überhaupt nicht in der Stadt, geschweige denn seit zwei Stunden in der Bar des Capitol Tamale hätte sein dürfen. Sarah und ihr neuer Ehemann, auf dem Weg nach Hawaii, waren gestern angekommen; Knight hatte einen Jungen aus San Francisco angerufen, der mit ihm im gleichen Semester in Princeton sein würde, und ihn zum Abendessen auf die Ranch eingeladen; China Mary hatte erklärt, daß es für die Jahreszeit, für Juni, ungewöhnlich heiß sei, und war zu Bett gegangen. Lily hätte zu Hause sein müssen. Sie hatte Ryder vor einer halben Stunde gesagt, daß sie gehen würde; jetzt sagte sie es erneut.

«Trink noch aus», sagte Ryder. «Ich möchte mit dir reden.»

«Worüber?»

«Herr im Himmel, ich habe dich seit sechs Wochen nicht *gesehen.*»

«Das ist nicht meine Schuld», sagte Lily automatisch. Sie war sowieso nicht besonders erpicht darauf, sich mit Ryder zu treffen, aber es hatte tatsächlich nicht an ihr gelegen: Er war den ganzen Mai und den halben Juni in Phoenix gewesen, wo er versuchte, Geld für ein Projekt aufzutreiben, das sie nicht ganz verstand. Nach einiger Zeit tendierten alle Projekte Ryders dazu, gleich auszusehen, und immer wenn sie ihn mehrere Wochen oder Monate nicht gesehen hatte, war sie betroffen, wenn sie ihn dann sah, und zwar nicht nur deshalb, sondern auch darüber, wie er aussah: Seine Gesichtszüge schienen immer schlaffer zu werden, seine Augen flackerten immer unsteter. Als sie ihm an diesem Nachmittag in die Augen sah, hatte sie das Gefühl, direkt durch ihn durchzusehen: *Ryder, du deprimierst mich*, hatte sie gesagt, *du verhältst dich immer nur reflexartig.* Aber dann hatte er noch einen Drink bestellt, und sie trank einen Miltown, und sie hatten beide gelacht. *Du denkst also, daß ich nur noch ein Schatten meiner selbst bin*, hatte er gesagt und sie ausgelacht, und sie hatte einen Kuß auf ihre Fingerspitzen gedrückt und sie an seine Wange gelegt.

«Jedenfalls», sagte sie jetzt, sah auf ihre Uhr und versuchte, die Geschichte zu Ende zu erzählen, die sie vorhin angefangen hatte. «Knight stand da und schrie, daß seine Großmutter ihn mit jedem Tag mehr an eine Figur aus dem *Kirschgarten* erinnere. ‹Von Anton Tschechow›, sagte er. ‹Wenn doch jemand auf dieser Ranch je etwas von Anton Tschechow *gehört* hätte.› Was, wie er annahm, *zu viel* verlangt sei. Und ich stand dabei und versuchte, ihn darauf hinzuweisen, daß Mutters Leidenschaft, ihren eigenen Obstgarten in Paradise Valley All Electric Homes zu verwandeln, nicht unbedingt in Tschechows Sinn wäre. Und daraufhin gab Knight mit unbewegtem Gesicht zurück – ich schwöre dir, Ryder, er meinte es genau so – warum sie nicht das große Haus abreißen und selbst dahin ziehen würde? Das würde doch Elektrizität sparen.»

Obwohl Ryder lachte, merkte sie, daß ihn die Geschichte nicht sonderlich interessierte.

Entmutigt fügte sie hinzu: «Und das ist so ungefähr alles, was sich ereignet hat.»

«Bis auf Everetts Schwester», wurde sie von Ryder korrigiert.

«Das ist richtig.» Lily hatte nur drei Glas getrunken, aber sie kam sich leicht verwegen vor. «*Bis* auf die Ankunft der verlorenen Schwester.»

«Ich habe sie am Flughafen getroffen. Everett hat mich ihr vorgestellt.» Er machte eine Pause. «Ich hätte sie sowieso erkannt.»

«Everett findet, daß sie müde aussieht.»

«Sie sieht wie Martha aus.» Wieder machte Ryder eine Pause. «Sie sieht aus, wie Martha in dem Alter ausgesehen hätte, wenn sie nicht Martha gewesen wäre.»

Lily schwieg.

«Hör mal», sagte Ryder schließlich und nahm ihre Hand. «Du siehst gut aus. Du siehst viel besser aus als vor meiner Abreise.»

«Ich bin müde.» Lily stand auf und griff nach den Einkäufen, die sie getätigt hatte, ehe sie sich mit Ryder traf. «Ich bin müde, und ich sehe schrecklich aus.»

Als sie das Haus betrat, insgeheim erfreut, daß sie Ryder von der Idee abgelenkt hatte, sich mit ihm an einem privateren Ort zu treffen als im Capitol Tamale, schoß ihr der Gedanke durch den Kopf, daß sich seit zwölf Uhr mittags niemand bewegt hatte, mit Ausnahme von Sarahs Mann, der anscheinend nach oben gegangen war. Knight lag immer noch auf der Veranda und las, Julie war immer noch am Pool, der jetzt vollständig im Schatten lag; Everett und Sarah saßen immer noch im Wohnzimmer. Nicht einmal der Stand der Flüssigkeit in ihren Gläsern schien sich in den sieben Stunden merklich verändert zu haben.

Sarah lächelte Lily unsicher an. «Ich habe Everett gerade gesagt, daß mir *klar* ist, was ihr beide dabei empfindet.»

«Wobei», fragte Lily und zog ihre Handschuhe aus; sie wußte genau, wobei. Sarah hatte seit dem Frühstück über Verkaufen geredet.

Ohne auf Lily einzugehen, wandte sich Sarah wieder an Everett. «Bestimmt gab es Angebote.»

«Es gab Angebote, sicher. Du weißt, daß es Angebote gab.»

«Woher soll ich wissen, daß es welche gab. Lily schreibt immer nur über das Wetter. Woher sollte ich es also wissen.» Sarah hielt inne. «Aber was ich weiß, ist, daß dieser Mann, wie hieß er doch gleich, den wir gestern abend an der Gepäckausgabe getroffen haben, irgendwelche Interessenten aus Honolulu erwähnt hat.»

«*Interessenten* aus Honolulu», sagte Everett. «Das heißt, chinesische Investoren. So wird chinesisches Kapital heutzutage genannt. Interessenten aus Honolulu. Dieser Bursche hat seine Finger immer in irgendwelchen Geschäften. Auf das Geld würde ich mich nicht verlassen. Everett wandte sich an Lily. «Channing», ergänzte er. «Wir haben Channing am Flughafen getroffen.»

«Channing», wiederholte Sarah. «So hieß er. War er nicht ein Verehrer von Martha?»

«Nein», sagte Everett.

«Ryder Channing war kurze Zeit mit einer Tochter von Larry Dupree verheiratet», fügte Lily schnell hinzu. Sie wollte nicht, daß Sarah sich bemüßigt fühlte, sich über Ryder oder über Martha auszulassen; daß sie gestern abend über Martha redete, hatte Everett so aufgeregt, daß er überhaupt nicht schlafen konnte. «Dupree Development», ergänzte sie.

«Es ist in der Tat so», sagte Everett, «daß Dupree Interesse an der Cosumnes-Ranch gezeigt hat.»

«Mein Herz hängt nicht unbedingt an der Cosumnes-Ranch», sagte Sarah. «Dann bringt die Farm wenigstens ein bißchen Bargeld ein.»

«Sarah, seit fünfzehn Jahren erzähle ich dir, daß ein großer Teil der Ausgaben für die Cosumnes-Ranch aus dem Etat für die Deiche bezahlt wird.» Everett schwieg eine Weile. «Glaubst du, daß ich die Ländereien am Fluß auseinanderreißen würde?»

«Everett, Süßer.» Sarah lachte. Sie stand auf und trat ans Fenster. «Der Pool bringt mich um. Er sieht aus, als gehörte er einem Stummfilmstar.»

Everett schwieg.

Sarah ging im Zimmer umher, nahm eine silberne Schale hoch und las die Inschrift auf der Unterseite, betrachtete die Fotografie ihrer Mutter auf dem Klavier, ging wieder zum Fenster, sah in den Sonnenuntergang, und schlug in der Stille ein paar Töne auf dem Klavier an.

Als sie sich wieder hinsetzte, schien ihre Energie plötzlich verpufft zu sein. «Hier hat sich nicht viel verändert, nicht wahr», sagte sie, ohne jemanden direkt anzusprechen.

Dann lächelte sie Everett an, aber Everett gab ihr Lächeln nicht zurück. «Und das wird kein *ganz geheurer* Winkel sein», zitierte sie. «T. S. Eliot. *Der Familientag.*»

Am vierten Mittwoch im Juni, genau eine Woche nachdem sie Sarah und ihren Mann ins Flugzeug nach Hawaii gesetzt hatten, baute Knight mit dem Ford einen Unfall. Obwohl der Unfall weder schwer noch allein Knights Schuld war, würde er sehr wahrscheinlich für sechs Wochen seine Fahrerlaubnis verlieren; er hatte gegenüber der Highway Patrol zwei Bier zugegeben. «Du bist viel zu ehrlich, laß dir das gesagt sein», bemerkte Julie angewidert. «Die zwei Bier hätten sie dir niemals nachweisen können.» – «Das ist keine Art zu reden», sagte Lily, aber als sie am Donnerstag zu Mittag aßen, wünschte auch sie, wenn auch nur um Everetts willen, daß Knight weniger aufrichtig bei der Highway Patrol gewesen wäre.

Draußen waren über vierzig Grad, und Knight redete nicht mit ihr. Er redete nur mit Everett: Bis auf ja und nein und bitte, hatte er mit ihr seit Sonntag kein Wort geredet, als er sie in Harrahs Club am See mit Ryder gesehen hatte. Am Sonntag vormittag war sie allein zum Haus ihrer Cousine gefahren. *(Ich halte es nicht mehr aus,* hatte sie zu Everett gesagt, *ich halte es keine Minute länger aus, daß du deine Wut auf Sarah an mir ausläßt, ich halte es nicht aus, wenn du wütend bist, ich halte keine weiteren Szenen mehr aus, und ich halte diese Hitze nicht aus*, und war gegangen – resolut verdrängte sie die drei Stunden, die sie mit dem Hausgast von irgend jemand in einem Zimmer des Senator Hotels am Abend davor verbracht hatte – und fuhr direkt zum See.) Sie hatte nicht einmal gewußt, daß Ryder dort war, bis sie ihn zufällig am Sonntag vor Harrahs Club getroffen hatte. Dieses eine Mal hatte sie ein reines Gewissen, eine kleine Ironie, die sie aber Knight wohl kaum erklären konnte. Außerdem wußte sie nicht, was Knight überhaupt in Harrahs Club zu suchen hatte. Als sie ihn sah, hatte sie ihn gerufen und sich zwischen zwei Spieltischen hindurchgedrängt, um mit ihm zu reden, aber er war gegangen.

«Nur dieses eine Mal», flehte Knight jetzt. Er wollte, daß Everett mit jemandem von der Highway Patrol sprach. «Es wäre so *einfach*. Du mußt nur sagen, daß du mich brauchst, um die Lastwagen zu fahren. Kannst du diese Kleinigkeit nicht für mich tun?»

«Das tut dir mal ganz gut», sagte Everett.

«Du könntest wirklich mit ihnen reden», sagte Lily, vor allem, wie sie beschämt merkte, um sich bei Knight einzuschmeicheln.

Knight blickte sie kalt an.

«Es kann ihm nichts schaden», wiederholte Everett.

Sie versuchte es wieder. «Niemand behauptet, daß es ihm *schadet*, Everett. Aber es wäre vielleicht schön, wenn er diesen Sommer fahren dürfte.»

«Das hier geht nur meinen Vater und mich etwas an», sagte Knight kalt.

«Entschuldige dich bei deiner Mutter.»

«Entschuldigung.» Knight wandte sich wieder an Everett. *«Nur ein kleines Telefongespräch.»*

Everett schwieg.

«Gut. Dann eben nicht. Ich habe auch nicht erwartet, daß du es tust. Niemand erwartet, daß du überhaupt irgend etwas tust.»

Knight schob seinen Stuhl zurück und sah Everett erwartungsvoll an, aber Everett reagierte nicht.

«Bleib du nur ruhig sitzen», fügte Knight hinzu, seine Stimme wurde lauter. «Bleib ruhig sitzen, so wie du es immer getan hast, und verschließ die Augen vor dem, was um dich herum passiert. Tu einfach so, als würden wir nicht existieren. Bleib du nur ruhig sitzen, während deinem Sohn die Fahrerlaubnis entzogen wird und deine Tochter sich von jedem Schwachkopf am Fluß besoffen machen läßt und nackt schwimmen geht –»

«Halt den Mund», sagte Everett.

Knight stand auf. «*Letzten Sonntag abend*, mit beiden Templeton-Zwillingen. Genau *letzten Sonntag abend*, als deine Frau sich am Lake Tahoe bumsen ließ.»

Lily sah erst Everett an, dann Knight. Beide sahen weg.

«Raus hier», sagte Everett. «Wenn du jeden Mist sagen willst, den du hörst, dann sag ihn, aber nicht in diesem Haus.»

«Glaubst du denn, ich will in diesem Haus bleiben? Denkst du denn, daß ich einen lausigen Morgen davon haben will?»

«Verschwinde jetzt.»

«Man hat es mir nicht erzählt. Ich weiß es. Niemand spricht es laut aus, nicht hier, in diesem Haus. Aber weißt du, wie sie von allen genannt wird? Für wen sie sie immer noch halten? Für Lily Knight, nicht McClellan. *Knight.* Als ob sie nie verheiratet gewesen wäre. *Ich schätze also, du zählst gar nicht.*»

Als Julie abends fragte, wo ihr Bruder stecke, sagte Lily, er sei ausgegangen. «Er kommt nicht zurück», sagte Everett. «Er war unloyal.» Julie sah ihren Vater an, dann ihre Mutter, und ihre großen Augen füllten sich mit Tränen: «Das glaube ich nicht», sagte sie mit fester Stimme. «Ich glaube niemals, daß Knight unloyal sein würde.»

«Ich habe auch niemals geglaubt, daß du unbekleidet schwimmen gehen würdest», sagte Everett ausdruckslos.

Als Julie eingeschlafen war, setzte Lily sich im Dunkeln an ihr Bett. Sie wollte Julies Hand nehmen, die ausgestreckt auf dem lavendel und weiß gestreiften Laken lag, aber sie hatte Angst, ihre Tochter könnte aufwachen. Statt dessen legte sie die Hände in den Schoß und lauschte auf Julies gleichmäßigen Atem, und als Julie dann doch aufwachte, sie ansah, und ihre Augen sich wieder mit Tränen füllten, strich Lily ihr nur übers Haar. «Schlaf weiter, Baby», sagte sie, unfähig, Julie zu erklären, was sie sich selbst nicht erklären konnte, nämlich, wie die Probleme angefangen hatten. «Es ist alles gut.»

Als Knight zwei Tage später nach Hause kam (Lily hörte, wie Julie zu ihm sagte: «Total lächerlich, mit dem Auto deiner Mutter abzuhauen. Geradezu kindisch»), überredete Lily Everett, seine gestammelte Entschuldigung anzunehmen, so wie sie es getan hatte. Er brachte Lily ein Dutzend weiße Rosen, aber er schämte sich, ihr zu sagen, daß er sie gekauft hatte («Ein Typ, den ich kenne, hat sie mir geschenkt», erklärte er. «Der Mann von dem Blumengeschäft, den ich kenne, hatte sie übrig»); er fragte Everett betont locker, ob es störe, wenn er dabei wäre und zuhörte, wenn um vier Uhr der Hopfen-Broker kommen würde. Das war der Tag, an dem sie anfingen, sehr höflich miteinander umzugehen, der Tag, an dem sie sich dumpf bewußt geworden waren, daß sie, mehr als jemals zuvor, mit der Vielschichtigkeit und der unmittelbaren, engen Verstrickung in einer Familie konfrontiert gewesen waren. (*Es hatte nichts mit dir zu tun*, versuchte sie Ryder zu erklären, mit dem sie Abend für Abend darüber sprach. Er verstand nicht, worüber sie überhaupt redete, aber es war besser, als Selbstgespräche zu führen.)

August 1959

25

Everett lockerte seine Krawatte und öffnete den obersten Kragenknopf seines Hemdes. Er war erschöpft. Zum erstenmal fiel ihm der Revolver ein, der immer noch auf dem Bootssteg lag.

«Setz dich», sagte Lily. «Setz dich, Baby.»

Er ließ sich von ihr zu einem Sessel führen. Das Haus sah nicht anders aus als am frühen Abend; er konnte nicht verstehen, daß er etwas anderes erwartet hatte.

«Warte hier», sagte sie. «Ich hole dir einen Drink.»

«Wie spät ist es?»

Sie sah auf ihr Handgelenk. Sie trug die Uhr, die er ihr im September 1957 geschenkt hatte, als sie mit den Kindern aus Europa zurückkam. Er hatte die Uhr in der Woche ihrer Abreise gekauft und sie aufgehoben, bis sie im September wieder nach Hause kam, und dann hatte er ihr verlegen erzählt, daß sie die Uhr als Hochzeitsgeschenk betrachten könne. Als er die Uhr an ihrem Handgelenk sah, wußte er sofort, daß die protzigen Diamanten nichts für Lily waren, aber als er an jenem Nachmittag damals im Geschäft des Juweliers stand, hatte er ein überwältigendes Bedürfnis, etwas zu kaufen, was seine Liebe und Entschlossenheit beweisen würde. Hätte der Juwelier den Cullinan Diamanten in eine Armbanduhr eingearbeitet (was eine Armbanduhr auszeichnete, war, daß man sie täglich tragen konnte), so hätte Everett die Farmen beliehen und sie gekauft. Obwohl er ziemlich sicher war, daß Lily die Uhr nicht mochte, trug sie sie nicht nur täglich, sondern oft auch noch unter der Dusche und im Swimmingpool, so daß Teile angerostet waren und die Uhr selten ging.

«Ein Uhr dreißig», sagte sie. «Ein Uhr fünfundzwanzig.»

Er sah sie an. «Die Kinder», sagte er schließlich.

«Die kommen noch nicht. Wir haben Zeit.»

Sie goß etwas Bourbon in zwei Gläser und reichte ihm eins.

«Ich wollte es tun», sagte er. «Ich bin hergekommen und habe den Revolver geholt. Wenn ich es nicht gewollt hätte, wäre ich nicht ins Haus gegangen und hätte ihn geholt. Ist doch so.»

«Ich weiß es nicht. Darum geht es nicht.»

Er schwieg.

«Hör zu», sagte sie. «Wir werden es wieder in Ordnung bringen. Ich werde McGrath erzählen, was geschehen ist.»

«Was aber nicht geschehen ist.»

«Es hätte geschehen können.»

«Ist es aber nicht.»

«Willst du nicht, daß alles wieder gut wird?»

Er schwieg.

Sie trank ihren Bourbon halb aus. «Everett. Hör auf mich. Wenn du nicht auf mich hörst, wirst du ins Gefängnis kommen. Du wirst nach Alcatraz kommen und vielleicht *sterben*, wenn du nicht auf mich hörst.»

«San Quentin. Nicht Alcatraz. San Quentin.»

«Everett.»

Er sah sie an. Unten, am Bootssteg, hatte er sie falsch eingeschätzt: Sie war nicht älter geworden, sie war immer noch das dünne kleine Mädchen mit der Sicherheitsnadel in der Sonnenbrille, und was immer in den Jahren seitdem geschehen war, hatte nicht viel zu bedeuten. Channing hatte nicht viel zu bedeuten: Er dachte an Channing, wie er dort auf dem Balken gesessen hatte, eine Zigarette rauchte, seine Taschenlampe auf den Deich richtete und *Lily?* rief, dann aufsprang und die Zigarette ins Wasser warf, als er sah, daß es nicht Lily war. *(Du verschwindest jetzt besser, Channing, verschwinde von meinem Grund und Boden*, hatte er gesagt, und Channing hatte gelacht: *Okay, Coop, Okay.* Er hatte sich vorgestellt, daß Channing Lily vielleicht später davon erzählen würde, er hatte sich vorgestellt, daß Lily mit ihm lachen würde. *Okay, Coop*, hatte Channing gesagt. *Du willst jemanden damit verletzen, und sie nützt dir nichts, wenn sie tot ist.)* Nichts davon hatte irgendeine Bedeutung. Ob Channing versucht hatte, nach dem Revolver zu greifen, um sich selbst zu schützen, oder weil er dachte, daß Everett vorhatte, Lily zu erschießen; ob er Channing erschossen hatte, weil er die Absicht hatte, ihn zu erschießen, oder weil er wütend war, daß Channing dachte, er könnte Lily etwas antun; nichts von allem war wichtig. Channing, der nach vorn über den Balken fiel, seine Taschenlampe, die ins Wasser rollte: Beide Ereignisse schienen gleichrangig. Nach einer Weile war alles wieder ruhig, und er hatte sich gefragt, wieso der Schuß so genau gesessen hatte, obwohl er sich nicht erinnern konnte, gezielt zu haben.

Er strich Lily das Haar aus dem Gesicht.

«Jedenfalls», sagte er und versuchte, sie zum Lächeln zu bringen, «sagen wir Quentin. Oder einfach Q.»

«*Everett.*» Sie vergrub das Gesicht in seinem Ärmel.

«Mach dir keine Sorgen.»

«Hör mal.» Sie hob den Blick und sah ihn an. «Jetzt würdest du es nicht tun.»

«Nein», sagte er. «Das würde ich nicht.»

«Dann ist es egal.»

«Das ist es nicht.» Er stand auf und ging zum Fenster.

«Die Lampen am Swimmingpool brennen schon wieder», sagte er. Das ärgerte ihn plötzlich: Die Pool-Lampen brannten, obwohl sie alle auf einer Party waren, die Lampe am Bootssteg war durchgebrannt und nicht ersetzt worden, Verschwendung, überall Verschwendung und Zerfall. «Es ergibt keinen Sinn, daß die Lampen brennen, wenn niemand zu Hause ist.»

«Julie findet es schön», sagte Lily schwach. «Ich habe sie für Julie angelassen.»

«Julie ist nicht zu Hause», sagte er unwiderlegbar. «Wenn Julie sie schön findet, können wir sie Tag und Nacht brennen lassen, aber Julie ist den ganzen Abend nicht zu Hause gewesen.»

«Everett. *Bitte.*»

«Sorge dich nicht», sagte er. «Nur mal für eine Minute nicht.»

«Setz dich und hör mir zu.»

Er machte die Fliegengittertür auf und wieder zu, prüfte geistesabwesend die Scharniere, nahm sein Glas und trank es aus.

«Gut», sagte er. «Ich werde jetzt McGrath anrufen.»

Sie rutschte nach vorn, auf die Sofakante, und setzte sich aufrecht hin. «Sagst du ihm das, was wir besprochen haben? Everett?»

«Sicher. Sicher, Baby.»

«Laß mich anrufen.»

Er klappte das Telefonbuch zu und wählte.

«Ed? Everett McClellan.»

Lily ging quer durch das Zimmer, setzte sich neben das Telefon und sah zu ihm auf.

«Das stimmt», sagte er. «Einmal. Ich habe dich schon einmal mitten in der Nacht angerufen. Vor zehn Jahren.»

«Kennst du Ryder Channing? Genau. Nein, sie sind geschieden.» Er machte eine Pause. «Hör zu. Ich habe ihn erschossen.»

«*Erzähl ihm, warum*», flüsterte Lily.

«Ich habe ihn einfach erschossen. Wir haben uns über einen Revolver gestritten, und ich habe ihn erschossen. Mein Revolver. Komm her, und ich erzähle dir alles.»

Everett legte auf.

«*Du hast ihm nicht gesagt, warum.*»

«Nein», sagte Everett. «Darauf kommt es nicht an.»

Er nahm Lilys Hand.

«Lily. Lily, Baby.»

Sie sah ihm in die Augen.

«Ich werde nach unten gehen und den Revolver holen», sagte er.

«Laß den Revolver. Warte, bis McGrath kommt.»

Er schüttelte den Kopf.

«Laß mich gehen», sagte er sanft. «Du bleibst hier sitzen.»

Als er sie hielt, ihren Kopf an seine Brust gepreßt, spürte er, wie ein Schluchzen in ihrem Körper aufstieg, und wußte, daß sie begriff, daß es nicht so sein würde, wie sie es gewollt hatte.

«Warte auf die Kinder», sagte sie. «Julie kommt gleich.»

«Ich will sie nicht sehen.»

«Everett –»

«Es war alles gut so», flüsterte er. «Es war alles gut.»

«Ich liebe dich.»

«Das weiß ich. Glaub nicht, daß ich das nicht weiß.»

«Das würde niemand glauben», sagte sie. «Niemand. So wie es war.»

«Was glauben?»

«Daß ich dich geliebt habe.»

«Ich habe es gewußt. Du hast es gewußt.»

Sie klammerte sich an ihn. Er konnte die Rippen unter ihrem Kleid fühlen.

«Hör zu», sagte er. «Du mußt ein bißchen zunehmen. Du mußt anfangen, mehr zu essen und mehr zu schlafen. Versprich mir das.»

«Das verspreche ich.»

«Also gut.» Er küßte ihre geschlossenen Augen.

26

Sie saß auf dem Petit-point-Sessel, so wie Everett es ihr gesagt hatte, fühlte, daß sie feuchte Hände hatte und Schmerzen im Kopf (keine Kopfschmerzen. Schmerzen. Die Kopfschmerzen waren vor einer Stunde vergangen, als sie den ersten Schuß gehört hatte), aber nicht wirklich. Das einzig Wirkliche war der Schuß gewesen, und sie konnte ihn immer noch hören, der Knall hallte durch die vergangenen Jahre, bohrte sich durch die Dunkelheit zwischen den Spielen, die sie als Kinder gespielt hatten, und den Spielen, die sie jetzt spielten, zwischen das Kind, das sie einst gewesen war, und die Unbekannte, die sie jetzt war, die auf dem Petit-point-Sessel saß und wußte, daß er ihr nicht erlauben würde, alles wiedergutzumachen.

Laß mich. Was sollte das alles: All die vergeblichen Versprechen, das Versagen von Liebe, Glaube und Ehre; Martha, die draußen am Deich lag, begraben in einem 250-Dollar-Kleid von

Magnin's, mit Flußsand in den Säumen; Sarah in Bryn Mawr, Pennsylvania; ihr Vater, der alles laufen ließ, der schwache Verlierer *(Er hätte es niemals werden können*, hatte ihre Mutter gesagt und ihn trotzdem geliebt); ihre Mutter, die heute nachmittag allein in ihrem großen Haus weiter oben am Fluß gesessen, Einladungen für die Admission Day Fiesta geschrieben und im Fernsehen *Dick Clarks American Bandstand* gesehen hatte, weil das Spiel der Dodgers dem Regen zum Opfer gefallen war; Everett unten auf dem Bootssteg, mit dem 38er seines Vaters. Sie, ihre Mutter, Everett, Martha, der ganze Familienclan: in ihnen floß das gleiche Blut, vererbt von zwölf Generationen von Wanderpredigern, Bezirkssheriffs, Indianerskalpjägern, Provinzanwälten, Bibelvorlesern, einem obskuren Senator, was lange her war, in einem Grenzstaat; zweihundert Jahre Urbarmachung in Virginia, Kentucky und Tennessee, und dann der Aufbruch, die Ödnis, in die sie ihre Rosenholztruhen brachten, ihre silbernen Haarbürsten; ein Einschnitt, der sie alle erlösen sollte. Sie waren ein besonderer Menschenschlag, ihre besonderen Tugenden wurden durch eine besondere Situation hervorgebracht, ihre besonderen Fehler lagen Jahr um Jahr auf der Lauer, unerkannt, ungeahnt, kurz und verschwommen wahrgenommen nur von ein oder zwei Menschen in jeder Generation, von einer Ehefrau, die ihren verwirrten Blick nicht auf das Eldorado richten wollte, sondern auf den Hornstrauch ihrer Mutter, von einem Jungen mit blauen Augen, der mit allerhöchstens sechzehn Jahren der beste Schütze der Gegend war und der, als es nichts mehr zu schießen gab, eines Tages losritt und seinen Bruder erschoß, ein Unfall. Die Geschichte war vor allem eine Geschichte von Unfällen: von Aufbrüchen und Unfällen. Was willst du, hatte sie Everett heute abend gefragt. Das war eine Frage, die sie allen hätte stellen können.

Ihn gewähren lassen. Das war alles, was sie jetzt tun konnte. *Die bösen Geister von mir treib, mit deinem Geist stets bei mir bleib*. Christus am Kreuz konnte die bösen Geister nicht vertreiben. Und vielleicht war man auf dem richtigen Weg, wenn man erst einmal begriffen hatte, daß man das allein tun mußte. Vielleicht war es das Schwierigste und zugleich das Wichtigste, was ein Mensch für einen anderen Menschen tun konnte, ihn dabei in Ruhe zu lassen; das war vielleicht der einzige bewußte Akt, der Akt der Liebe.

Sie blieb in dem Petit-point-Sessel sitzen, bis sie ihn hörte, den zweiten Schuß. Als sie ihn fand, mit dem Gesicht nach unten, die Arme ausgestreckt, der Kopf hing über den Rand des Anlegers, legte sie sich neben ihn auf die nassen Planken und redete mit ihm, sie erzählte ihm Dinge, die sie nie in Worte gefaßt hatte: *Everett, Baby, erinnere dich, wie du mich einmal, auf dem Rummel, auf den goldenen Bären vor dem Rathaus gehoben und mich geküßt hast und wie wir gelacht haben. Und erinnere dich, wie wir morgens im Bett gelegen haben, manchmal mit Knight zwischen uns, und wie ich dann gesagt habe, schlaf nicht ein, er beruhigt sich gleich, erinnere dich, wie das war, und erinnere dich an den Tag, als wir mit den Kindern zur Cosumnes-Farm gefahren sind, und es regnete, und wir setzten uns unter die Pappeln und tranken Cola, und es regnete durch, erinnere dich, Everett Baby, erinnere dich.* Sie hoffte, daß sie in sein Gedächtnis, obwohl er sie nicht hören konnte, ihre alltägliche Liebe bis in alle Ewigkeit einprägen könnte, sie hoffte, daß er auferstehen und an sie denken würde, *wir hatten einander, wir hatten einander, nicht, daß es letztlich von Bedeutung gewesen ist, aber was sonst hat uns soviel bedeutet.*

Als sie dort lag und ihn vor der Dunkelheit schützte, hörte sie die Sirenen auf dem Highway, aber sie bewegte sich nicht, bis die beiden Wagen, einer von McGrath und der andere von der Highway Patrol, vom Deich abfuhren und in die Einfahrt zum Haus bogen. Sie stand auf, verließ Everett und stieg die Holztreppe zur Straße hinauf. McGrath, der Hosen trug und das Oberteil seines Pyjamas, stand mit zwei anderen Männern im Scheinwerferlicht auf der Veranda; ein weiterer Mann, der eine Highway-Patrol-Uniform trug, wartete auf dem Rasen und starrte nicht zum Haus, sondern auf den beleuchteten Pool. Sie sah sie, klopfte sich die Blätter vom Rock, leckte sich das Blut von dem Arm, mit dem sie Everett umschlungen hatte, und fragte sich, was sie sagen sollte, nicht zu ihnen, sondern zu Knight und zu Julie. Sie wußte nicht, was sie ihnen sagen sollte, außer daß er ein guter Mensch gewesen war. Sie war sich nicht sicher, ob er das tatsächlich gewesen war, aber das war es, was sie ihm gewünscht hätte, wenn sie einen Wunsch frei gehabt hätte.

Rowohlts Amerika

Paul Auster
Die New York-Trilogie *Stadt aus Glas / Schlagschatten / Hinter verschlossenen Türen*
(rororo 12548)
Jeder der drei Romane wirkt zunächst wie ein klassische Kriminalgeschichte, aber bald stimmen die vordergründig logischen Zusammenhänge nicht mehr. Schritt für Schritt wird der Leser in ein Spiel mit seinen eigenen Erwartungen verstrickt. «Eine literarische Sensation!» *Sunday Times*

Nicholson Baker
Vox *Roman*
Deutsch von Eike Schönfeld
192 Seiten. Gebunden
Zwei Menschen sprechen über Sex - am Telefon. «Vox» ist ein erotischer Roman im besten Sinne und eine kunstvoll, lebensfrohe, ebenso ungehemmte wie vorurteilsfreie Auseinandersetzung mit Sexualität heute.

William Boyd
Stars und Bars *Roman*
(rororo 12803)
Mit himmelschreiender Komik erzählt William Boyd die Geschichte von einem feinsinnigen Briten, der nach Amerika kommt und sein blaues Wunder erlebt. «Eine Farce – aber eine raffinierte!» *Nürnberger Nachrichten*

Robert Olmstedt
Jagdsaison *Roman*
Deutsch von Klaus Modick
288 Seiten. Gebunden
«Ein bemerkenswerter Roman, der die prekäre Balance zwischen spannendem Thriller und lyrischer Fabel hält.»
The New York Times Book Review

rororo Literatur

Luanne Rice
Ein Leben für Nick *Roman*
(rororo 12632)
Alles zu haben heißt auch, alles wieder verlieren zu können. Dieser Gedanke beschäftigt Georgina Swift, die in scheinbar behüteten Verhältnissen lebt und ihren Mann Nick, den scheinbar tadellosen, erfolgreichen Wall Street-Anwalt, abgöttisch liebt...

John Irving
Garp und wie er die Welt sah *Roman*
(rororo 5042)
«Diese Geschichte ist so absurd, so komisch, so tränentreibend, so kühl und sachlich, so wirklich und genau, daß man das Buch nicht wieder los wird.»
Nürnberger Nachrichten

Tom Robbins
Salomons siebter Schleier *Roman*
Deutsch von Pociao
540 Seiten. Gebunden
Der Altmeister des Underground-Romans, läßt die verrücktesten Typen, die schärfsten Sprüche und provokantesten Gedanken über die Seiten tanzen.

Literatur für KopfHörer

Wer nicht lesen will, kann hören - eine Auswahl von Rowohlt's Hörcassetten:

Simone de Beauvoir
Eine gebrochene Frau
Erika Pluhar liest
2 Toncassetten im Schuber
(66012)

Wolfgang Borchert
Erzählungen
Marius Müller-Westernhagen liest
Die Hundeblume. Nachts schlafen die Ratten noch. Die Küchenuhr. Schischyphusch
1 Toncassette im Schuber
(66011)

Albert Camus
Der Fremde
Bruno Ganz liest
3 Toncassetten im Schuber
(66024)

Truman Capote
Frühstück bei Tiffany
Ingrid Andree liest
3 Toncassetten im Schuber
(66023)

Roald Dahl
Küßchen, Küßchen!
Eva Mattes liest
Die Wirtin. Der Weg zum Himmel. Mrs. Bixby und der Mantel des Obersten
1 Toncassette im Schuber
(66001)

Louise Erdrich
Liebeszauber
Elisabeth Trissenaar liest
Die größten Angler der Welt
2 Toncassetten im Schuber
(66013)

Elke Heidenreich
Kolonien der Liebe
Elke Heidenreich liest
1 Toncassette im Schuber
(66030)

3298/1

Jean-Paul Sartre
Die Kindheit des Chefs
Christian Brückner liest
3 Toncassetten im Schuber
(66014)

Henry Miller
Lachen, Liebe, Nächte
Hans Michael Rehberg liest
Astrologisches Frikassee
2 Toncassetten im Schuber
(66010)

Vladimir Nabokov
Der Zauberer
Armin Müller-Stahl liest
2 Toncassetten im Schuber
(66005)

Kurt Tucholsky
Schloß Gripsholm
Uwe Friedrichsen liest
4 Toncassetten im Schuber
(66006)

rororo Toncassetten werden produziert von Bernd Liebner. Ein Gesamtverzeichnis der Reihe finden Sie in der *Rowohlt Revue*. Jedes Vierteljahr neu. Kostenlos in Ihrer Buchhandlung.

rororo